DASHING – DEUTSCHE AUSGABE

KYLIE GILMORE

Übersetzt von
ANNA DRAGO

Übersetzt von
KATRIN DOLLE

Dashing – deutsche Ausgabe: © 2021 von Kylie Gilmore

Gestaltung des Covers durch: Michele Catalano Creative

Übersetzung: Anna Drago und Katrin Dolle

Veröffentlicht von: Extra Fancy Books

ISBN-13: 978-1-64658-080-4

1

Adam

„Möchtest du tanzen?", fragt eine fröhliche Stimme, und in meinem Kopf schrillt der Alarm.

Ich hätte damit rechnen müssen, ein langsames Lied beim Hochzeitsempfang unserer Geschwister. Ich sehe in die hellen, eifrigen braunen Augen meiner einzigen Freundin überhaupt, Kayla Winters.

Sie ist eine Göttin, keine Frage, die für den Anlass ein ärmelloses schwarzes Kleid trägt und so cremige Haut von ihrem zarten Hals bis zu ihrem Schlüsselbein und der Schwellung ihres Dekolletés entblößt. Ihr dunkelbraunes Haar fällt in einer Welle über eine nackte Schulter. Ihre vollen Lippen sind ein sattes Rot. Ich schlucke kräftig.

Lächerlich. Wir sind Freunde. Kein Grund, alarmiert zu sein. Natürlich kann ich mit meiner Freundin langsam tanzen. Keiner von uns ist an einer Beziehung interessiert. Sie hat ausdrücklich gesagt, sie sei nicht bereit, auch nur ein Daten in Betracht zu ziehen, nachdem sie am Altar sitzengelassen worden ist. Das war eines der ersten Dinge, die sie mir gesagt hat, und sie bleibt weiterhin bei ihrer strikten Haltung, wie sie es jedem mitteilt, der ihr vorschlägt, es wieder zu versuchen. Was mich angeht: Allein die *Vorstellung* einer festen Beziehung macht mich nervös.

Ich nehme ihre Hand und gehe mit ihr auf die Tanzfläche. Mir fällt ein, dass sie ihren Ex-Verlobten nur zwei Monate gedatet hat, während Kayla und ich uns jetzt schon seit vier Monaten kennen. Seit letztem Februar, als sie entschieden hat, mit mir befreundet zu sein.

Das hat sie damals tatsächlich gesagt. *Du scheinst ein wirklich netter Kerl zu sein, und ich fände es schön, wenn wir befreundet wären.* Was konnte ich dazu sagen? Sie ist die jüngere Schwester meines Kunden, und ich war wochenlang bei diesem Job. Ich bin Tischler. Natürlich habe ich zugestimmt, auch wenn ich nie weibliche Freunde habe. Ehrlich gesagt, ich war immer ein bisschen wie ein einsamer Wolf. Meine Arbeit, meine Familie, die Menschen, die ich in der Stadt kenne, das reicht mir. Man könnte vermutlich sagen, ich bin mit dem Kerl nebenan befreundet, mit dem ich manchmal angeln gehe, aber es ist nicht so, dass da ein tiefes Vertrauen zwischen uns wäre. Bei Kayla war das von Anfang an da. Meine ruhige Art scheint es ihr so angenehm zu machen, sich mir zu öffnen.

Ich finde einen freien Platz auf der Tanzfläche für uns, lege meine Hände an ihre schmale Taille und halte sie vorsichtig. Sie legt ihre Arme um meinen Hals, anstatt meine Schultern zu halten, und bringt uns so nahe, dass ich ihre Hitze spüren kann. Oder vielleicht ist das meine Hitze. Ich verbrenne in meinem Hemd, das Jackett ist längst weggeworfen. Sie ist zierlich, sogar in hohen Schuhen, ihr Kopf reicht mir bis auf Brusthöhe.

Ich schiebe sie unauffällig von mir weg. Das scheint mir für Freunde angemessener zu sein. Selbst wenn sie über ihren Widerling von einem Ex hinweg ist, würde ich nie die Grenze überschreiten. Es ist wichtig, diese Grenze zu wahren, damit niemand verletzt wird.

„Eine schöne Hochzeit, nicht wahr?", fragt sie und sieht sich um. Wir sind unter einem weißen Zelt im Garten des Bräutigams, einem weitläufigen Stück Land mit sanften Hügeln, die von Wäldern umgeben sind. Meine jüngere

Schwester, Sydney, hat Kaylas älteren Bruder Wyatt geheiratet. Ich schätze, Kayla und ich sind jetzt verwandt. Irgendeine Art Schwiegersache. Das ist cool, da wir gute Freunde sind.

Ich schaue mich um. „Ja. Und sie hatten Glück, dass der Tag so sonnig war." Es ist Mai, also in der Regel sonnig. Ich bin mir kaum bewusst, was ich sage, so sehr konzentriere ich mich darauf, einen sicheren Abstand zu halten. Sie rückt immer näher.

„Habe ich extra bestellt", erklärt sie. „Weißt du, wenn ich nicht Biostatistikerin wäre, würde ich wohl eine gute Hochzeitsplanerin abgeben. Ich habe Sydney bei der Planung geholfen."

Ich neige den Kopf. Ich weiß weder von der einen Karriere etwas noch von der anderen. Alles, was ich weiß, ist, dass sie brillant ist und gerade ihren Master in Biostatistik abgeschlossen hat. Sie wird bald nach einem Job suchen, wahrscheinlich weit weg von Summerdale, New York. Im Moment arbeitet sie Teilzeit als Kellnerin im Horseman Inn, dem historischen Restaurant mit Bar, das seit Generationen in meiner Familie ist. Es gehört jetzt meiner Schwester, Sydney. Kayla ist eine grässliche Kellnerin, da sie ständig Geschirr fallen lässt, aber sie ist so verdammt niedlich und entschuldigt sich, sodass ihr jeder vergibt.

Sie lächelt. „Du siehst sehr gut aus in deinem schneeweißen Hemd. Schöner Kontrast zu deinen dunklen Haaren und der gebräunten Haut. Aber immer noch der Dreitagebart am Kiefer. Keine Rasur für die Hochzeit, hm?"

Sie spricht nie über mein Aussehen, immer über meine Fähigkeiten als Handwerker. Plötzlich bin ich mir ihrer hyperbewusst, jeder Nerv zum Zerreißen gespannt. „Ähm, danke! Ich habe den Dreitagebart ein wenig getrimmt, damit er ordentlich aussieht."

„Mmm-hmm. Hast auch einen neuen Haarschnitt."

Ich werde stocksteif bei dem überraschenden Gefühl, dass ihre Finger am Nacken durch meine Haare streichen und mir ein Kribbeln über den Rücken schicken. *Sie spielt mit meinem*

Haar. Noch alarmierender: Sie stellt sich auf Zehenspitzen, um mir ins Ohr zu flüstern, ihre vollen Brüste reiben an meiner Brust. „Wir sind Freunde, richtig?"

„Ja." Ich entspanne mich ein wenig. Sowohl weil sie die Grenze einhält, als auch, weil sie sich zurückschiebt, um mich anzusehen, und so dafür sorgt, dass ihre Brüste jetzt einen sicheren Abstand haben.

Sie lächelt gewinnend. „Großartig! Ich muss dich um einen Gefallen bitten."

„Klar."

Sie lacht. „Du hast nicht einmal gehört, worum es geht. Was, wenn ich etwas Verrücktes sage, wie du sollst meine Wäsche waschen?"

Ein Lächeln zupft an meinen Lippen. „Wenn dir knittrige Kleidung nichts ausmacht, werfe ich sie mit meiner zusammen."

Sie glättet meinen Ärmel mit einer Hand und sendet einen Hitzeschwall über meine Haut. „Deine Kleidung ist überhaupt nicht zerknittert."

„Ich hole Anzugshemden immer sofort aus dem Trockner, um sie nicht bügeln zu müssen. Was kann ich für dich tun?"

Plötzlich schüchtern blickt sie über meine Schulter. „Du wirst denken, dass es albern ist."

Ich antworte nicht. Kayla braucht zum Reden nie eine Ermunterung.

Sie stellt sich wieder auf Zehenspitzen, um ihre Bitte zu flüstern, und ich bemerke das Rosa ihrer Wangen aus dem Augenwinkel. „Würdest du bei einer Party so tun, als wärst du mein Verlobter?"

Kalter Schweiß bricht mir aus. *Verlobter?* Ich war einmal ein Verlobter, nie wieder.

„Ich werde dich bezahlen!", fügt sie hinzu.

Mir fällt die Kinnlade herunter.

Sie nimmt meine Hand, zieht mich von der Tanzfläche und sagt: „Ich werde es dir unter vier Augen erklären."

„Du musst das nicht erklären." *Weil es nicht passieren wird.*

Keine Bezahlung und definitiv kein Verlobter, ob nur zum Schein oder nicht.

Sie lässt meine Hand los und bedeutet mir, ihr zu folgen, während sie zur Vorderseite von Wyatts großem grauen zweistöckigen Haus geht. Ich habe nichts dagegen, den Empfang mit den vielen Leuten zu verlassen. Ich mag die Ruhe. Sie geht die Stufen der umlaufenden Veranda mit den vier weißen Kiefernschaukelstühlen hinauf. Diese Stühle habe ich gemacht, ein einfaches elegantes Design mit gerundetem Holz, das sich dem Kopf und dem Gesäß anpasst. Das waren zusätzliche Stücke, zu denen Wyatt mich beauftragt hat, zusammen mit einer Bibliothek mit Regalen, Stauraum und einer rollbaren Leiter. Ich habe ein paar Holzböden restauriert und auch Schränke im Wohnzimmer gebaut. Er war gut für mein Geschäft, hat für mich Werbung gemacht und mir viele Empfehlungen geschrieben.

Sie sitzt auf einem Stuhl und schaukelt ein wenig. „Ich liebe diese Stühle, du geschicktes Genie."

Meine Brust schwillt vor Stolz. Ich nehme den Stuhl neben ihr. „Danke!" Ich arbeite hart in meinem Handwerk, und ich versuche immer, mich zu verbessern, und nehme neue Herausforderungen an.

Sie lächelt mich verlegen an. „Also, es ist so. Meine Lieblingsprofessorin veranstaltet bei sich zu Hause eine Party zum Jahresende für die gesamte Statistikabteilung. Es ist locker, eine Gartengrillparty. Und mein Ex – der, der mich vor viereinhalb Monaten am Altar sitzengelassen hat – wird dort sein. Das ist das erste Mal, dass ich ihn seitdem sehen werde, und ich weiß, dass es unangenehm sein wird. Er soll nur sehen, dass ich *definitiv* darüber hinweg bin."

Sie ist sehr präzise, wenn es um Zahlen geht – vier*einhalb* Monate. Als Tischler respektiere ich das. Man sollte zweimal messen, bevor man etwas schneidet. Jetzt, da ich weiß, dass es darum geht, ihr Gesicht vor ihrem schmierigen Ex zu wahren, bin ich dabei. Ich will ihr das gerade sagen, als sie weiterspricht.

„Ich weiß, dass es für dich eine Unannehmlichkeit ist, weshalb ich dich gerne bezahle. Mein Trinkgeld ist nicht toll, ehrlich gesagt, aber meine Wohnung ist kostenlos, also habe ich etwas Geld."

Sie wohnt über dem Horseman Inn im alten Haus meiner Schwester. Es überrascht mich nicht, dass ihr Trinkgeld nicht so toll ist, wenn sie Essen auf die Gäste und den Fußboden wirft. Ich gehe nicht weiter darauf ein. „Erstens: Bezahl einen Mann bitte nicht für ein Date."

„Aber es ist eine Unannehmlichkeit."

Ich atme kräftig aus. „Zweitens: Ich werde mitkommen."

Sie blinzelt ein paarmal. „Das wirst du?"

„Ja."

„Und du möchtest nichts dafür haben?"

Ich reibe mir den Nacken und erwarte nicht, dass ich erklären muss, wie Freundschaft funktioniert. Wird es unangenehm sein? Ja. Aber ich möchte für sie da sein. „Ich werde dich unterstützen."

Sie starrt mich an, wirkt nicht überzeugt. „Ich weiß nicht. Jetzt, da ich darüber nachdenke, du magst ja gar keine Partys. Das würde dir überhaupt keinen Spaß machen. Vergiss es. Es war nicht fair von mir, dich darum zu bitten. Ich werde jemand anderen fragen, okay?"

Bevor ich antworten kann, geht sie bereits davon, auf dem Weg zu ihrem neuen falschen Verlobten.

Ich starre ihr nach, hin- und hergerissen, was ich tun soll. Bestehe ich darauf, ihr falscher Verlobter zu sein? Es stimmt, dass ich keine Partys genieße, aber sie hat aus einem bestimmten Grund mich gefragt, oder? Ich bin der Freund, auf den sie sich verlassen kann. Vielleicht habe ich nicht begeistert genug geklungen.

Ich folge ihr um die Seite des Hauses. Ihre Schwestern, Brooke und Paige, winken ihr von der Tanzfläche aus zu, und sie eilt zu ihnen hinüber und schließt sich ihnen mit enthusiastischen Hüftstößen an. Irgendwie komisch, weil sie kleiner ist als sie.

Jemand stupst mich in die Rippen. Ich drehe mich um und

stehe Kaylas Bruder Wyatt von Angesicht zu Angesicht gegenüber. Mein neuer Schwager ist so alt wie ich, dreißig, und ungefähr meine Größe mit eins achtzig, hat dunkelbraunes welliges Haar, braune Augen und einen ordentlich getrimmten Bart. Er ist gut zu meiner Schwester und hat immer einen Witz parat. Im Moment jedoch sieht er verdammt ernst aus.

„Hey, Glückwunsch, Mann", sage ich.

„Was war das gerade?", fragt er und stößt mit dem Kinn in Richtung Kayla. Sie ist die jüngste seiner drei Schwestern, und er passt gründlich auf sie auf. Wahrscheinlich etwas, das mit der Tatsache zu tun hat, dass ihr Vater gestorben ist, als sie noch klein waren, und Wyatt ist eingesprungen. Kayla ist direkt zu ihm gegangen, als sie am Altar sitzengelassen worden ist, und ist auch geblieben.

Ich ziehe meine Schultern zurück und spüre sofort, dass ein hyperprotektiver Bruder kurz vor dem Angriff steht. „Nichts." Ich werde Kaylas Bruder nichts von ihrem Plan mit dem falschen Verlobten erzählen. Das wäre ein Vertrauensbruch.

„Schau, ich konnte sehen, dass sie dich auf der Tanzfläche angemacht hat –"

„Wie bitte?"

Er hält eine Handfläche hoch. „Spar es dir. Es ist nicht so, dass ich dich nicht mag, das tue ich, und ich respektiere deine Arbeit, aber –" er stößt mir einen Finger in die Brust „– spiel nicht mit ihr herum, es sei denn, du meinst es ernst. Ich spreche von einer Eheverpflichtung, denn das ist es, was sie sucht."

Ein Schauer durchfährt mich. *Nie wieder.*

„So ist es nicht", erwidere ich. „Wir sind Freunde."

Er schnaubt. „Ich habe gesehen, wie kuschelig ihr zusammen auf der Tanzfläche aussaht. Es mag angefangen haben, als sie dir das Ohr abgekaut hatte, während du in meinem Haus gearbeitet hast, aber ich habe dich im Horseman Inn gesehen, wenn sie da arbeitet, und du siehst verdammt glücklich aus." Wyatt arbeitet manchmal hinter der Bar. Nicht, weil er das tun muss – er ist ein Tech-Whiz-Milliardär im Ruhestand –, sondern weil er sich für Qualitätswein, Bier und Whiskey begeistert und dieses Wissen mit Kunden teilen möchte. Sydney sagt, dass die Gewinne an der Bar dadurch ziemlich hoch sind.

Ich hebe gelassen eine Schulter. Er hat keinen Anlass, mit mir ein Hühnchen zu rupfen. Ich lasse mich nicht auf seine Schwester ein. Punkt. „Es ist das Restaurant meiner Familie. Ich gehe immer dorthin."

Er grunzt. „Sie ist keine Frau, mit der du herumspielst. Verstanden?"

„Laut und klar."

Er betrachtet mich einschätzend. „Es sei denn, du meinst es ernst."

Ich hebe meine Hände. „Ich habe keine Pläne, sie zu heiraten." Ich war vor etwas mehr als einem Jahr verlobt. Amelia ist mit einem Berater von ihrer Arbeit für ein „Abenteuer in Panama" abgehauen. Nach vier gemeinsamen Jahren war das ein Schock. Das ist noch untertrieben. Mein Dad ist eine Woche später gestorben. Ich habe erst vor kurzem begonnen, mich wieder wie ich zu fühlen.

Er schüttelt den Kopf. „Nachdem ihr Arschloch-Ex bei ihrer Hochzeit nicht aufgetaucht ist, war sie zwei Monate lang ein totales Wrack. Du hast nicht die Hälfte von dem gesehen, was ich gesehen habe. Brutal."

„Es sind viereinhalb Monate vergangen."

Er sieht mich an.

„Ich meine ja nur."

Er fährt mit einer Hand durch die Luft. „Das spielt keine Rolle. Mein es ernst oder vergiss es. Das sind deine beiden Optionen."

Das ist mein neuer Schwager, den ich als Freund betrachte. Er hat mir einen Traumjob und freien Lauf gegeben, um seine Bibliotheks- und Wohnzimmer-Einbauschränke zu entwerfen, plus: Ich bekomme laufend Arbeitsempfehlungen durch ihn. Es ist erstaunlich, wie viele wohlhabende

Menschen er kennt, die maßgefertigte Tischlerarbeit zu schätzen wissen. Ich werde das nicht vermasseln.

Ich klatschte ihm eine Hand auf die Schulter. „Kayla und ich sind Freunde. Ende der Geschichte."

Wir schauen beide hinüber zu Kayla auf der Tanzfläche. Sie balanciert auf einem Fuß, weil sie gerade das Riemchen an einer Ferse öffnet. Sie verliert ihr Gleichgewicht, und Wyatt und ich stürmen beide nach vorne. Sydney fängt sie auf, bevor einer von uns näherkommen kann.

Wyatt wirft mir einen misstrauischen Blick zu, bevor er sich zu Sydney auf die Tanzfläche gesellt.

Ich gehe zur offenen Bar, hole mir einen Whisky – Wyatt hat das gute Zeug bestellt – und setze mich an einen leeren Tisch. Mein Blick fällt auf Kayla. Jetzt tanzt sie mit meinem Bruder Eli. Er ist mit sechsundzwanzig näher an ihrem Alter, hat kräftige Muskeln, weil er hardcore daran arbeitet, in Form für seinen Job als Polizist zu bleiben. Nicht, dass er irgendwelche Verbrecher in Summerdale festnehmen muss. Wir sind hier ziemlich harmlos.

Moment mal. Bittet sie ihn, ihr falscher Verlobter zu sein? Er ist Single und wird nicht zögern, sich an sie ranzumachen. Ich bin auf den Beinen, bevor ich weiß, was ich tue. „Kayla."

Sie dreht sich zu mir um. „Hey, Adam! Gesell dich zu uns!" Sie winkt mich zu sich.

Eli sagt ihr etwas, und sie schubst spielerisch seine Schulter. Er sagt ihr wahrscheinlich, dass ich es nie bringe. Ich war nie ein großer Partytyp. Und man würde mich auch nicht bei einem „Abenteuer in Panama" finden. Ich bin hier in Summerdale mit meinem Job und meiner Familie verwurzelt, aber das bedeutet nicht, dass ich keinen Spaß auf meine eigene Art habe.

Und dann kommt sie direkt auf mich zu, und mein Puls trommelt durch meine Venen.

Sie sieht zu mir auf, ihr süßes Gesicht ein wenig fragend. „Was ist los?"

„Geht Eli mit dir auf diese Party?"

Sie sieht zurück zu ihm. „Ich weiß nicht. Meinst du, er würde es machen?"

Natürlich würde er das machen. Er ist immer dabei, wenn es darum geht, sich an eine schöne Frau ranzumachen.

Sie beginnt, sich zum Rhythmus zu bewegen. „Wir sind befreundet. Ich sehe ihn regelmäßig im Restaurant. Manchmal ist er die Samstagabend-Unterhaltung auf seiner akustischen Gitarre."

Ja, das Multitalent Eli. Er hat nur Gitarre spielen gelernt, um Frauen zu beeindrucken.

Sie hält inne. „Geht's dir gut? Du siehst irgendwie wütend aus."

Ich neige meinen Kopf zu ihrem Ohr und senke meine Stimme. „Ich werde dich begleiten. „Ich freue mich darauf, es deinem Ex zu zeigen."

Ihre Augen leuchten auf. „Wirklich?" Sie wirft ihre Arme um meinen Hals und küsst mich auf die Wange. Wärme rauscht durch mich. „Danke! Ich schwöre, ich werde den Gefallen irgendwie erwidern."

Ich stoße einen Atemzug aus, erleichtert, dass ich nicht daran denken muss, dass Eli sie berührt. Nicht, dass ich mich an sie ranmachen werde. Ich bin ihr Rachedate. *Verlobter*. Schweiß läuft mir die Wirbelsäule hinunter.

Das ist alles nur vorgespielt. Keine Verpflichtung.

Wyatt ruft sie.

Sie hält einen Finger hoch, damit er wartet, und strahlt mich an, ihre vollen Schmolllippen breiten sich aus. Sie hat nunmal Schmolllippen. „Vielen Dank noch einmal für *du weißt schon, was*. Das bleibt ein Geheimnis zwischen uns." Sie zwinkert mit einem umwerfenden Lächeln.

Mein Bauch verkrampft sich, das Blut strömt durch meine Adern. Ich ignoriere die unangenehme Lust. Es ist offensichtlich zu lang her für mich. Mir liegt viel zu viel an ihr, um mich auf sie einzulassen, ihr letztendlich weh zu tun, weil ich ihr nicht geben kann, was sie will, eine ernsthafte Beziehung. Und Wyatt hat mich aus genau diesem Grund gewarnt. Ich soll nicht mit seiner Schwester spielen, denn die Folgen sind:

Familiäre Spannungen und Verlust sämtlicher Arbeitsempfehlungen, die ich ihm zu verdanken habe. Es wäre privater und beruflicher Selbstmord. Ich werde es nicht mit ihm vermasseln.

Ich tue ihr nur einen Gefallen, damit sie ihr Gesicht vor ihrem Ex wahren kann. Das ist alles. Ein Freundschaftsding.

2

Kayla

Hier bin ich mit meinem falschen Verlobten, ätsch. *Nimm das, Rob, du falscher Hund!* Und Adam sieht auch noch gut aus. Na ja, er sieht immer gut aus – groß, schlank mit Muskeln, kurze braune Haare mit einem Dreitagebart – aber heute sieht er *besonders* gut aus. Sein weißes T-Shirt betont seine Bräune, die Kontur seines Bizeps und die sehnig muskulösen Unterarme. Das ist kein Mann, der den ganzen Tag am Computer sitzt. Er arbeitet mit diesen Muskeln. Seine verblassten Jeans passen wunderbar zu seiner Statur. Ich bin sicher, jede Frau würde zustimmen, dass sein Hintern in dieser Jeans gut aussieht. Ich habe eine ziemlich lange Zeit damit verbracht, seinen muskulösen Körper von hinten zu bewundern. Vor allem, weil Adam, als ich bei Wyatt mit ihm gesprochen habe, immer zu sehr mit seiner Arbeit beschäftigt war, während ich hinter ihm stand und ihn vollgequatscht habe. So sind wir Freunde geworden.

Aber nur weil ich seinen Hintern bewundere, heißt das nicht, dass ich die Grenze überschreite. Ich bin noch nicht bereit für eine Beziehung, nachdem ich am Altar gedemütigt worden bin. Aber ich fühle mich gut in seiner Nähe, ganz warm und fast glühend. Adam ist der Typ, der sein Wort hält. Als er sagte, er werde am nächsten Tag um acht Uhr morgens in Wyatts Haus zur Arbeit erscheinen, war er auf die Minute da. Und heute hat er mich genau zu der Zeit abgeholt, die wir ausgemacht hatten. Es bedeutet etwas, wenn eine Person ihr Wort hält.

„Geht's dir gut?", fragt er mich zum dritten Mal.

Wir sind seit einer Stunde hier und haben bereits die Runde gemacht und mit allen gesprochen. Rob ist noch nicht hier. Ich kann nicht gehen, solange er mich nicht mit Adam gesehen hat.

Ich nicke. „Und dir?"

„Natürlich. Mach dir meinetwegen keine Sorgen."

Ich weiß, dass Partys nicht seine Szene sind. Er ist still und zurückhaltend, begnügt sich mit einer kleinen Versammlung oder damit, allein zu sein, aber mit mir ist er sofort warm geworden. Ich denke gern, dass es meine freundliche Persönlichkeit ist, aber es war höchstwahrscheinlich Mitleid mit meinem niedergeschlagenen Post-Altar-Dumping. Zu der Zeit hatte ich das Gefühl, über meine Sorgen reden zu müssen. Rob und ich haben zwei Monate gedatet, in denen er mich mit Komplimenten, Blumen, Karten, in die er kitschige Sachen geschrieben hatte, überschüttet hat, das Übliche. Er hat mir in unserem Lieblingsrestaurant einen Antrag gemacht und war ganz eifrig, es offiziell zu machen. Wir haben in genau dem Restaurant geplant, am Silvesterabend durchzubrennen. Und dann hat er in letzter Minute kalte Füße bekommen, während ich in meinem schönen Hochzeitskleid gewartet habe. Zumindest hat er das gesagt. Ich vermute, der einzige Grund, warum er mir überhaupt den Antrag gemacht hat, war, dass ich ihm gesagt habe, dass ich mich für die Ehe aufspare. *Falscher Hund!*

„Nicht mehr viel länger", sage ich zu Adam.

Er blickt auf meinen leeren roten Plastikbecher. „Möchtest du noch etwas Wein?"

Er ist als falscher Verlobter sehr aufmerksam, was ich zu schätzen weiß. „Könntest du mir stattdessen eine Flasche Wasser besorgen?"

Er nimmt meinen Becher und geht davon. Ein Mann der Tat und weniger Worte.

Ich schaue mich um und suche nach Rob. Noch nicht hier. Ich kann nicht ewig warten. Das ist eine Zumutung für Adam, und er lässt seine englische Bulldogge Tank auch nicht gern zu lange allein. Manchmal hat er einen Nachbarn, der auf Tank aufpasst, wenn er außerhalb der Stadt zu tun hat. Vielleicht kann ich ja so diesen enormen Gefallen erwidern. Ich werde auf Tank aufpassen und ihn knuddeln. Das werde ich auf dem Nachhauseweg ansprechen.

Adam kehrt zurück und gibt mir eine Flasche Wasser.

„Danke!"

Er zuckt mit seinem Kinn in meine Richtung. Das ist Adam für *Gern geschehen, kein Problem*. Ich bin gut darin, die Lücken auszufüllen, wenn es um Adam geht. Er hat zum Beispiel nicht erwähnt, dass ich in meinem Outfit schön aussehe – eine hellgelbe Bluse mit einem passenden weiten Minirock – aber er hat hörbar geschluckt, als sein Blick zu meinen nackten Beinen hinuntergewandert ist. Das ist Adam für *tolles Outfit, um deinen Ex eifersüchtig zu machen, aber ich bin zu höflich als dein Freund, um es zu erwähnen*.

„Lass uns was zu essen holen", sage ich, auf dem Weg zum langen Buffet. Wir bedienen uns bei den Burgern. Ich fülle Kartoffelsalat auf meinen Teller, und Adam entscheidet sich für Kartoffelchips.

Wir essen im Stehen am Ende des Tisches in geselliger Stille. Ich bin so verärgert, dass Rob zu spät kommt, aber was habe ich erwartet? Er kommt immer zu spät, und man darf bei ihm nicht erwarten, dass er seine Verpflichtungen einhält. Offensichtlich, da er mich zum Durchbrennen gedrängt hat, nur um mir dann eine Nachricht zu hinterlassen – nicht bei mir, sondern beim Restaurantbesitzer – dass er es nicht durchziehen könne. Es war seine Idee!

Ich nehme wütend eine Gabel voll Kartoffelsalat. Zumindest Adam war heute wunderbar als mein treuer Begleiter. Und es ist leicht, bei allen mit ihm anzugeben. Er ist ein echter Handwerker, und man sieht nicht jeden Tag Arbeit wie seine. Er kann interessante, moderne Designs für Tische und Beistelltische mit gespreizten Beinen fertigen, klassische Designs mit aufwändig gedrechselten Zierleisten und fast jede Art von Möbeln, die man sich nur vorstellen kann, dazu Schränke und Einbauschränke. Er kann sogar historische Eichendielen restaurieren, sodass sie aussehen, als wären sie noch nie berührt worden. Ich habe sein Online-Portfolio überall herumgezeigt.

Das einzige Problem ist, dass Adam schrecklich darin ist, so zu tun, als wären wir ein Paar. Er hat mich noch überhaupt nicht berührt. Ich hätte ihm ein paar Anweisungen geben sollen. Ich wette, diese Fake-Verlobter-Sache ist neu für ihn. Für mich auch, aber zumindest weiß ich, dass wir Händchen halten und/oder beiläufig einen Arm umeinander legen sollten. Bisher musste ich jedes Mal, wenn ich ihn jemandem vorgestellt habe, nach seiner Hand greifen.

Sobald wir unser Abendessen beendet haben, geht Adam mit unseren Papptellern los, um sie in den Müll zu werfen, und lässt mich genau in dem Moment allein, als Rob sich nähert. Mist. Ich kann nicht zu Adam laufen, sonst sieht es so aus, als ginge ich Rob aus dem Weg. Ich muss cool tun. Und jetzt trägt Rob auch noch ein *Always Summer*-T-Shirt aus dem Online-Rollenspiel, bei dem wir uns kennengelernt haben. Nach dem Online-Treffen haben wir festgestellt, dass wir an derselben Universität waren. Er promoviert in Statistik. Der ahnungslose Mann erinnert mich mit diesem Shirt an unsere Geschichte. Glaubt er, dass wir dort weitermachen werden, wo wir aufgehört haben? Zur Hölle, auf gar keinen Fall!

Ich gestikuliere Adam hoffentlich nicht allzu hektisch zu, er solle sich wieder zu mir gesellen. Er gibt Gas, denn er spürt, dass ich ihn brauche. Schließlich erreicht mich Adam eine Sekunde vor Rob.

Rob hält an und sieht überrascht aus, mich mit Adam zu sehen. Ich darf nicht zulassen, dass fraglich ist, in welcher Beziehung Adam zu mir steht. Ich nehme vorsichtig seine Hand und halte sie hinter meinen Rücken, damit es aussieht, als läge sein Arm um mich herum. Ich trage sogar den alten

Verlobungsring meiner Schwester Paige, damit es echter wirkt, einen runden Diamanten auf einem goldenen Ring. Ihr Ex ist zur Arbeit ins Ausland gegangen, nachdem sie sich getrennt haben, also hat sie den Ring einfach in eine Schublade gelegt und sich vorgenommen, ihn eines Tages zu verpfänden. Zum Glück für mich war er noch verfügbar.

Ich hatte eine Woche Zeit, um mich auf dieses Ereignis vorzubereiten, und jetzt, da es endlich so weit ist, trommelt mein Herz wie verrückt gegen meinen Brustkorb. Mein Ex sieht genauso aus, wie ich ihn in Erinnerung habe – braunes Haar, das ordentlich an der Seite gescheitelt ist, cremig weiße Haut, keinen Muskeltonus irgendwo. Ich kann nicht anders, als den Kontrast zu dem Mann zu bemerken, den ich gerade zwinge, einen Arm um mich zu legen. Ehrlich gesagt, Rob ist der Kopf-Typ, zu dem ich mich schon immer hingezogen gefühlt habe.

„Hallo", sage ich.

„Hi, Kayla", sagt Rob. „Lange nicht gesehen."

Himmel, ich frage mich, warum. Falscher Hund!

„Ja", sage ich verkrampft. „Ist schon eine Weile her, seit du nicht bei unserer Hochzeit aufgetaucht bist. Glücklicherweise bin ich darüber hinweg." Ich schaue Adam anhimmelnd an.

Rob streckt Adam die Hand entgegen. „Hi, ich heiße Rob."

Adam ignoriert seine Hand. „Ich denke, ich sollte dir danken, dass du das mit Kayla nicht durchgezogen hast. Sonst wären wir uns nicht begegnet."

Ich strahle. „Wir sind verlobt." Ich halte meine Ringhand hoch.

„Das ging aber schnell", sagt Rob und betrachtet Adam misstrauisch. „Ich denke, sie hat dir von ihrer Regel erzählt."

Meine Wangen glühen. Er spricht über meine Keinen-Sex-vor-der-Ehe-Regel, um zu implizieren, dass Adam mich nur *deswegen* will. *Doppelter-Schleim-Rattenhund!*

Adam wendet sich mir zu, eine Frage in seinen braunen Augen. Die Beschämung setzt ein, und dann wird es noch schlimmer.

Rob fährt in einem vertraulichen Ton in Richtung Adam fort. „Ich hoffe, es lohnt sich. Sei nicht wie ich, Mann. Kein Sex ist es wert, lebenslang angekettet zu werden."

Ich halte den Atem an. Ich hatte ja schon den Verdacht gehabt, dass meine J-Karte der einzige Grund war, warum Rob mich so eilig vor den Altar bringen wollte, aber es ihn laut und vor Adam sagen zu hören, ist so viel schlimmer.

„Wovon zum Teufel sprichst du?", bellt Adam.

Die Unterhaltungen werden leiser, und die Leute kommen näher.

Mein Puls rast, jeder Muskel spannt sich an. „Ich werde es später erklären", sage ich leise zu Adam.

Rob zuckt mit den Schultern. „Das ist der einzige Grund, warum ich den Antrag gemacht habe. Ich hatte es satt, darauf zu warten, dass sie aufgibt."

Adam bewegt sich schnell, packt Rob am Hemdkragen und zieht ihn an sich. „Entschuldige dich bei ihr! Jetzt!"

Rob wird blass, seine Augen rollen in meine Richtung. „Es tut mir leid. Ich war einfach ehrlich."

Adam schiebt ihn weg. „Nicht gut genug. Eine echte Entschuldigung."

„Ich habe nur das Logische getan", jammert Rob.

Adam zieht eine Faust zurück, aber ich greife seinen Arm und flüstere: „Bitte mach keine Szene." Ich kann es nicht einmal ertragen, die stillen Zeugen um uns herum anzusehen.

Er dreht sich zu Rob zurück. „Du wirst nie wieder mit ihr sprechen. Du wirst sie nicht einmal mehr *ansehen*. Und jetzt verzieh dich hier, bevor ich dir in den Hintern trete."

Rob zögert und sieht sich nach Beistand um. Adam zuckt nach vorne, und Rob springt, macht auf dem Absatz kehrt und läuft direkt aus dem Garten auf die Straße.

Das Gespräch wird in leisem Gemurmel wieder aufgenommen.

Ich drehe mich zu Adam um, dessen Kiefer verkrampft ist, die Hände noch zu Fäusten geballt. Ich wusste nicht, dass er so einen Beschützerinstinkt hat. Er ist wie ein echter Ritter in glänzender Rüstung. Wärme rauscht durch mich.

Ich stupse seinen Arm mit meiner Schulter an. „Danke dir!"

Er sieht mir in die Augen, seine Stimme ist wütend. Er ist deiner überhaupt nicht würdig. Ich hasse den Gedanken, dass du mit jemandem wie dem zusammen warst."

Eine plötzlich anrauschende Zuneigung lässt mich ihn von der Seite umarmen. Sein Arm legt sich um meine Schultern. Trotz der Tatsache, dass ich gerade den zweitdemütigendsten Moment meines Lebens erlebt habe (der erste, als ich am Altar zurückgelassen wurde), fühle ich mich fast aufgedreht. Adam hat sich für mich auf die erstaunlichste Weise eingesetzt.

Ich sehe zu ihm auf. „Du bist fantastisch."

„Geht's dir gut?", fragt er und sieht noch immer angepisst aus.

„Ja, mir geht's gut."

„Möchtest du hier weg?"

„Gleich. Ich will nicht, dass es aussieht, als ginge ich seinetwegen. Lass uns noch einen Drink nehmen und uns unter die Gäste mischen."

„Wasser?"

„Ja, bitte."

Er geht rüber zum Kühler bei der Terrasse, um zwei weitere Flaschen Wasser zu holen. Ich schaue mich zum ersten Mal um, aber es scheint, dass alle wieder zu ihren normalen Gesprächen übergegangen sind, jetzt, da die Möglichkeit eines Faustkampfes verpufft ist.

Ich kann nicht glauben, dass ich damals, als wir zusammen waren, so glückselig unwissend über Robs wirklichen Absichten war. Ich dachte wirklich, er liebe mich. Was, wenn mich jeder Typ so sieht? Ich denke, er ist der Richtige, sie machen wir einen Antrag, und dann lassen sie mich im letztmöglichen Moment fallen, weil sie die Ehe nicht so sehr wollen wie Sex. Meine Jungfräulichkeit war nie als Köder gedacht.

Adam kommt mir mit seinem entspannten, lockeren Gang

entgegen. Mein Magen flattert unerwartet, und ich stelle fest, dass ich lächle.

Er reicht mir eine Flasche Wasser. „Worüber lächelst du? Ich dachte, du wärst verärgert."

„Mein Ärger wird durch einen großartigen Freund wie dich wieder aufgewogen."

Er mustert mich einen Moment lang und betrachtet eingehend meinen Gesichtsausdruck. Was immer er dort sieht, es muss ihn beruhigen, weil er sein Wasser öffnet und einen langen Schluck nimmt. Mein Blick wird von seinem Adamsapfel angezogen, der sich in seiner männlichen Kehle auf und ab bewegt, und dann von der gesamten Länge seines Halses und hinauf zu dem dunklen Dreitagebart an seinem kantigen Kiefer. Mein Atem beschleunigt sich durch sein sexy gutes Aussehen. Natürlich wusste ich immer, dass er gutaussehend ist, aber das hier ist irgendwie anders. Jedes Nervende kribbelt vor Aufregung.

Er beugt sich zu meinem Ohr hinunter, seine Stimme ein leises Grollen, das einen köstlichen Schauer durch mich sendet. „Meinst du, die Leute haben uns die Verlobung abgekauft?"

Unsere Blicke kollidieren aus der Nähe, die Luft summt zwischen uns.

Mein Mund wird trocken. „Ja", krächze ich.

Er neigt seinen Kopf. „Gut."

„Ja, gut", halle ich wider.

Zwei Frauen aus meinem Master-Studiengang, Julia und Yvette, kommen rüber, um zu plaudern, schreien begeistert auf, als sie meinen Verlobungsring sehen, und löchern mich mit Fragen zum Antrag und wie lange wir schon zusammen sind. Sie sind beide brünett, Single und bodenständig wie ich. Es ist ziemlich einfach, darüber zu sprechen, wie Adam und ich uns kennengelernt haben, während er im Haus meines Bruders gearbeitet hat. Ich prahle mit seinen großartigen Fähigkeiten als Tischler und gebe mit seiner Arbeit an, die ich online aufrufe, während ich mich bemühe, mir eine gute Antragsgeschichte einfallen zu lassen.

„Du bist sehr talentiert", sagt Julia zu Adam. „Also, wie hast du um ihre Hand angehalten? War es eine große romantische Geste?"

„So romantisch", antworte ich für ihn.

Adam nickt, trägt aber nicht zur Geschichte bei.

Ich springe mit dem Teil ein, den ich wirklich gerne in meinem idealen Antragsszenario hätte. „Er ist auf ein Knie hinuntergegangen und hat einfach aus dem Herzen gesprochen. Es war *alles*."

Julia und Yvette tauschen einen erfreuten Blick aus und wenden sich mir wieder lächelnd zu.

„So mutig von dir, nach *Du-weißt-wem*", flüstert Yvette. „Ich habe ihn nie gemocht."

„Sein Herz zu öffnen ist immer ein mutiger Akt", sage ich. „Wie sonst kann man die Liebe einlassen?" Ich wende mich an Adam, um seine Zustimmung zu bekommen, aber sein Ausdruck ist verschlossen. Schätze, er fühlt sich nicht wohl mit Liebesgeplauder vor anderen Menschen, auch wenn er es nur vorspielt. Ich wende mich meinen Freundinnen zu. „Ich bin jetzt mit dem Richtigen zusammen, und das macht den Unterschied aus."

Das Gespräch bewegt sich schnell zu dem, was uns allen in den Sinn kommt, nachdem wir jetzt unseren Master in Biostatistik haben – der Jobsuche. Adam steht da und hört still zu. Als ich mein Wasser leer habe, bringt er meine Flasche ohne ein Wort zum Recycling.

In dem Moment, in dem er weggeht, sagt Julia in übertriebenem Oberschicht-Tonfall: „Er ist ziemlich schneidig."

Yvette nickt.

Ich lächle. „Das ist er." Ich klinge ein wenig verträumt. Das ist okay, ich soll ja auch mit ihm verlobt sein.

Sobald Adam an meine Seite zurückkehrt, umarmen mich meine Freundinnen und verabschieden sich. Sie fahren nach dieser Party zurück in die Stadt. Ich bin jetzt auch bereit aufzubrechen.

„Du musst zurück zu Tank", sage ich zu Adam. „Ich

werde mich nur von Professor Kurtz verabschieden, und dann machen wir uns auf den Weg."

„Klar."

Auf der Suche nach Professor Kurtz bahne ich meinen Weg durch die Gästegruppe. Ich habe getan, wozu ich hierhergekommen bin, aber es gibt noch eine Sache, die an mir nagt. Dass Rob zuzugeben hat, mir nur einen Antrag gemacht zu haben, weil er mir an die Wäsche wollte, war ein erhellender Moment. Ich muss mich um dieses riesige rosa J kümmern, das auf meine Stirn gestempelt ist (oder ist es irgendwo tiefer gestempelt?). So oder so, mir Moms Rat zu Herzen zu nehmen, auf die Ehe zu warten, war ein riesiger Fehler, der immer schwieriger Typen gegenüber zu erklären sein wird, je älter ich werde.

Ich bin fünfundzwanzig, verdammt noch mal! Das wird allmählich peinlich. Ist es meine Schuld, dass ich noch nie einen Mann getroffen habe, der mich genug in Versuchung geführt hat, um meine Regel zu brechen? Nicht einmal Rob. Und was sagt das über mich aus, dass ich bereit war, einen Mann zu heiraten, dem ich mich zugeneigt fühlte, aber nicht leidenschaftlich? Die Wahrheit ist, dass von all den Jungs, die ich im Laufe der Jahre gedatet habe, mehrere ziemlich gute Küsser waren, aber ich habe mich nicht einmal hingerissen genug gefühlt, um die Grenze zu überschreiten. Ist es möglich, dass ich Jungs gedatet habe, zu denen ich mich nicht wahnsinnig hingezogen gefühlt habe, um mich ganz einfach an meine Regel halten zu können?

Eine echte und beunruhigende Möglichkeit.

Klar, mir fehlen einige wichtige Kenntnisse in Sachen Entfesseln von Leidenschaft. Oder vielleicht ist es auch, dass ich nie einem Mann vertraut habe, dass er mir unter die Gürtellinie geht und aufhört, wenn ich ihn darum bitte. Vielleicht wird Leidenschaft überhaupt erst unter dem Bauchnabelbereich freigeschaltet. Hm.

Ich schaue zu Adam auf, und der Ruck einer neuen Art von Aufregung durchzieht mich. Urtümliches Mann-Frau-Potenzial. Aufregung mit einem Hauch Nervosität läuft durch meinen Körper, sodass ich mich lebendig und bewusst und … sexuell fühle. Er ist gutaussehend, nett, von der beschützenden Art. Ich fühle mich bei ihm sicher. Hmm …

Ich sehe Professor Kurtz, danke ihr für die Party und umarme sie zum Abschied. Sie ist eine brillante Frau um die Vierzig, mit blondem Haar und Brille. Sie lässt Vollzeit-Akademikerin und die Mom zweier Töchter zu sein leicht aussehen.

„Kayla, es war mir ein Vergnügen. Ich werde Ihnen per E-Mail meinen Kontakt zu Noon Pharmaceuticals in Indiana schicken. Vielleicht haben die etwas, das für Sie das Richtige ist." Sie weiß, dass ich auf Jobsuche bin.

„Danke! Dafür bin ich wirklich sehr dankbar."

„Natürlich. Und Sie können mich überall, wo Sie sich bewerben wollen, als Referenz nennen." Sie reicht Adam die Hand. „Es war auch schön, Sie kennenzulernen, Adam. Hoffentlich bekomme ich eine Einladung zu Ihrer Hochzeit. Kayla ist etwas Besonderes für mich. Ein brillanter und neugieriger Kopf."

Aww. „Definitiv", sage ich.

Adam schüttelt ihre Hand und murrt etwas Unverständliches. Er ist neu in sowas.

Ich nehme seine Hand und drücke sie, dann gehen wir zurück zur Straße, wo Adam seinen schwarzen Mazda geparkt hat.

In dem Moment, in dem wir wieder in seinem Auto sind, stoße ich einen erleichterten Atemzug aus. „Mission erfüllt. Und obwohl Rob ein absoluter Arsch war, hat er es mir nur leichter gemacht, über ihn hinwegzukommen. Offensichtlich ist er keinen weiteren Gedanken wert."

„Ich wünschte mir immer noch, ich hätte einen guten Schlag landen können."

Ich begegne seinem erbitterten Blick, meinem Beschützer. „Was du getan hast, war reichlich. Ich habe die Party mit hoch erhobenem Kopf verlassen, und alle Leute werden sich erinnern, dass Rob ein Arsch war, der mit seinem Schwanz zwischen den Beinen abgehauen ist."

Er schaltet den Motor an, dreht die Klimaanlage auf und fährt mit einer netten, vorsichtigen Beschleunigung los. Er hat so eine geduldige ruhige Art an sich. Ich wette, er wäre auch geduldig mit meiner Unerfahrenheit. Eine Art Lehrer, der das freischaltet, was ich bisher vermisst habe – Leidenschaft. Allein die Vorstellung, dass sein großer muskulöser Körper sich gegen meinen drückt, lässt meinen Atem beschleunigen, meinen Puls rasen und meinen ganzen Körper vor Hitze rot werden. Ich habe hier etwas. Als wir letzte Woche bei Wyatts Hochzeit getanzt haben, war definitiv Hitze zwischen uns. Potenzial für mehr in einer lockeren Weise? Ich weiß, dass ich nicht bereit bin, wieder ernsthaft zu daten, und als wir uns kennengelernt haben und ich ihn mit meinen Sorgen überhäuft habe, hat Adam das kommentiert, indem er meinte, mein Am-Boden-zerstört-Sein sei genau der Grund dafür, warum er Beziehungen meide. Das könnte perfekt sein.

Ich wedle sorglos mit der Hand, obwohl mein Herz heftig schlägt. „Ich sage den Jungs immer, dass ich auf die Ehe warte, bevor ich Sex habe. Das ist meine Regel, aber ich denke, es könnte Zeit sein, diese Regel zu brechen, weißt du?"

Er tritt so kräftig aufs Gas, dass mein Kopf in die Kopfstütze gedrückt wird.

„Au!"

～

Adam

Kayla ist eine fünfundzwanzig Jahre alte Jungfrau, und jetzt will sie es nicht mehr sein. Das muss ich *nicht* wissen. Das sollte ich nicht wissen. Und dieser Rattenbastard, Rob, hat sie zu einer Hochzeit gedrängt, nur damit er Sex bekommen konnte. Sie waren nur zwei Monate zusammen. Kayla hat mir die Geschichte schon einmal erzählt. Er hat ihr formvollendet den Hof gemacht – Blumen, Süßigkeiten, Karten mit all dem poetischen Liebesschrott. Und die arme Kayla hat geglaubt, seine Liebe sei echt.

Ich sehe zu ihr hinüber. Ihr Kopf ist geneigt, als sie mit dem geliehenen Verlobungsring am Finger herumspielt.

Ich verkrampfe den Kiefer. Und dann hatte dieser Bastard auch noch die Eier, das Thema direkt vor mir anzusprechen, nur um sie zu demütigen. „Ich möchte dieses Auto so gern wenden, das Arschloch finden und ihm direkt in sein selbstgefälliges Gesicht schlagen."

Sie zieht den Verlobungsring ihrer Schwester ab und steckt ihn in ihre kleine beigefarbene Geldbörse. „So verlockend das klingt, ich muss ablehnen. Wichtig ist, er weiß, dass ich über ihn hinweg bin."

Aber das ist sie nicht. Sie trifft sich mit niemandem, sonst hätte sie jemand anderen gebeten, heute einzuspringen. Sie sieht mich nicht als Risiko für ihr Herz, was gut ist, weil sie recht hat. Ich komme nie nahe genug, als dass das ein Problem sein könnte. Wir sind beide gut geschützt durch diese Freundschaftssache.

Sie seufzt. „War es fürchterlich für dich? Ich meine die Party."

Eigentlich habe ich mich wie ein Rockstar gefühlt. Sie hat die ganze Zeit damit verbracht, mit meinem Können als Handwerker zu prahlen. „Es war gut. Ich wusste nicht, wie sehr du bei dem, was ich tue, wirklich zugehört hast."

Sie lächelt. „Ich höre zu. Habe ich nicht wochenlang gefragt, was du tust und warum, während du in Wyatts Haus gearbeitet hast?"

Wärme füllt meine Brust. Sie will immer von meiner Arbeit und meine Gedanken zu allem erfahren. Sie ist so klug und belesen, sie kann über jedes Thema sprechen, und das, was sie am faszinierendsten zu finden scheint, bin ich. „Ja, das hast du."

Mir fällt auf, dass ich sehr wenig über sie weiß. Sie hat mir meistens Fragen über mich gestellt. Ich weiß, dass sie Biostatistik studiert hat, dass sie am Altar sitzengelassen wurde, und sie ist eine Jungfrau, die diesen Status ändern möchte. Ah, ich weiß zu viel.

„Ich kann dir gar nicht genug dafür danken, dass du heute für mich eingetreten bist", sagt sie. „Du bist der Beste."

Ich schaue rüber zu ihrem lächelnden Gesicht. *Wunderschön.* Wenn ich das Talent dazu hätte, würde ich ihr Porträt malen. Es ist ihr dunkles, glänzendes Haar im Kontrast zu ihrer cremigen Haut, den großen braunen Augen, den zarten Wangenknochen und ihren vollen Schmolllippen. Mein Bauch verkrampft sich mit unpassendem Verlangen.

Sie schlägt die Beine übereinander, wodurch sie mehr Haut entblößt, während ihr kurzer Rock nach oben rutscht.

Denk an etwas Kühles. Ich sollte versuchen, bald jemanden kennenzulernen. Es ist schon eine Weile her.

Wir fahren schweigend, und ich versuche, ihren blumigen Duft und die Kurve ihrer Wange nicht zu bemerken. Wie sie nachdenklich aus dem Fenster starrt. Der einzige Sound ist das Album einer Band, die wir beide mögen, Fitz Round. Es ist teils Folk, teils Blues, teils Rock. Ich mag die einzigartige Mischung ihrer Musik. Kayla mag die Harmonie ihrer Stimmen.

Sie streckt die Hand aus und dreht die Musik leiser. „Adam, ich habe ein Problem, und ich denke, du könntest die Lösung sein."

Mein Verstand rast und bleibt bei der einen Sache hängen, von der ich nicht will, dass sie sie ausspricht. *Tu's nicht.*

Und dann sagt sie es. „Meine Jungfräulichkeit ist zu einer Last geworden."

Ich schweige.

Sie fährt nüchtern fort: „Es war ein Fehler, all die Jahre zu warten, deshalb möchte ich, dass du mir hilfst und mir meine Jungfräulichkeit nimmst."

Mein Herz schlägt Alarm: *Gefahr, Gefahr, Gefahr!*

Sie seufzt. „Ich meine, wir sind gute Freunde. Ich vertraue dir, also weiß ich, dass ich nichts zu befürchten habe."

Ich weiß nicht, was ich dazu sagen soll. Offensichtlich nein. Aber wie erkläre ich ihr, dass es nicht daran liegt, dass sie nicht begehrenswert ist – sie ist verdammt begehrenswert – sondern weil ich diese Art von Beziehung nicht mit ihr haben kann. Ich bin nicht der Mann, den sie braucht. Sie ist jemand, den man heiratet. Ihr Bruder hat mich sogar wenig subtil gewarnt, mich von ihr fernzuhalten, weil sie genau das will, was in Ordnung ist, weil ich das nie wieder tun werde.

„Nein, danke", sage ich.

Sie versteift sich. „Na ja, das war höflich. Darf ich fragen, warum?"

„Nein."

Sie fährt sich mit den Fingern durchs Haar und stöhnt.

„Nichts Persönliches", sage ich. „Du solltest auf den Richtigen warten, deinen zukünftigen Ehemann."

„Das ist ja das Problem! Ich habe zu lange gewartet. Meine Mutter hat mir diesen dummen Rat gegeben, dass Sex mit Liebe besser sei, besonders mit verheirateter Liebe. Jetzt trage ich dieses riesige rosa J auf meiner Brust!" Sie schlägt sich zur Betonung auf die Brust.

Ich will ihr gerade versichern, dass niemand sie für eine Jungfrau hält, wenn man sie nur ansieht – ich meine, ich hatte keine Ahnung davon und verbringe viel Zeit mit ihr –, als sie fortfährt.

„Meine Schwestern haben mir gesagt, dass mir was entgeht. Sie sagen, Mom hat uns nur gesagt, wir sollen warten, damit wir nicht schwanger werden und die Schule abbrechen. Bei meiner Mutter war das anders, da sie mit zwanzig geheiratet hat. Ich bin so ein Idiot. Sieh mich an: Ich bin fünfundzwanzig und flehe meinen Kumpel an, mir zu helfen. Gott!"

Ich hasse es, dass sie sich deswegen aufregt. „Du bist kein Idiot. Und es war kein schlechter Rat." Ich kenne den Unterschied, wenn Liebe involviert ist. Manchmal wünschte ich, ich wüsste nichts darüber.

„Ich habe mir Moms Rat zu Herzen genommen und viel zu lange daran festgehalten. Erbärmlich." Ihre Stimme bricht.

Ich drücke ihren Oberarm, der sicher vom Stoff ihres Tops bedeckt ist. „Du bist nicht erbärmlich."

Sie blinzelt schnell, ihre Unterlippe zittert. *Bitte nicht weinen.* „Ehrlich gesagt dachte ich vorher nicht, dass das

Warten eine große Sache sei. Ich habe mich noch nie so gefühlt, als müsste ich mir die Kleider vom Leib reißen und ins Bett springen, wie man es in Filmen und im Fernsehen sieht. Du weißt, was ich meine?"

Ich schlucke. *Zu. Viel. Information.* „Ja."

„Aber jetzt steht es meinem sozialen Leben im Weg. Es ist wie ein Gespräch, das wir führen müssen, bevor es zu weit geht. Ich will nur, dass es aus dem Weg ist, und ich dachte … egal." Sie atmet tief und zitternd ein.

„Ich bin sicher, es wird passieren, wenn die Zeit reif ist." Das klingt selbst in meinen Ohren lahm. Ich muss aufhören, mit ihr über Sex zu reden. Die ungewollte Lust meines Körpers macht es mir wirklich schwer, mich daran zu erinnern, warum ich Abstand halten muss. Und dann würde sie verletzt werden, und es wäre alles meine Schuld.

Ihre Lippen sind zu einer grimmigen Linie zusammengepresst. „Ich kann nicht länger warten. Ich muss das selbst in die Hand nehmen."

Wieder schrillen die Alarmglocken in meinem Kopf. Sie klingt ernst.

Sie fängt an, über Singlemänner zu reden, die sie kennt, und ich werde immer angespannter. Sie holt ihr Handy heraus und fängt an zu tippen. „Oder vielleicht probiere ich eine dieser Dating-Apps aus, von denen ich gehört habe."

Ich packe ihr Handy.

„Hey!"

„Nein."

Sie schnappt nach Luft. „Entschuldigung, aber du hast nein gesagt, also ist es nicht mehr dein Problem."

„Ist es sehr wohl." Ich stecke ihr Handy in meine Gesäßtasche und konzentriere mich auf die Straße. Auf keinen Fall wird sie ihr erstes Mal mit einem dahergelaufenen Typen haben, den sie online findet.

Sie spitzt ihre üppigen rosa Lippen. „Ich tue nur das, was meiner Meinung nach getan werden muss. Ich habe das Warten satt und bin ehrlich gesagt neugierig, ob all das Getue gerechtfertigt ist."

Neugierig? Eher grob fahrlässig.

„Du bist in Ordnung, so wie du bist", sage ich mit Endgültigkeit in der Stimme. *Können wir jetzt bitte aufhören darüber zu reden?*

Sie schweigt, und ich kann fast spüren, wie sich die Rädchen in ihrem Verstand drehen. Sie arbeitet an ihrem nächsten Ansatz, das Problem zu beheben.

„Kayla, du musst nichts tun. Diese *Sache* ist kein Problem." Ich kann mich nicht dazu bringen, das Wort Jungfräulichkeit auszusprechen. Es fühlt sich zwischen platonischen Freunden einfach zu intim an, obwohl sie es schon oft gesagt hat.

Nach einer Weile sagt sie: „Oh-h-h, jetzt verstehe ich. Ich bitte dich immer wieder um Gefallen und habe mich nie revanchiert."

„Das ist es nicht", murmele ich.

„Gibt es eine neue Säge, die du im Auge hast? Ich stelle mir vor, dass Sägen für dich wie Handtaschen für mich sind. Oder ich könnte mich um Tank kümmern, ihn ein bisschen verwöhnen, wenn du beruflich unterwegs bist. Würde das helfen?"

„Ich nehme dir deine verdammte Jungfräulichkeit nicht, also musst du nichts tun!"

Sie schnaubt. „Meine *verdammte* Jungfräulichkeit. Siehst du? Ich habe dir gesagt, dass es ein Problem ist. Das denkst du auch, aber du bist nicht bereit zu helfen. Und ich dachte, wir stehen uns nahe."

Ich kann es mir bei ihrer Einschätzung kaum verkneifen, die Augen zu verdrehen. „Deswegen habe ich keine weiblichen Freunde. Grenzen. Du bist die Ausnahme, weil du mit mir im Haus deines Bruders rumgehangen hast, und jetzt sind wir verwandt."

„Wir sind *nicht* verwandt."

„Dein Bruder hat meine Schwester geheiratet."

„Also sind wir angeheiratet verwandt. Igitt. Du glaubst, ich wollte, dass ein Verwandter Liebe mit mir macht?"

Liebe machen. Mein Gott, sie ist so unschuldig. „Wenn du

nicht verliebt bist, heißt es Ficken, okay? Kannst du das überhaupt sagen?" Ich bin höhnisch, um sie zum Schweigen zu bringen.

Sie beugt sich zu mir vor, ihre Stimme kehlig und sexy wie die Hölle an meinem Ohr. „Ficken. Fick, fick, fick. Ich möchte, dass du mich *fickst*, Adam."

Ich werde steinhart und packe das Lenkrad fester.

„Wir könnten es locker halten, damit niemand verletzt wird", fügt sie hinzu.

Ich verkrampfe den Kiefer gegen das, was ich sagen will, nämlich dass sie Sex mit mir nur bereuen wird. Sie denkt, dass sie mit locker umgehen kann, aber das ist einfach nicht sie. Und ich werde verdammt noch mal nicht zulassen, dass sie ihr erstes Mal mit einem dahergelaufenen Kerl hat, der sie vielleicht nicht richtig behandelt. Sie ist ein guter Mensch, ein *großartiger* Mensch, und das bedeutet, dass sie jemanden verdient, der sie wie eine Königin behandelt. Ich sage nichts, weil es nicht meine Sache ist.

Ich sollte eigentlich gar nichts davon wissen.

Das ist genau der Grund, warum Männer und Frauen nicht Freunde sein können, weil dann die Frau Sex sagt und der Mann kann über nichts anderes nachdenken.

Ich stelle die Musik wieder laut, in der Hoffnung, dass sie den Hinweis versteht, dass ich *für immer* fertig damit bin, über dieses Thema zu reden.

Sobald ich auf dem Parkplatz des Horseman Inn ankomme, wo sie in der Wohnung darüber wohnt, gebe ich ihr das Handy zurück. Und dann kann ich nicht anders, als zu sagen: „Tu nichts Dummes."

„Ich weiß von sicherem Sex, Adam!" Sie steigt aus dem Auto, marschiert davon und verschwindet hinter dem Restaurant, wo sich ihr Wohnungseingang befindet.

Ich lege meine Stirn aufs Lenkrad. Das ist nicht gut. Ich bin sehr versucht, Wyatt dazu zu bringen, das Ganze in die Hand zu nehmen. Er wird ihr einen Vortrag halten und sie dann wie ein Falke beobachten und bei jeder Gelegenheit intervenieren. Ich kann das nicht. Kayla würde mir nie verzeihen. Aber jemand muss sie aufhalten.

Ich hebe meinen Kopf, lege den Gang ein und fahre vom Parkplatz. Ich muss derjenige sein, der einschreitet. Aber wie kann ich sie von anderen Jungs fernhalten, ohne der Hauptkandidat zu sein?

Meine Lippen verziehen sich. *Sie hat mich ausgewählt.* Ich nehme das Angebot nicht an, aber es ist eine Ehre, gewählt worden zu sein. Süße Kayla. Natürlich werde ich auf sie aufpassen.

Es fällt mir auf, dass ich sie nur für kurze Zeit von ihrer Mission ablenken muss. Sie wird nicht bleiben. Sie ist auf der Suche nach einem Job in der Pharmaindustrie. Dann zieht sie dorthin, wo ihr neuer Job ist, trifft einen Biostatistiker oder Wissenschaftler in ihrem neuen Unternehmen, heiratet und macht dann nerdige Liebe. Ich denke gerne an sie mit jemandem, der nerdy ist. Ich weiß nicht warum. Es ist nicht so, als wäre sie nerdy. Sie ist eine Göttin.

Sie hinhalten. Das ist doch mal ein Plan.

3

Ich fahre mit meinem Nachbarn Levi gegen Mittag am nächsten Tag nach Hause, nachdem wir am Sonntagmorgen auf dem Lake Summerdale angeln waren. Er ist zwei Jahre jünger als ich, hat lange Haare und einen Bart, und er ist unser Bürgermeister. Er ist auch ein Summerdale Einwohner der dritten Generation (ich bin vierte).

„Erwartest du Besuch?", fragt er, als ich in meine Auffahrt biege.

Vor meinem Haus steht eine rote Corvette mit einem Nummernschild aus Florida. Ich kenne niemanden aus Florida. Könnte ein Mietwagen sein.

„Wahrscheinlich hat nur einer unserer Nachbarn Besuch", sage ich, obwohl ein unangenehmes Gefühl durch mich rollt.

Wir steigen aus dem Auto, und ich öffne den Kofferraum, damit er seine Angelrute und den Kasten mit den Ködern nehmen kann.

„Bis zum nächsten Mal", sagt er und geht zu seinem Haus nebenan.

Ich neige den Kopf, schließe den Kofferraum, mache mich auf den Weg zur Garage und stelle meine Angelausrüstung weg. Ich habe eine Nacht darüber geschlafen, und ich fühle mich viel besser bei der ganzen *Kayla-auf-einer-Mission*-Sache. Sie war nur aufgebracht, hat auf ihren Ex reagiert. Ich bin sicher, dass sie zur Besinnung kommt, sobald sie sich beruhigt, und diese ganze Sache, ihre Jungfräulichkeit loszuwerden, wird nicht einmal mehr ein Problem sein. War es die ganze Zeit doch nicht, richtig? Die Dinge werden sich bald wieder normalisieren.

Ich öffne die Tür, die zur Küche führt, trete ein und erstarre. Auf dem Küchentisch steht ein Blumenstrauß in einer Vase. Den habe ich nicht dahingestellt. Und Tank ist nicht angelaufen gekommen, um mich anzubellen. Er bellt immer, wenn er jemanden hereinkommen hört.

„Tank?"

Ich höre, wie seine Pfoten auf dem Hartholzboden kratzen, um zu mir zu gelangen. Und dann tritt *sie* in den Raum, und mir wird eiskalt.

„Hallo, mein wunderschöner Verlobter!", ruft Amelia und wackelt mit den Fingern in meine Richtung. Adrenalin rauscht durch mich. Meine Ex ist aus Panama zurück und hat es sich hier gemütlich gemacht. Tank eilt zu ihr zurück und lehnt seinen großen Kopf gegen ihr Bein. Deshalb hat er nicht gebellt. Er hat wahrscheinlich mit Amelia gekuschelt. Am Anfang, als Welpe, hat er ihr gehört.

Meine Stimme klingt heiser. „Was tust du hier?" Sie trägt ein langes Kleid in leuchtendem Orange mit schmalen Trägern und zeigt Dekolleté. Das Kleid hat einen Schlitz, der an ihrer Hüfte endet und ihr langes gebräuntes Bein entblößt. All diese nackte Haut, und ich fühle nichts. Als sie letztes Jahr fröhlich zur Tür hinausspaziert ist, hat sie alles zerstört.

Sie bedeutet mir, am Küchentisch Platz zu nehmen, und ich bewege mich in Zeitlupe. Sie sitzt an der gleichen Stelle, an der sie immer gesessen hat, mit Blick auf die Terrassentüren hinten. Surreal. Es ist, als ob sie nie gegangen wäre. Tank macht es sich unter dem Tisch gemütlich, wahrscheinlich in der Hoffnung, dass das Essen bald losgehen wird.

Ich setze mich neben sie. Aus der Nähe sieht sie ausgelaugt aus. Ist sie krank? Ist sie deswegen zurückgekommen? Ihr blondes Haar ist stumpf und länger, als es früher war, ihren halben Rücken hinunter. Sie hat Linien um ihre grünen

Augen, ihr ganzer Ausdruck ist erschöpft. Ich will sie aus meinem Haus haben, aber ich wünsche ihr keinen Schaden.

„Geht's dir gut?", frage ich.

Sie lächelt strahlend. „Mir geht's gut, danke. Panama hat nicht funktioniert."

„Okay", sage ich langsam.

Sie hebt ihre Hand zu einer *Ta-da*-Geste. „Ich bin also wieder da. Und es tut mir sehr leid, dass ich so abgehauen bin. Ich bedauere meine Taten wirklich. Ich glaube, ich hatte kalte Füße und …" Sie seufzt und versucht, reuevoll auszusehen. „Ich hatte einige Zeit, darüber nachzudenken, und, wie gesagt, es tut mir leid."

„Was ist mit Gary passiert?" Das war der Typ, mit dem sie durchgebrannt ist.

„Er ist nach Venezuela in sein nächstes Abenteuer gezogen."

„Und er hat dich nicht eingeladen?"

Sie runzelt die Stirn und klärt dann schnell ihren Ausdruck. „Ich wollte nicht gehen. Ich habe erkannt, dass ich dich vermisse, und wollte nach Hause kommen."

Klar. „Ist das wirklich der Grund?"

„Was sonst?" Sie blickt unter den Tisch zu Tank. „Mein süßer Tank. Dich habe ich auch vermisst!"

Mein Magen zieht sich zusammen. „Du hast ihn mir gegeben. Er gehört jetzt mir."

Sie sieht auf und lächelt gelassen. „Er gehört uns. Adam, ich weiß, es wird einige Zeit dauern, aber wenn du es in deinem Herzen findest, mir zu vergeben, würde ich wirklich gerne wieder zurückkommen und da weitermachen, wo wir aufgehört haben. Ich habe auch den Ring behalten." Sie hält ihre Hand hoch und zeigt mir den quadratischen Diamanten auf einem Platinring, der mich drei Monatsgehälter gekostet hat.

Der Schock, sie in meinem Haus zu sehen, lässt nach, und ich bin plötzlich wütend. Amelia, die mein Herz herausgerissen und auf ihrem Weg aus der Tür darauf herumgetrampelt hat, verhält sich so, als ob nichts davon eine Rolle spielt.

Die vier Jahre, in denen wir zusammen waren, unsere Verlobung, sie hat mich mit einem dahergelaufenen Typen von der Arbeit betrogen und sich nach Panama abgesetzt. Und sie war so verdammt fröhlich, als sie ging und sagte, sie sei endlich mit dem Typen zusammen, der Abenteuer verstehe und Spaß habe.

Ich strecke meine Hand aus. „Gib mir den Ring."

Sie zieht ihre Hand weg. „Das war ein Geschenk. Du kannst ihn nicht zurückfordern."

„Und ich will meinen Schlüssel."

Sie zieht eine Schnute. „Warum bist du so? Kannst du mir nicht einmal eine Chance geben?"

Ich verkrampfe den Kiefer, und dann kommt mir eine Idee, die sowohl ihre Hoffnung, wir könnten wieder zusammenkommen, ausschaltet, als auch sie ihre eigene bittere Medizin kosten lässt. „Ich bin jetzt verlobt. Meine neue Verlobte wäre verärgert, wenn sie wüsste, dass du hier warst. Gib mir jetzt meinen Schlüssel und den Ring, und dann verschwinde."

Sie marschiert ins Wohnzimmer, nimmt ihre Handtasche, durchwühlt sie und holt den Schlüssel hervor. Sie kommt zu mir zurück, reißt den Ring ab und knallt beides auf den Küchentisch. „Ich war gar nicht lange weg. Mit wem bist du verlobt?"

Ich spreche durch meine Zähne. „Du bist vor mehr als einem Jahr gegangen." Offensichtlich hat sie erwartet, ich würde auf sie warten.

„Wer ist es?"

„Du kennst sie nicht."

Sie verschränkt die Arme. „Zumindest habe *ich* mich nicht verlobt. Ich hatte nur kalte Füße. Ziehst du das wirklich durch?"

„Das ist die Idee, wenn man sich verlobt." Ich stehe auf und gehe zur Haustür, halte sie für sie offen.

Sie folgt mir in langsamerem Tempo und bleibt an der Tür stehen. „Ich möchte sie kennenlernen. Ich muss wissen, dass sie gut genug für dich ist."

„Ich gehe dich nichts mehr an."

„Ich finde es heraus. Ich miete mit meiner Familie den ganzen Sommer über ein Haus am See. Im Moment bin ich zwischen zwei Jobs." So haben wir uns kennengelernt. Sie war einer der Sommergäste. Wie bequem für sie, wieder bei mir einzuziehen – vor kurzem abserviert, arbeitslos und obdachlos. Keine Chance in der Hölle.

„Bye, Amelia."

Ich schließe die Tür hinter ihr und stoße einen Atemzug aus. So viel zum Thema Begegnung mit der Vergangenheit. Ich schiebe eine Hand durch mein Haar. Wenn sie den ganzen Sommer über hier ist, werde ich ihr über den Weg laufen. So groß ist die Stadt nicht. Alle Aktivitäten befinden sich am See, alle Straßen führen ebenfalls dorthin. Sie weiß, wo ich rumhänge.

Eine unerwartet brillante Idee lässt eine Gänsehaut sich über meine Haut ausbreiten. Ich war Kaylas falscher Verlobter vor ihrem Ex, und sie wollte den Gefallen erwidern. Ich werde Kayla bitten, diesen Sommer meine falsche Verlobte zu sein, um Amelia fernzuhalten, was jede Chance, dass Kayla sich mit einem zufälligen Kerl einlässt, völlig ausmerzen wird. Das ist die perfekte Lösung. Das heißt, wenn Kayla immer noch in diese Richtung denkt.

Ich ziehe mein Handy aus der Tasche meiner Jeans. Es ist wie eine Versicherung oder so, ein Sicherheitsnetz für meine gute Freundin Kayla. Ich bin ein verdammtes Genie.

Ich texte ihr, um zu sehen, ob sie auf ist. Sie schläft normalerweise lang.

Kayla: *Ich bin wach.*

Ich: *Treffen wir uns vor dem Horseman. Ich habe einen Vorschlag für dich.*

Kayla: *Absolut!*

Ich: *Dann fahre ich jetzt los.*

Kayla: *Toll!*

• • •

Ich lächle vor mich hin. Sie ist solch ein enthusiastischer Mensch. Klingt, als würde sie sich nach ihrer Ex-Begegnung bereits besser fühlen. Ich bin mir sicher, dass sie für mich eine tolle falsche Verlobte sein wird, vor allem so, wie sie immer mit mir bei allen prahlt. Schadet auch nicht, dass sie wie eine Göttin aussieht. Nö. Schadet überhaupt nicht.

～

Kayla

Das ist ja so aufregend! Adam musste nur darüber schlafen, und jetzt ist er an Bord! Ich lege eine Hand über mein donnerndes Herz. Was könnte ein Vorschlag sonst bedeuten, nachdem ich ihn gebeten hatte, mir meine Jungfräulichkeit zu nehmen? Er will wahrscheinlich die Bedingungen besprechen, damit niemand verletzt wird. Er ist so ein großartiger Typ.

Ist es falsch, dass ich bei der die Aussicht auf Sex mit einem Mann, der, wie ich weiß, keine Beziehung will, ganz aufgeregt bin? Ich nehme an, wenn wir beide von Anfang an wissen, dass es locker ist, sollte es in Ordnung sein. Aber wird es das Ende unserer Freundschaft bedeuten? Das hoffe ich doch nicht. Adam ist von der beständigen Sorte, sehr ausgeglichen, und ich auch. Es ist ein Risiko, aber wenn ich darüber nachdenke, diesen Schritt zu gehen, na ja, da passt nur Adam.

Was soll ich anziehen? Das hier ist wichtig. Riesig!

Ich stöbere durch die Sachen an meiner hängenden Kleiderstange und suche nach dem sexysten Outfit, das ich besitze. Im Moment bin ich in einem rosa T-Shirt und Jeans-Shorts. Ein Kleid? Dieses blassgrüne Minikleid ist niedlich, auch wenn das Oberteil mit seinen Flügelärmeln und dem dezenten V-Ausschnitt nicht allzu freizügig ist.

Moment, kommt er hier hoch? Ich schaue auf mein Doppelbett mit seiner rosa-weiß gepunkteten Decke von zu Hause. Es fühlt sich nicht sexy genug für den großen Moment an.

Mein Telefon meldet sich mit einem Text. Er ist da! Dafür ist keine Zeit mehr!

Ich eile hinunter, halb fürchte ich, er könnte seine Meinung ändern und gehen. Ich drücke mich durch die Tür zur Küche, grüße das Personal kurz und eile zur Hintertür hinaus.

Meine Beine fühlen sich wie zitterndes Gelee an, während ich um die Ecke des großen Hauses mit der weißen Holzverschalung gehe, in dem sich das Restaurant und die Bar befinden, und das für mich sowohl Arbeitsstelle als auch Zuhause ist. Dieses alte Haus ist seit 1788 das Horseman Inn. Man stelle sich nur vor, wie viel Spaß die Leute in den Zimmern oben hatten, als es einmal ein Gasthaus war. *Endlich* bin ich dran.

Ich halte eine Hand hoch, um ihm zuzuwinken und stelle fest, dass sie zittert. Adam setzt ein seltenes Lächeln auf, das sein Gesicht erhellt, und ich bin augenblicklich von seiner maskulinen Schönheit verblüfft. Er trägt ein lässiges graues T-Shirt, das sich über seine breiten Schultern spannt, und verblasste Jeans, die perfekt zu ihm passen. Ich wusste immer, dass er gutaussehend, sogar sexy ist, aber nie habe ich zugelassen, mir vorzustellen, was das im physischen Sinne bedeuten könnte. Jetzt kann ich an nichts anderes denken. Ich will ihn mehr, als ich jemals jemanden in meinem Leben wollte. Irgendwie weiß ich einfach, dass Adam der Schlüssel ist, um die Leidenschaft in mir zu entfesseln.

Ich erreiche ihn, ein wenig atemlos. „Hi."

„Hey! Können wir spazieren gehen? Ich möchte etwas Privatsphäre."

„Wir könnten nach oben in meine Wohnung gehen."

Er blickt auf den See auf der anderen Straßenseite und scannt für einen Moment die Häuser. „Ja, okay. Deine Wohnung ist wahrscheinlich am besten."

„Großartig!" Ich nehme seine Hand, und er scheint nichts dagegen zu haben. Ich führe ihn zur Hintertür, und wir gehen durch die Küche zu meinem Wohnungseingang.

Der niedliche Koch, Spencer, wirft mir ein Augenzwinkern und ein Lächeln zu, während wir vorbeigehen, als ob er weiß, was ich vorhabe, weil ich einen Kerl mit auf mein Zimmer nehme. Er weiß nicht, dass es mein erstes Mal ist, dass ich das tue. Jetzt, da ich Maßnahmen ergreife, um mein neues Ziel zu erreichen, bin ich begeistert. Am Altar sitzengelassen worden zu sein, liegt endlich hinter mir. Ich habe diese Tür geschlossen, und ich bin dabei, eine neue zu öffnen. Bin ich nervös? Natürlich. Aber es ist Adam. Mein Freund, mein Beschützer, mein erster (hoffentlich).

Ich bringe Adam in mein kleines Schlafzimmer. Es ist im Grunde das einzige Zimmer in der Wohnung neben dem Badezimmer. Der Wohnbereich wird als Stauraum für das Restaurant genutzt, und ich nutze die Küche im Erdgeschoss.

Ich setze mich aufs Bett und glätte die Decke. Adam steht immer noch in der Tür.

„Komm rein", sage ich.

„Mir geht's gut hier."

Meine Brauen ziehen sich zusammen. *Ist das nicht das, was ich dachte?*

Seine braunen Augen sind auf meine gerichtet. „Erinnerst du dich, dass du gesagt hast, dass du gerne den Gefallen erwidern würdest, dass ich dein falscher Verlobter vor deinem Ex war?"

„Selbstverständlich." *Ein Sex-Gefallen? Ist das seine subtile Art, meine J-Karte zu ziehen?*

Er verschränkt seine Arme, sein Kiefer verkrampft sich. „Meine Ex ist aufgetaucht. Ich habe ihr gesagt, dass ich verlobt bin, könntest du also meine falsche Verlobte sein?"

Ich lächle. „Ich werde dich unterstützen." Das hat er mir gesagt, als er mir geholfen hat. Adam geht festen Beziehungen aus dem Weg, daher muss diese Frau eine erstklassige Klette sein.

Er tritt in den Raum und sieht viel entspannter aus. „Großartig! Dafür bin ich dir wirklich sehr dankbar."

Ich klopfe auf das Bett neben mir. „Erzähl mir deine Ex-Geschichte, damit ich vorbereitet bin."

Er bleibt einen Meter entfernt stehen. „Da gibt es nicht viel zu erzählen. Sie ist letztes Jahr abgereist, und jetzt ist sie zurück. Sie will dort weitermachen, wo wir aufgehört haben, und ich habe nein gesagt."

„Wo habt ihr aufgehört?"

„Spielt das eine Rolle?"

„Natürlich spielt das eine Rolle. Ich muss wissen, warum ich sie hassen sollte."

Er lächelt ein wenig, bevor er wegsieht. „Wir waren verlobt."

Meine Brauen schießen überrascht in die Höhe. Er war *verlobt*? Ich dachte, er war schon immer ungezwungen. Er muss Beziehungen jetzt wegen dieser früheren Enttäuschung meiden. Sein Herz ist zum Selbstschutz so fest verschlossen. Ich möchte ihn umarmen, aber ich spüre, dass er dringender eine Verbündete braucht.

„Ich weiß bereits, dass sie der Bösewicht in diesem Drama ist", sage ich. „Wie heißt sie, und was hat sie dir angetan?"

Er lässt sich auf das Bett neben mich fallen und blickt geradeaus. „Amelia Baxter. Wir waren vier Jahre lang zusammen. Ich habe ihr einen Antrag gemacht, weil ich dachte, es gäbe keinen Grund, es nicht zu tun. Ich konnte mir nicht vorstellen, dass wir uns trennen würden. Ja, wir haben uns gestritten, aber wir haben uns auch immer wieder versöhnt."

Ich lege einen Arm um seine Schultern und drücke ihn. „Vier Jahre sind eine lange Zeit."

Er presst seine Lippen fest aufeinander. „Ja. Also waren wir verlobt, alles lief mit den Hochzeitsplänen, oh, und sie war auch gerade bei mir eingezogen. Dann plötzlich sagt sie aus heiterem Himmel, dass sie mich verlässt. Sie geht mit einem Berater, den sie bei der Arbeit kennengelernt hat, auf ein Abenteuer nach Panama, und würde ich bitte Tank nehmen?"

„Sie hat ihren Hund zurückgelassen? Böse Frau!"

Er stützt seine Ellbogen auf die Knie. „Er hätte die tropische Hitze nicht aushalten können. Also, ja, das war es im Grunde. Mein Dad starb eine Woche später, und ich fiel in ein dunkles Loch." Das war vor einem Jahr gewesen. Seine Schwester, Sydney, spricht über ihren Dad.

„Oh, Adam. Das tut mir leid. Es hört sich an, als ob ihr alle eurem Dad nahegestanden habt."

Er richtet sich auf. „Ja, das haben wir. Nach dem Tod meiner Mom hat Dad sein Bestes getan, um alles zu sein, was wir brauchten."

Mein Herz tut weh. Adams Schmerz muss zwischen dem Verlust seines Dads und dem Verlust seiner Verlobten nach vier gemeinsamen Jahren schrecklich gewesen sein. Meine eigenen *Zwei-Monate-zusammen-und-am-Altar-sitzengelassen-worden-zu-sein*-Tortur verblasst im Vergleich. Und trotzdem war es schwer für mich. Was für ein Paar wir sind, wandelnde Verwundete, unsere Herzen dicht verschlossen. Ich gebe es nicht gerne zu, weil ich wirklich über Rob hinweg bin, aber ich will mein Herz noch nicht riskieren.

Ich lehne meinen Kopf an seine Schulter. „Du musst am Boden zerstört gewesen sein, als all das den Bach runterging." Ich richte mich auf und drehe mich zu ihm um. „Davon hast du nie etwas gesagt."

Er blickt in meine Augen, und ich erschrecke. Wir haben noch nie so nah beieinandergesessen. Ein Schimmer von Aufregung rast über meine Haut.

„Adam?"

„Es ist schwierig für mich, darüber zu reden."

Ich blinzle, bin einen Moment verwirrt. Oh, ja, er spricht darüber, warum ich diese traurige Geschichte zum ersten Mal höre. „Es macht mir nichts, deine Verlobte zu spielen. An was genau hattest du gedacht?" Ich bin gut darin, ihn zu lesen, aber einige Dinge müssen doch buchstabiert werden.

Sein Blick schweift zu meiner Wange, meinem Kiefer und dann zu meinen Lippen. Hitze überflutet mich mit erstaunlicher Intensität. Plötzlich will ich, dass er mich küsst. Ich will ihn, Punkt. Nie in meinem Leben war ich mir bei einer Sache so sicher.

Er lässt sich nach hinten aufs Bett fallen und starrt an die Decke. „Sie will dich treffen. Ich bin mir nicht sicher, ob sie geglaubt hat, dass ich verlobt bin, und ich will wirklich nicht den ganzen Sommer mit ihr zu tun haben. Sie mietet mit ihrer Familie ein Haus am See. Ich möchte, dass sie die Botschaft versteht und weiterzieht."

Den ganzen Sommer? Bei dieser Offenbarung begibt sich mein Gehirn einen sehr verwinkelten Pfad hinunter. Ich bin mir nicht sicher, ob ich den ganzen Sommer hier sein werde, ich könnte bald einen Job bekommen, aber wenn ich das mache, dann bedeutet das, dass Adam und ich für eine ziemliche Zeit ein verlobtes Paar spielen werden. Es ist erst die letzte Maiwoche. Und wenn wir einander nahe sind, uns berühren wie ein Paar, wäre nicht der nächste natürliche Schritt für ihn, mein erster zu sein?

Ich lege mich auf meine Seite neben ihn und stütze den Kopf auf meine Hand. „Du willst also, dass ich den ganzen Sommer über so tue, als wäre ich deine Verlobte?"

Er drehte den Kopf, um mich anzusehen. „Ich weiß, dass es viel verlangt ist. Du hast mich nur gebeten, für eine Party einzuspringen. Du musst nicht —"

„Ich werde es tun. Sehr gern! Unter einer Bedingung."

Er mustert mich misstrauisch. „Was?"

„Das, worüber wir gestern gesprochen haben, muss geschehen."

„Kayla."

„Adam."

Er öffnet seinen Mund, wahrscheinlich um zu protestieren, aber ich halte eine Hand hoch und schneide ihm das Wort ab. „Das ist meine einzige Bedingung. Es ist nicht so, dass ich Erfahrungen mit anderen sammeln kann, wenn jeder glaubt, dass wir verlobt sind. Du nimmst mich im Grunde genommen monatelang vom Markt." *Und ich will nur dich.*

„Wir würden unserer Familie die Wahrheit sagen."

„Ich spreche von Single-Jungs, für die ich nicht interessant sein werde, weil sie denken, wir sind verlobt. Ich gehe nicht mit meiner Familie ins Bett." Ich schubse seine Schulter an. „Obwohl Drew ganz nett wirkt." Das ist sein älterer Bruder. Ich sehe ihn regelmäßig im Horseman Inn, ein echter Badass –

ehemaliger Army Ranger und schwarzer Gürtel – mit einem Herz aus Gold.

Er zuckt hoch und verengt die Augen. „Nicht Drew."

Ich setze mich auch auf. „Beruhige dich. Das war ein Scherz."

Sein Blick weicht nicht von mir. „Wie kommst du darauf, dass Drew *nett* ist? Er ist mürrisch zu allen."

„Weil er immer wieder nach Sydney sieht und fragt, wie das Restaurantgeschäft läuft. Das ist nett. Er ist ein guter großer Bruder."

„Das bin ich auch." Er klingt beleidigt. „Nur weil ich nicht nach ihr sehe? Sie ist eine erwachsene Frau, die sich mit ihrem Kram auskennt."

„Ich habe nicht gesagt, dass du nicht nett bist. Ich denke, du bist sehr nett, deshalb bin ich ja auch zuerst zu dir gekommen." Ich lächle. „Das funktioniert alles wunderbar, meinst du nicht?" Na also, ich kann auch Vorschläge machen.

Er blickt nach vorne, sieht mich an und wendet dann den Blick wieder ab. Er erwägt definitiv, meine Bedingung anzunehmen. Ich bin froh, dass ich fließend Adam spreche.

Plötzlich fühle ich mich schüchtern. Ich bin mir nicht sicher, wie man diese Sache zwischen uns anfängt, aber wir sitzen bereits auf dem Bett. Es sollte nicht allzu schwierig sein. „Ist jetzt eine gute Zeit für dich?"

„Gute Zeit wofür?"

Ich beuge mich vor. „Wir sind schon zusammen im Bett."

Er springt auf. „Ich habe nicht zugestimmt."

Ich stehe auch auf und lege die Hände an meine Hüften. „Schau, du sagst allen den Sommer über, dass wir verlobt sind. Das Mindeste, was du tun kannst, ist, wenigstens einmal mit mir zu schlafen, um mir zu helfen." Ich hebe mein Kinn. „Und ich verstehe nicht, warum das nicht jetzt anfangen kann."

Er blickt zur Tür und dann zurück zu mir. „Sagst du, du wirst nicht meine falsche Verlobte sein, wenn ich nicht mit dir schlafe?"

„Ja."

Er reibt eine Hand über sein Gesicht und atmet scharf aus.

Ich lasse die Schultern sinken. Ich bin zu weit gegangen. Ich sollte ihm einfach sagen, dass ich die Rolle übernehmen werde. Schließlich hat er dasselbe für mich getan. Der einzige Unterschied ist die Länge der Zeit. Und wäre es so schlimm, den Sommer ganz nah und privat mit Adam zu verbringen? Vielleicht würde uns unsere Chemie sowieso ins Bett bringen. Es kann nicht alles einseitig sein, oder?

Mein Herz wird schwer, als ich mich an das letzte Mal erinnere, dass wir falsche Verlobte gespielt haben, und ich ihn zwingen musste, mich zu berühren. Mist. Es *ist* einseitig. Deshalb zögert er.

Er fixiert mich mit einem harten Blick, und ich wappne mich für die Ablehnung, mein Blick landet auf seiner Brust. „Wenn ich damit einverstanden bin –", beginnt er.

Mein Kopf hebt sich, Hoffnung sprudelt in mir.

„Müssen wir es auf meine Weise tun."

„Heißt das, du willst mich auch?"

„Himmel, Kayla, sprichst du immer solche Sachen einfach laut aus?"

Ist der erfahrene Adam ein bisschen prüde? „Findest du mich begehrenswert?"

Er tritt in meinen Intimbereich, seine große Hand umfasst meine Wange. Das ist Adam für *ja*. „Auf meine Art, verstanden?"

Ich werfe die Arme um seinen Hals. „Okay, wir machen es auf deine Art." Ist ja nicht so, als hätte ich eine Art. Ich habe in diesem Bereich null Erfahrung. „Was ist deine Art?"

Sein Daumen streicht über meine Unterlippe, sein Blick ist erhitzt. „Es braucht Zeit, bis sich zwei Menschen miteinander wohlfühlen."

Meine Stimme klingt atemlos. „Aber ich fühle mich schon wohl bei dir. Wir reden die ganze Zeit."

Er löst sich von mir. „Ja, aber dann fragst du nach mir und meiner Arbeit. Jetzt bin ich an der Reihe, dich kennenzulernen. Wir müssen uns Zeit nehmen, damit wir uns beide wohlfühlen. Du möchtest doch, dass ich mich auch wohlfühle, oder?"

Jetzt werde ich misstrauisch. Macht er sich nur lustig? Ich habe ihm bereits gesagt, dass ich mich wohlfühle, und er scheint immer entspannt bei mir zu sein. „Wie lange?"

Sein Blick schweift von meinem Mund zu meinen Brüsten, zu meinen Hüften und meinen Beinen bis zu meinen nackten Zehen. Ich werde überall, wo er hinsieht, heiß. Sein Kopf zuckt hoch. „Lange. Du musst vollkommen darauf vorbereitet sein. Es gibt Etappen."

„Etappen?", wiederhole ich atemlos.

Er tritt zurück zur Tür. „Ja, Etappe eins: den Kuss perfektionieren. Etappe zwei: berühren und so weiter. Es kann eine Weile dauern, aber es lohnt sich. Als dein Freund schulde ich es dir, dass ich dir zeige, wie es geht. Du weißt schon, den richtigen Weg."

Ich trete näher. „Das hört sich gut an, aber ich würde gerne auf den Punkt kommen."

Für einen Moment sieht er panisch aus, und ich habe das klare Gefühl, dass er abhauen will. Aber dann reißt er sich zusammen und sagt ruhig: „Man darf es nicht überstürzen, wenn es gut werden soll."

Ich denke darüber nach. Ich möchte natürlich, dass mein erstes Mal gut wird, aber ich bin auch gespannt, was es mit dem ganzen Getue auf sich hat. „Wie lange dauern die Etappen?"

Er geht einen weiteren Schritt zurück zur Tür. „Einen Monat. Minimum."

„Warte! Beginnen wir jetzt mit der ersten Etappe."

„Auf meine Art, weißt du noch? Ich lade dich am Samstag zum Abendessen ein für unseren ersten Auftritt als verlobtes Paar. Hier im Horseman. Wir brauchen viele Menschen in der Stadt, die uns zusammen sehen. Auf diese Weise weiß ich, dass es auch bei meiner Ex ankommt." Er grinst, seine Augen funkeln teuflisch. „Vielleicht wird sie es hassen, mich so glücklich verlobt zu sehen, und sofort wieder abhauen."

Ich gehe zu ihm. „Ich liebe den Rachegedanken." Ich

drücke seinen Bizeps. Er ist wie warmer Marmor. „Und ich freue mich auf unser erstes Date."

Er öffnet den Mund und schließt ihn dann wieder, bevor er sich umdreht und die Treppe hinunter joggt.

War es der Erstes-Date-Teil, den er kommentieren wollte? Es war seine Idee, Vorbereitungszeit miteinander zu verbringen. Ich bin immer noch nicht überzeugt, dass er es braucht, um sich wohlzufühlen. Ich meine, wer ist hier die Jungfrau?

Er bleibt am Fuß der Treppe stehen und dreht sich zu mir um. „Trag den Verlobungsring deiner Schwester."

Ich nicke und hauche ihm einen Kuss zu.

Er schüttelt den Kopf, aber ich sehr noch sein Lächeln, gerade als er sich abwendet und die Tür aufdrückt.

Das funktioniert besser, als ich mir vorgestellt habe. Ich hoffe nur, dass er mich nicht zu lange warten lässt.

Adam

Ich sitze für einen Moment in meinem Auto, ein wenig fassungslos über die Wende der Ereignisse. Irgendwie ist mein einfacher Verlobungsplan jetzt kompliziert. Und auch gefährlich. Sex. Ein Date.

Ich stoße einen Atemzug aus. Dies ist mein erstes richtiges Date seit mehr als einem Jahr, was sich irgendwie gefährlicher anfühlt, als zuzustimmen, dass ich Kayla zeige, wie Sex funktioniert. Nicht, dass ich vorhabe, ihren Sexplan durchzuziehen. Ich werde sie hinhalten, bis sie für ihren neuen Job weggeht. Was mich angeht, ich habe mich an lockere Bettgeschichten gehalten, obwohl die Bar-Szene mich seit Monaten nicht mehr angesprochen hat. Seitdem –

Ah, Teufel. Was habe ich getan?

Und wie soll ich das alles Wyatt erklären?

4

Kayla

Ich gebe zu, dass mein erstes Date mit Adam im Horseman Inn sich nicht wie ein echtes Date anfühlt. Ich meine, ich arbeite hier und wohne direkt oben. Und er ist sein ganzes Leben hierhergekommen. Dann erinnere ich mich daran, dass dies alles nur ein Teil seines Fake-Verlobte-Plans ist, zusammen mit meinem Plan, endlich Leidenschaft zu erleben. Wir helfen uns gegenseitig aus, und ich habe zugestimmt, dies auf seine Weise zu tun.

Es ist Samstagabend, an dem ich normalerweise arbeite, aber ich habe meine Schicht mit einer anderen Kellnerin getauscht und stattdessen die Donnerstagsschicht übernommen. Ich fand es schade, nicht mit Jenna und Audrey am Donnerstagabend im Weinclub (Ladies Night) an der Bar rumhängen zu können. Sydney hat es auch verpasst, da sie mit Wyatt auf Hochzeitsreise auf Bora Bora ist. Ihr Bruder Drew leitet das Lokal in ihrer Abwesenheit, da er es auch vor ihrer Übernahme geführt hat. Supernetter Kerl. Es ist mir egal, was die Leute über seine mürrische Art sagen.

Ich warte im kleinen vorderen Foyer des Restaurants auf Adam. Ich habe mich so nuttig wie möglich angezogen. Ich mag unerfahren sein, aber ich habe gesehen, wie es im Fernsehen funktioniert. Es war schwierig, ein freizügiges Outfit in meinem Kleiderschrank zu finden. Was soll ich sagen? Ich mag einfache, elegante Kleidung, die nie aus der Mode kommt. Mein weißes Kleid mit dünnen rosafarbenen Streifen hat Spaghettiträger und einen V-Ausschnitt, der mein Dekolleté betont, was hoffentlich verlockend genug ist, um Adam auf die versprochenen Verführungsstufen zu bringen. Dem Ganzen hab ich noch einen trägerlosen Push-up-BH hinzugefügt, um in dem Bereich ein wenig nachzuhelfen. Das Kleid ist tailliert und endet an den Knien. Leider ist mir bei der Klimaanlage ein wenig kühl, und ich bin sehr versucht, nach oben zu gehen, um meine rosa Strickjacke zu holen, aber das würde zu viel Haut bedecken, also ertrage ich es.

Ich bin noch nie eine Verführerin gewesen. Ich verschränke die Arme und versuche, meine eiskalten Hände zu wärmen. Ich bin entschlossen, trotz meines zitternden Inneren weiterzukommen. Es ist natürlich, sich nervös zu fühlen, wenn man etwas Neues ausprobiert, oder?

Adam hat gesagt, wir würden heute Abend mit der ersten Etappe beginnen. Das heißt: den Kuss perfektionieren. Ich fasse es immer noch nicht, dass ich es so langsam angehen soll. All diese Vorfreude macht mich nervös. Ich schätze, wenn man bereits Sex hatte, erscheint es einem nicht wie eine große Sache zu warten. Jetzt, da ich mich entschieden habe, es zu tun, möchte ich, dass es so bald wie möglich passiert.

Was ist, wenn unser erster Kuss schrecklich ist?

Gott, ich habe diese Möglichkeit vorher gar nicht in Betracht gezogen. Es wäre so unangenehm, denn dann müsste ich erklären, dass wir aufhören müssen, auf mein Ziel hinzuarbeiten, nichts Persönliches. Das könnte schlimm sein. Er *wäre* vermutlich beleidigt, und dann wäre unsere Freundschaft ruiniert. Er wäre immer wütend, weil ich ihn für einen schrecklichen Küsser halte. Jungs können sich das wirklich zu Herzen nehmen. Vielleicht habe ich schon einmal einem Typen das Falsche gesagt, nur um die schlampigen Küsse zu unterbrechen.

Was ist, wenn es ein großartiger Kuss ist? Die Art mit Leidenschaft, wie man sie in Filmen sieht. Diese Art von Kuss

könnte wunderbar sein. Wenn das der Fall ist, dann mit Voll-
dampf voraus. Ich bin mir fast sicher, dass es großartig
werden wird. Zwischen uns ist definitiv Hitze.

Das hebt meine Laune. Wenn unser erster Kuss leidenschaftlich ist, werden wir uns vielleicht hinreißen lassen und
zum guten Teil weiterspringen. Ich werde endlich wissen,
worum es bei dem Getue geht, und muss mich nie wieder wie
ein Freak fühlen. Es war ein echter Augenöffner, einen Antrag
nur für Sex bekommen zu haben. Ich möchte das für immer
als Anreiz vom Tisch haben.

Ich ziehe mein Telefon aus meiner kleinen schwarzen
Prada-Tasche, einem Geburtstagsgeschenk von Wyatt. Noch
fünf Minuten, bis die Operation Kayla-Befriedigung beginnt.
Ich meine unser Date. *Oh, er ist früh dran!* Habe ich nicht
gesagt, dass man sich darauf verlassen kann, dass er seine
Verpflichtungen einhält?

Adam tritt ein, seine braunen Augen treffen meine
aufmerksam. Mein Magen flattert, mein Puls rast. Plötzlich
fühlt es sich an wie ein echtes erstes Date. Seine Augen
wandern zu meinen Lippen, meinem Hals, meinen nackten
Schultern, ruhen kurz auf meinem Dekolleté, bevor sie zu
meinen Augen zurückzucken. Funken sprühen über meine
Haut.

„Hi." Seine Stimme klingt rau.

Ich lächle. „Hi. Du siehst gut aus." Er trägt ein mari-
neblaues, gestreiftes Button-Down-Shirt mit hochgekrem-
pelten Ärmeln, dunklen Jeans und dunkelbraunen
Lederschuhen. Er hat sich für unser Date schick gemacht.

Sein Blick schweift über mein Gesicht von meinen Augen
zu meinen Wangen und schließlich zu meinen Lippen. „Du
auch." Er lehnt sich nahe an mein Ohr, seine Stimme ist tief
und grollt. „Mir gefällt dein Kleid."

Ich zittere, als die Aufregung über meinen Rücken rast.
Nur von seiner tiefen Stimme so nah. Das ist sehr vielver-
sprechend.

„Ist dir kalt?", fragt er. „Ich habe eine Fleecejacke im
Auto."

Ich schüttle den Kopf. „Danke, die brauche ich nicht." Ich wende mich an den Platzanweiser Sam, der gerade in seiner Sommerpause vom College hier angefangen hat. „Bereit für unseren Tisch."

Er nimmt zwei Speisekarten und führt uns ans Fenster zu einem Tisch für zwei Personen, was toll ist, da man von hier aus den Lake Summerdale sehen kann. Jetzt, da ich über dem Horseman Inn, im Zentrum der Stadt lebe, kann ich sehen, wie süß dieser auf dem Reißbrett entstandene Ort ist. In der Mitte befindet sich ein See mit Bäumen. Weiter hinten ist ein Ring aus Häusern und dann, wie Speichen in einem Rad, Straßen, die zu Geschäften, Schulen, Kirchen und Häusern führen. Ich liebe diese Stadt und hoffe, dass ich hierbleiben kann. Mein Bruder ist hier zusammen mit seiner neuen Frau, Sydney – ich liebe sie beide – und ich habe jetzt Freunde. Ich besuche Jennas Konditorei, Summerdale Sweets, viel zu oft, und ich bin Audreys Buchclub in der Bibliothek beigetreten. Sie ist Bibliothekarin und hat den besten Geschmack bei Büchern. Außerdem habe ich im Horseman Inn viele nette Leute kennengelernt. Alles hängt jedoch davon ab, wo ich ein Stellenangebot bekomme. Ich habe mich in einer Reihe von Orten beworben, bei einigen in New Jersey, einigen in New York City, einmal in Boston und einmal in Indiana.

Adam überrascht mich, indem er meinen Stuhl für mich herauszieht und zurechtrückt. Wow. Jetzt fühlt es sich *wirklich* wie ein Date an.

„Danke", murmele ich.

Er nickt und nimmt den Platz mir gegenüber.

Ich bin so eifrig, dass ich fast erwähnen möchte, wie sehr ich mich auf die erste Etappe freue. Ich tue aber cool.

Er legt seine Papierserviette in seinen Schoß und nimmt die Speisekarte. Ich tue das Gleiche und versuche, mich wie eine richtige Verlobte zu verhalten. Wenn wir wirklich verlobt wären, wären wir an einem Abend draußen ganz lässig.

Er blickt auf. „Neue Karte. Irgendwie ausgefallen."

„Es ist das neue Farm-to-Table-Konzept von Sydney und Wyatt. Qualität über Quantität und alles so frisch wie möglich." Ich lehne mich nach vorne und hoffe, damit mein Dekolleté verlockend zu präsentieren. „Adam?"

Er sieht auf meine Brust, gestikuliert in die Richtung und flüstert: „Ich kann deinen BH sehen."

Gut. „Hast du schon überlegt, was wir nach dem Essen tun werden?"

Er reißt seinen Blick zurück zu meinen Augen. „Wir können einen Spaziergang um den See machen, wenn du möchtest."

„Sehr gerne." Ein romantischer Spaziergang um den See, während der Mond über dem glänzenden Wasser leuchtet. Was für ein tolles Date Adam für uns geplant hat. Ich habe nie gedacht, dass er sich die Zeit nehmen könnte, romantisch zu sein. Schöner Bonus!

Ich bin dabei, beiläufig einen Kuss im Mondlicht zu erwähnen, als unsere Kellnerin, Ellen, eine fröhliche Frau in ihren Sechzigern, kommt, um unsere Getränkebestellung entgegenzunehmen.

Sie zwinkert. „Adam, ich wusste nicht, dass du Kayla ausführst. Ist sie nicht süß wie ein Knopf?" Sie zeigt auf mich. „Ich liebe dein Kleid, Schatz."

„Danke", sage ich; Dann erinnere ich mich an unseren Plan. Ich halte meine Ringhand hoch. „Wir sind verlobt."

„Oh, du meine Güte!", ruft sie. „Das sind ja wunderbare Neuigkeiten!" Sie umarmt Adam und dann mich. „Herzlichen Glückwunsch!" Sie sieht sich im Restaurant um; nur zwei Paare sind hier, sie sitzen auf der anderen Seite des Raumes, weitere Leute sind an der Bar und größere Gruppen im hinteren Raum. „Hört mal alle her, Adam und Kayla sind verlobt!"

Die beiden Paare, die im vorderen Essensbereich sitzen, klatschen höflich. Ellen eilt zur Bar, wahrscheinlich um die Nachrichten mit der Barkeeperin Betsy zu teilen. Wenige Augenblicke später kommt Betsy, um uns zu gratulieren. Sie ist jung, hat rosa Haare und mehrere Piercings.

Ellen schließt sich ihr an, und beide stehen dort und

starren Adam mit einem verblüfften Lächeln auf ihren Gesichtern an.

„Ich dachte, du würdest dich nie wieder verloben", sagt Betsy.

Adam murrt etwas, das ich nicht ganz verstehen kann. Dies ist der Teil, in dem er poetisch über unsere Liebe schwärmen sollte. Ich halte mich zurück, ihn unter dem Tisch zu treten.

Ich lächle. „Wenn es richtig ist, ist es richtig. Manchmal geschieht Liebe, wenn man sie am wenigsten erwartet."

Adam trifft meine Augen mit einem warmen Blick, und es fühlt sich fast so an, als hätte er echte Gefühle für mich. Mein Magen flattert, mein Herz nimmt Fahrt auf.

Ellen zuckt mit dem Daumen zu ihm. „Du hast bestimmt schon bemerkt, dass er der stille Typ ist, aber stille Wasser sind tief."

Betsy drückt seine Schulter. „Ich habe meine Chance mit Summerdales heißestem Junggesellen verpasst." Sie zwinkert mir zu.

Adams Hals wird rosa.

Ellen zerzaust sein kurzes braunes Haar, und er glättet es sofort wieder. „Ich kenne ihn, seit er in den Windeln war. Süßer als die Polizei erlaubt. Ich bin so froh, dass ihr beide einander gefunden habt."

Sie geht lächelnd davon.

„Herzlichen Glückwunsch noch einmal", sagt Betsy. „Ich schicke Champagner."

„Danke dir!", sage ich.

Sie geht davon und wackelt mit den Fingern zur Bestätigung.

Ich beuge mich über den Tisch vor. „Smart, irgendwo hinzugehen, wo sie dich schon seit dem Windelalter kennen. Ich bin sicher, dass sich die Nachrichten schnell verbreiten werden."

Er schüttelt den Kopf. „Schätze schon. Obwohl ich denke, für Ellen bin ich immer noch ein Kind."

„Sie erinnert sich einfach nur liebevoll an dich. Ich bin mir sicher, du warst anbetungswürdig." Ich senke meine Stimme zu einem Flüstern. „Übrigens freue ich mich sehr auf unseren Gutenachtkuss."

Er zuckt zusammen, antwortet aber nicht. Was denkt er gerade? Es kommt selten vor, dass ich das nicht weiß. Er scheint fast überrascht von der Idee.

„Die erste Etappe, erinnerst du dich?", flüstere ich. „Den Kuss perfektionieren. Ich verstehe, dass es wichtig ist, sich für das große Ereignis warmzumachen, also machen wir es auf deine Art. Aber wir sollten wirklich nicht zögern, den Anfang zu machen. Andernfalls könnten wir einen ganzen Monat auf ein Ziel hinarbeiten, das uns nur enttäuschen wird." Er hat gesagt, die Etappen würden einen Monat Minimum dauern.

Ein Muskel zuckt in seinem Kiefer. „Du wirst nicht enttäuscht sein."

Das hebt meine Laune. „Hattest du viele Liebhaberinnen?"

Er sieht sich um und lehnt sich über den Tisch. „Das ist kein angemessenes Gespräch für ein erstes Date. Ich meine für ein verlobtes Paar."

Ich beuge mich zu ihm vor. „Tut mir leid. Das habe ich für einen Moment vergessen. Mmm, was trägst du da für ein Parfum? Es riecht so frisch und holzig."

„Du duftest nach Blumen."

Ich grinse und flüstere: „Also haben wir beide verführerische Düfte aufgetragen. Bist du versucht, Adam?"

Er lehnt sich zurück und widmet sich wieder der Speisekarte, weigert sich, mich anzusehen. Ich schaue mich um. Wir sind weit genug von den anderen Paaren entfernt, um Privatsphäre zu haben.

Ich halte meine Stimme leise. „Bin ich zu forsch? Ich bin neu in der Verführung."

Er stürzt nach vorne, seine Stimme flüstert heftig. „Hör auf, über Verführung zu reden. Ich bin der Mann. Das ist meine Aufgabe."

Ich richte mich auf und blinzele ein paarmal. Adam ist nie

so schroff zu mir. Ich muss aus Versehen sein männliches Ego getreten haben. Er möchte derjenige sein, der die Initiative ergreift. Aber ich habe fünfundzwanzig Jahre gewartet, und ich bin begierig darauf, loszulegen. Na ja, wohl eher sieben Jahre, denke ich, seit ich angefangen hab, ernsthaft über Sex nachzudenken, während Menschen um mich herum begannen, ihn zu haben. Und er hat die Etappen klar vorgestellt, was mich auf dem Weg nach vorne selbstbewusster gemacht hat, wie eine Verführerin statt wie eine peinlich unerfahrene Frau.

Ich schaue aus dem Fenster und denke an unseren Spaziergang später um den See. Ich schwöre, wenn er heute Abend keinen Schritt macht, dann war es das. Ich werde die Dinge einfach in die Hand nehmen, meine Arme um seinen Hals werfen und ihm einen geben. Ich brauche etwas, auf das ich mich freuen kann, damit ich beim Warten nicht verrückt werde. Nur einen Vorgeschmack von Leidenschaft. Ist das denn zu viel verlangt?

Ich wende mich zurück und sehe, dass er mich erwartungsvoll ansieht. Mir wird klar, dass ich seine Erfahrung in Bezug auf das Initiativeergreifen anerkennen soll. „Ich freue mich, dir die Führung zu überlassen!"

„Gut."

Ellen kommt mit unserem Champagner zurück und jubelt immer noch über uns. Bislang genieße ich es, seine Verlobte zu sein.

Nachdem Ellen uns die Specials genannt hat, bestellen wir sofort. Wir kennen beide unsere Favoriten hier. Adam entscheidet sich für den Kobe Burger, ein Upgrade von dem alten normalen Burger auf der Speisekarte, und ich nehme das gebratene Huhn mit Kartoffeln. Ich habe Erfrischungsbonbons in meiner Handtasche für hinterher.

Ich hebe mein Glas. „Auf uns und unser ewiges Glück."

Er stößt mit seinem Glas gegen meins. „Auf uns." Wir nehmen beide einen Schluck.

Seine Augen sehen lange in meine. Diese tiefen Blicke sind neu. Ist er genauso begeistert wie ich von den Schritten der

Verführung? Ich schweige und lasse ihn die Führung übernehmen.

Schließlich sagt er: „Was gefällt dir an der Biostatistik?"

Das ist nicht sehr verführerisch. Ich habe wirklich gehofft, dass er sofort diesen neuen aufregenden Weg einschlagen würde. „Ich bin gut darin, und ich mag es zu wissen, dass meine Arbeit den Menschen helfen kann. Es ist sehr wichtig zu wissen, was funktioniert und was nicht bei neuen Behandlungsmethoden von Krankheiten. Ich analysiere die Daten."

Er macht weiter und stellt mir mit leiser Stimme eine Frage nach der anderen, was einem Außenseiter als romantisches Dinner-Gespräch erscheinen könnte (wenn man die Worte nicht klar hören kann). Habe ich vor zu promovieren? Was mache ich in meiner Freizeit? Wie war es, in Princeton, New Jersey, aufzuwachsen? Wie haben mich meine älteren Geschwister behandelt? Stehe ich meiner Mutter nahe? Habe ich früher Sport gemacht? Lieblingserinnerung? Zweiter Vorname? Lieblingsbuch und -film?

So viel hat er mich noch nie gefragt. Und er scheint tatsächlich daran interessiert zu sein, warum ich keine Doktorarbeit schreibe, gerne lese und mir viele Serien, in denen es um interessante Charaktere geht, ansehe und dass ich Princeton mochte. Ich beantworte den Rest, während ich esse, und frage ihn dasselbe, aber er will nur über mich reden.

Ich beende das Abendessen, lächle ihn an und beuge mich vor, sodass niemand unser privates Gespräch hören kann. „Okay, jetzt weißt du also, dass ich meiner Familie nahestehe, jeder mich als die Jüngste gut behandelt hat, ich war Co-Captain meines Hockey-Teams, die beste Erinnerung ist daran, wie wir die Staatsmeisterschaft gewonnen haben, mein zweiter Vorname ist Marie, und ich liebe Harry Potter, die Bücher, nicht die Filme. Ich habe keinen Lieblingsfilm. Kann ich dich jetzt endlich kennenlernen?"

Ein Lächeln umspielt seine Lippen. „Mein zweiter Vorname ist Christopher."

Ich gebe vor, ihn zu erwürgen, und er lacht.

„Du weißt alles, was du über mich wissen musst", sagt er.

„Ich liebe meine Arbeit. Ich liebe meine Familie. Du weißt von beidem schon reichlich. Nichts anderes ist erwähnenswert."

Ich weiß, dass er seine Mutter verloren hat, als er ein Teenager war. Ich habe meinen Dad verloren, als ich sieben war. Wir haben diesen frühen Elternverlust gemeinsam. Ich spreche es nicht an. Das wissen wir beide durch unsere Geschwister voneinander.

Die Rechnung kommt, und er holt seine Kreditkarte heraus, um zu bezahlen.

„Vielen Dank für das schöne Abendessen, mein wunderbarer Verlobter", sage ich laut.

Seine Lippen verziehen sich. „Kein Problem."

„Ich werde nach oben gehen, um meine Strickjacke zu holen, bevor wir einen romantischen Spaziergang um den See machen."

Er blinzelt ein paarmal und scheint überrascht zu sein. Ist das nicht das, was er vorgeschlagen hat?

„Bin schnell wieder da", sage ich und mache mich auf den Weg durch den hinteren Raum, durch die Küche und die Treppe hinauf zu meiner Wohnung. Da ich schon mal da bin, nehme ich mir die Zeit, meine Zähne zu putzen, bevor ich mir meine rosa Strickjacke schnappe.

Als ich wieder nach unten komme, steht er auf und bedeutet mir, ihm voraus zur Tür zu gehen. Wir treten nach draußen. Es ist kühl jetzt, da die Sonne untergegangen ist. Ich bin froh, dass ich mir die Zeit genommen habe, mir etwas Wärmeres anzuziehen.

Er blickt über den See. „Oh, schau, Vollmond!" Das ist definitiv ein romantisches Zeichen.

„Ende des Sommers gibt es eine Mondscheinregatta. Jeder wedelt mit Glühsticks, LEDs und Laternen in die Mitte des Sees. Es ist eine Party."

„Da möchte ich mitmachen. Das klingt großartig."

Er lädt mich nicht ein, aber ich bin mir sicher, dass, wenn ich bis zum Ende des Sommers noch hier bin, er es tun wird.

Wir gehen über den Parkplatz und die Straße zum

Spazierweg, der um den See führt. Es gibt einige sandige Ufer, aber wir halten uns weiter auf dem von Bäumen gesäumten Weg näher an den Häusern.

Ich nehme seine Hand in meine. Seine Hand ist warm und etwas rau von der Arbeit. Mir gefällt das. Wir haben letzte Woche auch Händchen gehalten, aber ich war so aufgebracht, meinen Ex zu sehen, dass ich es nicht wirklich wahrgenommen habe. Jetzt, da wir auf Intimität hinarbeiten, kann ich nicht anders, als mich zu fragen, wie sich seine Hände auf meiner nackten Haut anfühlen würden. Ich kann es nicht abwarten, das herauszufinden.

„Ich sehe dich und Tank auf Spaziergängen hier", sage ich. „Immer bei Sonnenuntergang."

„Er kann die Hitze wegen seines eingedrückten Gesichts nicht ertragen. Macht es ihm schwer, seine Temperatur zu regulieren. Ich muss immer warten, bis es ein wenig kühler draußen ist."

„Und manchmal sehe ich, dass du ihn zu deinem Auto trägst. Er sieht schwer aus."

„Ja, er ist wie ein gefüllter Tank. Daher sein Name. Manchmal entscheidet er einfach, dass er genug gelaufen ist, und weigert sich, sich zu bewegen."

„Bist du dir sicher, dass er überhaupt spazieren gehen möchte?"

„Es ist wichtig, dass er Auslauf bekommt."

Ich schüttle den Kopf. „Wie viel wiegt er?"

„Fünfzig Pfund." Er zieht seine Hand aus meiner und beugt den Bizeps. „Was denkst du, wie ich die bekommen habe?"

„Das Tank-Workout."

„Das stimmt."

Er nimmt meine Hand nicht mehr, und ich bin ein wenig verärgert. Ich trete vom Weg in den Schatten eines großen Baumes. Es ist Zeit für diesen Kuss.

Er folgt mir. „Bist du genug gelaufen? Muss ich dich zurücktragen?"

Ich lächle. „Ja, du musst mich zurücktragen." Ich warte,

atemlos in Erwartung, dass er mich von meinen Füßen fegt und mich zurück zum Restaurant trägt.

Er geht auf ein Knie vor mir herunter, mit seinem Rücken zu mir. „Steig auf."

„Adam, ich trage ein Kleid. Ich kann nicht Huckepack in einem Kleid getragen werden."

„Sicher, das kannst du."

Ich seufze, zieh mein Kleid hoch und klettere auf ihn. Er steht auf und klemmt seine Arme hinter meine nackten Knie. Ich stelle sicher, dass mein Kleid meinen Hintern bedeckt, und lege meine Arme um ihn. Das ist eigentlich ganz nett. Er ist superwarm und riecht so gut.

„Komm schon, kleiner Tank", sagt er.

Ich schlage seine Schulter. „Nenn eine Frau niemals einen Tank."

„Wenn sie sich wie ein Tank verhält –"

„Wage es ja nicht zu sagen, ich fühle mich an wie ein Tank."

Das Grollen seines Lachens vibriert durch seinen Rücken, gegen den ich gedrückt bin. Das macht Spaß.

Auf dem Rückweg kommen wir an einer Familie vorbei, die Eltern schieben einen kleinen Jungen und ein Mädchen in Plastikspielzeugautos. Die Kinder hupen uns an.

„Stau", sagt Adam und läuft um sie herum.

„Gute Nacht!", rufe ich.

„Ihnen auch!", rufen die Eltern zurück.

„Ich liebe diese Stadt einfach", sage ich zu Adam.

„Ja, aber du wirst bald gehen."

Ich seufze. „Sehr wahrscheinlich. Ich muss dorthin gehen, wo ich Arbeit finden kann, aber ich werde auf jeden Fall oft zu Besuch kommen. Wyatt ist hier. Du bist hier."

Er ist still.

Wir erreichen den Parkplatz, und er stellt mich neben sein Auto. Ich sehe zu ihm auf, hoffnungsvoll.

Er deutet auf den Rücksitz. „Dies ist der Teil, in dem ich dich auf den Rücksitz schiebe und dir deinen Hundegurt anlege."

Ich lache. „Ist das also das Ende unseres Dates?"

„Es sei denn, du willst noch etwas anderes tun."

„Vielleicht könnten wir zu dir fahren, und ich könnte Tank hallo sagen." *Und dann könntest du mich verführen.*

„Ein anderes Mal."

Ich trete näher und hebe mein Gesicht zu ihm, schließe die Augen. Ein langer Moment vergeht. Er hat sich nicht zurückgezogen. Ich kann seine Hitze spüren, seine Atmung hören, seinen frischen holzigen Duft riechen. Und dann endlich legt er seine große Hand an meine Wange. Mein Puls rast. Er streichelt mir die Haare zurück, seine Finger streifen den empfindlichen Fleck hinter meinem Ohr.

Ich lehne mich seiner Hand entgegen, genieße seine Berührung, und dann ist sie weg.

Seine Lippen treffen in einem keuschen Kuss auf meine Wange. „Gute Nacht."

Ich reiße die Augen auf. Wenn er es so langsam angehen wird, brauchen wir viel mehr Dates, oder wir kommen nie dorthin. „Ich hätte gern ein weiteres Date. Morgen. Ich schlage vor, wir gehen zu dir. Ich werde kochen."

Er sieht skeptisch aus. „Ein Picknick im Park wäre besser. Ich bringe Tank mit. Er wird in Ordnung sein, wenn wir uns einen schattigen Platz aussuchen."

Es ist nicht besonders intim, aber er hat einem weiteren Date morgen zugestimmt. „Okay. Ich werde ein Picknick-Mittagessen für uns aus dem Restaurant einpacken."

Er neigt seinen Kopf. „Soll ich dich reinbegleiten?"

Ich deute auf das Restaurant, das nur ein kurzes Stück entfernt ist. „Ich schaff das schon allein."

Er schiebt die Hände in die Taschen. „Okay."

Ich senke meine Stimme zu einem Flüstern. „Gehst du bei deinen Dates immer so langsam vor? Nur ein Gutenachtkuss auf die Wange? Ich habe deine Wange schon vorher geküsst."

„Ich habe keine Dates."

Oh nein. „Du bist zölibatär?" Das wird überhaupt nicht funktionieren. Er hätte wirklich von vornherein ehrlich zu mir sein sollen. Ich habe nach seinem Verlobungsdebakel einfach angenommen, er wäre wieder auf die Pirsch gegangen.

Seine Augen weiten sich, bevor er sich vorbeugt. „Schh. Himmel, Kayla, hast du jemals gehört, dass manche Dinge nicht öffentlich besprochen werden sollten?"

Ich stoße verärgert einen Atemzug aus. „Hier sind nur wir."

„Wir sind vor einem Restaurant, in dem mich jeder in der Stadt kennt."

„Also bist du nicht zölibatär?", flüstere ich.

„Gute Nacht, Kayla." Übersetzung: *Auf keinen Fall.*

Ich umarme ihn. „Danke für das Date. Und ich freue mich auf mehr." *Etappen der Verführung. Bitte lass mich nicht einen ganzen Monat warten!*

Seine Arme legen sich für einen zu kurzen Moment berauschender Wärme um mich, seine Stimme grollt an meinem Ohr. „Du warst heute Abend eine tolle falsche Verlobte. Danke!"

Ich strahle. „Ich seh dich morgen."

Ich gehe zurück zum Restaurant und fühle seinen Blick auf mir. Ich hoffe, das bedeutet, er mag, was er sieht.

Aber als ich zurück in meine kleine Wohnung komme und unser Gespräch noch einmal überdenke, sehe ich den heutigen Abend allmählich anders. Wenn er normalerweise nicht datet und nicht zölibatär ist, dann bedeutet das, dass er nur Bettgeschichten hat. Warum besteht er also auf einem Monat langsamer Verführung mit mir? Bin ich etwas Besonderes für ihn, oder versucht er nur, mein Ziel zu verzögern, in der Hoffnung, dass ich aufgebe? Hmm … scheint beides nicht zu passen. Der Grund muss ein, dass ich Jungfrau bin. Er geht es langsam an, um sicherzustellen, dass ich mich wohlfühle.

Was für ein großartiger Typ!

5

Adam

Ich bin der Schlimmste. Kayla weiterführen, meine Distanz wahren, nur um sie am Ende abzuweisen. Ich ziehe ihren Sex-Plan nicht durch, aber ich will auch nicht, dass sie jemanden hat, der sie nicht richtig behandelt.

Ich passe als Freund auf sie auf. Ich sollte mich nicht so schuldig fühlen.

„Komm schon, Tank. Zeit, ein Puffer zu sein." Tank ist eine vierjährige englische Bulldogge mit vorstehenden Unterzähnen, sabbernden Lefzen und breiten Kiefern. Er war ursprünglich Amelias Welpe, als ich mit ihr zusammengekommen bin. Sie hat ihn mir gegeben, weil tropische Hitze und Bulldoggen nicht miteinander klarkommen. Ich liebe diesen Hund! Er ist das einzig Gute an der Implosion dieser Beziehung. Sein kurzes Fell ist braun, weiß an einem Ohr, an Stirn, Schnauze und Brust.

Tank bewegt sich nicht auf mein Kommando. Er ist die faulste Kreatur aller Zeiten. Stattdessen sieht er mich mit seinen großen braunen Augen an, mit einem Ausdruck, der sagt *müssen wir schon wieder nach draußen gehen?* Er ist wirklich ein Stubenhocker. Ich hebe ihn aus der Vordertür und setze ihn auf den vorderen Rasen. Er bewegt sich langsam in der Auffahrt zu meinem Auto, wo ich ihn auf den Rücksitz hebe und seinen Hundegurt anlege. Dann starte ich den Motor und lasse die Fenster herunter, um ihn kühl zu halten.

Ich fahre los, um Kayla abzuholen und mit ihr auf der anderen Seite des Sees ein Picknick zu machen, wo es Parklandschaft und viel Schatten für Tank gibt. Die Sache ist, wenn ich Kaylas Plan nicht verzögern würde, indem ich zumindest vorgebe, ihm zu folgen, gibt es andere Single-Jungs in der Stadt, die sich heimlich an sie ranmachen könnten. Sie scheint sehr entschlossen zu sein. Wer weiß, vielleicht trifft sie sich privat mit Spencer, dem neuen Koch, den Sydney angestellt hat. Es wäre leicht, sich auf ihr Zimmer zu schleichen. Er ist auch nicht der einzige Mann. Der Tierarzt in der Stadt ist geschieden. Guter Typ in meinem Alter. Ein paar Lehrer an der Highschool.

Ich biege in den Lakeshore Drive ab. Tatsächlich, jetzt, wo ich darüber nachdenke, fährt Kayla oft nach Clover Park, einer Stadt jenseits der Grenze in Connecticut, wenn sie frei hat. Es gibt dort eine Bar mit einem Namen, der klingt, als würde es dort vor Single-Jungs nur so wimmeln – das Happy Endings. Ich fahre immer weiter weg, damit keine Chance besteht, meinen Bettgeschichten über den Weg zu laufen, aber Kayla – was mache ich eigentlich? Stelle ich eine Liste von potenziellen Jungs auf, die ihre Jungfräulichkeit nehmen könnten? Verdammt nein!

Außerdem sollen wir verlobt sein. Die Frau macht mich verrückt mit all ihrem Sex-Talk. Sieht sie nicht, dass sie perfekt ist, so, wie sie ist?

Ich fahre auf den Parkplatz des Horseman Inn, und sie steht bereits draußen und hält eine rote Kühltasche mit unserem Picknick-Mittagessen. Ihr Haar ist in einem niedlichen Pferdeschwanz, sodass sie noch jünger, süß und unschuldig aussieht. *Jungfräulich.* Mein Herz pocht kräftiger. Sie lächelt und winkt.

Ich hebe eine Hand zur Begrüßung und parke, um ihr mit der Kühltasche zu helfen. Sie trägt eine olivgrüne Bluse, die locker an ihr hängt und an den Ellbogen endet, nichts Verlockendes, aber ihre schwarzen Shorts sind *kurz*. Nackte seidig glatte Beine in flachen Sandalen. Ihre Zehennägel sind rosa lackiert.

Mein Mund wird ganz trocken, mir fehlen die Worte. Ich kann ihr nur die Kühltasche abnehmen und zum Wagen deuten.

Sie küsst meine Wange. „Hallo, Fremder."

„Hi."

Es besteht keine Gefahr, dass sie sich in mich verguckt, weil ich absolut nicht mitspiele. Ich bin normalerweise viel glatter. Ich kann nicht einmal genug Worte für ein Kompliment zusammenbringen. Was würde ich sagen, *tolle Beine*? Ich halte meinen Mund besser geschlossen.

Ich stelle die Kühlbox in den Kofferraum und komme auf die Fahrerseite. Sie ist bereits im Auto und spricht mit Tank. „Ich hoffe, du magst Bacon."

Er lehnt sich zu ihr und schnüffelt wie verrückt. Sie hält ihre Handfläche hin, und er versucht, sie zu lecken. Lachend zieht sie sie zurück, und dann sieht sie mir in die Augen, ihre funkeln vor Freude.

Ich bin hypnotisiert.

„Ich hoffe, es ist okay, wenn ich ihm etwas Bacon gebe", sagt sie. „Ich dachte, er sollte das Picknick auch genießen."

Ich schüttle mich mental, starte das Auto und fahre vom Parkplatz. „Ja, das ist okay."

„In welchen Park fahren wir? Ich habe mehrere in der Stadt gesehen, vor allem am Stadtrand."

„Die Gründer sorgten dafür, dass viel Land erhalten blieb, als sie sich in den sechziger Jahren hier niederließen. Ich dachte, wir fahren auf die andere Seite des Sees, da ist ein besonders schöner Park."

„Oh, wir hätten ein Ruderboot über den See nehmen können, genau wie in einem romantischen Film. Hast du eine Schwimmweste für Tank?"

„Ja, aber es ist einfacher zu fahren."

„Das nächste Mal sollten wir ein Boot nehmen, um die volle See-Erfahrung zu haben. Wenn du keins hast —"

„Ich hab eins. Fast jeder in der Stadt hat ein Ruderboot oder Kanu."

„In Kanufahren bin ich grässlich. Ich habe einmal in der Highschool einen Ausflug mitgemacht, und wir sind dreimal umgekippt. Es müssen immer zwei in genau richtig koordinierten Stößen ausbalanciert sein."

Meine Gedanken wandern sofort an einen schmutzigen Ort – zwei Menschen, rhythmische Stöße. Das ist schlecht.

„Hast du schon irgendwelche Bewerbungsgespräche geplant?", frage ich. Da. Je früher sie zu ihrem neuen Job wechselt, desto eher kann sie einen nerdy Wissenschaftlertyp finden, den sie heiraten und mit dem sie Sex haben kann.

„Ich habe einen in der Stadt am Mittwoch." New York City ist die einzige Stadt, die es wert ist, hier erwähnt zu werden. „Ich bin nicht verrückt darauf, in die Stadt zu pendeln, und die Miete ist dort so teuer, also ist es nicht meine erste Wahl. Aber man weiß nie. Ich bin für alles offen. Ich denke, es ist wichtig, einen Job zu finden, der passt, denn dort verbringt man die meiste Zeit, weißt du?"

„Ja."

„Darf ich dich etwas Persönliches fragen?"

Ich verkrampfe mich. Sie wird wieder zu dem Sex-Ding kommen. Schlimmer als Tank mit einem Knochen. Er schnüffelt auf dem Rücksitz und riecht wahrscheinlich den Speck in der Kühlbox im Kofferraum.

„Ist es hier heiß?", frage ich.

„Ich fühle mich wohl. Vielleicht hättest du Shorts statt Jeans anziehen sollen. „Möchtest du zurück und dich umziehen?"

„Mir geht's gut."

Sie reibt den kurzen Ärmel meines schwarzen T-Shirts, ihre weichen Finger streifen meinen Arm. „Der Stoff fühlt sich atmungsaktiv an, deshalb glaube ich nicht, dass das Shirt ein Problem ist."

Es ist definitiv heiß hier drin. Ich mache die Fenster hoch und schalte die Klimaanlage ein. Ich schaue in den Rückspiegel und sehe, wie Tank sich zu der Brise aus dem Luftauslass neigt.

„Erzähl mir von allen Stellen, für die du dich beworben hast", sage ich.

„Aber ich hatte doch eine Frage an dich."

„Jetzt bin ich an der Reihe, dich kennenzulernen. Weißt du noch?"

Sie seufzt. „Okay, aber ich sehe nicht den Sinn darin, dir alle Stellen zu nennen, bei denen ich mich beworben habe. Ich weiß nicht einmal, ob sie mich zu einem Bewerbungsgespräch einladen. Es ist ein wettbewerbsorientierter Prozess mit wenigen Positionen."

„Erzähl es mir trotzdem."

Das tut sie, und ich stoße einen erleichterten Atemzug aus. Nettes neutrales Gespräch über die pharmazeutische Forschung und die Arten von Behandlungen, an denen sie im ganzen Land arbeiten. Eine Sache, die ich lerne, ist, dass sie nicht zu weit von ihrer Familie wegwill. Ihre Mom und ihre Schwester Brooke leben in New Jersey, ihre andere Schwester Paige in der Stadt, und Wyatt ist hier. Sie möchte in fahrbarer Distanz von ihnen sein.

„Indiana ist nicht mit dem Auto zu erreichen", stelle ich fest.

„Elfeinhalb Stunden", sagt sie. „Ich habe nachgesehen. Aber es ist ein kurzer Flug. Es ist nicht ideal, aber meine Mitbewohnerin vom College lebt dort, also hätte ich zumindest eine Freundin. Jedenfalls ist das alles noch in der Schwebe."

„Halt mich auf dem Laufenden. Jedes Gespräch, jedes Angebot. Ich will es wissen."

„Wirklich?"

„Selbstverständlich."

„Okay", sagt sie herzlich. „Und du hältst mich auch über deine Projekte auf dem Laufenden. Ich liebe deine Arbeit einfach."

Röte kriecht meinen Hals hoch. Sie ist mein größter Fan.
„Danke, das werde ich."

Sie strahlt mich an. „Ich bin so froh, dass wir uns gegenseitig so helfen. Wofür sind Freunde denn sonst da, oder?"

Ich grunze. Die Frau wird mich bald genug hassen, weil ich sie täusche.

~

Kayla

Adam hat einen tollen Platz unter einigen Buchen- und Zuckerahornbäumen für unser Picknick gefunden. Ich habe ihn nicht fragen können, ob er es langsam angeht, weil ich noch Jungfrau bin, aber das ist okay. Ich bin mir ziemlich sicher, dass das der Grund ist. Ich hatte gehofft, es ansprechen und ihm dann versichern zu können, dass es mir wirklich gut geht und wir nicht langsam machen müssen. Tatsächlich würde ein schnelleres Vorgehen wahrscheinlich meine Nervosität verringern, aber es scheint ihm unangenehm zu sein, offen über Sex zu sprechen. Wer hätte gedacht, dass die Unerfahrene von uns beiden darüber reden könnte, während Mr. Erfahrung hier es nicht abwarten kann, das Thema zu wechseln?

Aber ich verbringe gern Zeit mit ihm. Heute habe ich erfahren, dass er gern angelt, und er hat versprochen, mich auf meine erste Angeltour mitzunehmen. Ich schaue zu, als er eine alte marineblaue Tagesdecke für uns auslegt, und Tank macht es sich sofort mitten drauf bequem.

„Nicht so schnell", sagt Adam und schiebt ihn an den Rand der Decke. Tank hebt den Kopf, macht ein leise schnüffelndes Geräusch und setzt sich wieder hin.

„Kannst du das Mittagessen rausnehmen?", fragt Adam. „Ich werde Wasser für ihn holen."

„Sollst du haben." Beim Mittagessen hat mir der neue Küchenchef des Restaurants, Spencer, geholfen. Er ist ein super Flirter und niedlich noch dazu, aber es ist nichts Persönliches. So ist er mit allen.

Bald haben wir es uns mit Tellern voller Rotisserie-Huhn, Feldsalat und frisch gebackenem Baguette bequem gemacht. Tank hebt den Kopf und schnüffelt in der Luft.

Ich stelle meinen Teller ab und nehme eine Scheibe Speck aus der Kühltasche. „Ich habe dich nicht vergessen, Kumpel." Ich krieche zu ihm hinüber und biete ihm den Speck an. Er nimmt ihn vorsichtig aus meiner Hand, und dann schlingt er ihn hinunter. Ich streichle seinen Kopf, und er dreht sich um, um an meiner Hand zu schnüffeln, und versucht, daran zu lecken. Ich ziehe meine Hand zurück. „Ich brauche vor dem Essen kein Hundebad, vielen Dank."

Ich schaue über meine Schulter zu Adam und ertappe ihn dabei, dass er meinen Hintern mustert. Ich lächle. Kurze Shorts erfüllen ihren Zweck. Er reißt den Kopf herum, fast so, als wäre er schüchtern. Ist er schüchtern? Er *ist* still, aber ich habe nur angenommen, dass er kein großer Redner ist.

Ich krieche zu ihm zurück und kitzle ihn.

Er lächelt nicht, seine Augen betrachten mich schwelend. „Nicht kitzelig."

„Ich bin wahnsinnig kitzelig. Denk nicht einmal daran." *Berühr mich.*

„Notiert."

Ich unterdrücke einen Seufzer und lasse mich mit meinem Mittagessen nieder, drehe mich zu dem Blick auf den sanft plätschernden See. In der Ferne sind ein paar Sunfish-Boote mit strahlend weißen Segeln, außerdem einige Kajaks. Wahrscheinlich sind am gegenüberliegenden Ufer um die Kurve herum noch mehr Menschen.

Adam ist still, also habe ich genügend Zeit, über die nächsten Schritte nachzudenken. Wenn er schüchtern ist, wird er nicht schnell zu verführen sein. Andererseits, wenn alles, was er hat, Bettgeschichten sind, dann muss er wissen, wie man den Deal abschließen kann sozusagen. Es ist ein Paradoxon. Ich wünschte wirklich, ich wüsste, was in seinem Kopf vor sich geht. Ich dachte, ich kenne ihn so gut, bevor wir auf das Gebiet Sex vorgedrungen sind.

„Woran denkst du?", frage ich.

„Gar nichts."

„Ich denke gerade an dich. Du bist ein Paradoxon. Du hast impliziert, dass du seit deiner aufgelösten Verlobung nur noch Sexgeschichten hast –"

„Erzähl mir, wie es war, als Jüngste der Familie aufzuwachsen."

Er fragt mich immer nach mir, wenn er nicht über sich selbst sprechen will. Okay, wenn er sich dadurch wohler fühlt, mich zu verführen, kann ich es ihm wohl erzählen. Also erzähle ich ihm von Wyatt und wie er mir nach dem Tod unseres Vaters irgendwie ein Vaterersatz war. Er hat mir beigebracht, Fahrrad zu fahren, und mir viele Ratschläge über die Schule gegeben und mir auch Selbstverteidigung gezeigt. Dann gibt es da noch meine älteste Schwester Paige, die mich endlos herumkommandiert hat, mir aber trotzdem ihr Lieblingskleid für meinen Ball in der achten Klasse geliehen hat. Brooke und Paige haben sich früher wie Katzen und Hunde gestritten und dann mir, der Kleinen, anvertraut, wie schrecklich die andere sei. Ich war einfach froh, beteiligt zu werden.

„Cool", sagt er.

Das ist alles, was er sagt, nachdem ich das ganze Mittagessen über erzählt habe. Ich stelle unser Geschirr zurück in die Kühlbox und die Reste der Lebensmittel bringe ich in eine Mülltonne auf der anderen Seite des Radweges.

Als ich zurückkomme, liegt Adam auf dem Rücken, die Hände unter dem Kopf und blickt durch die Äste des Baumes zum Himmel. Sein dunkelgrünes T-Shirt spannt sich verlockend über seine Brust. Ich bin versucht, mich neben ihn zu legen, aber ich habe das Gefühl, dass er sich sofort aufsetzen würde. Stattdessen pflücke ich eine Butterblume und setze mich im Schneidersitz neben ihn.

„Für dich, schüchterner Kerl." Ich schiebe ihm die Blume direkt über seinem Ohr ins Haar.

Er greift danach, setzt sich auf und starrt sie an. „Du hast mir eine Blume in die Haare gesteckt?"

Ich nicke.

Er schiebt sie mir ins Haar über meinem Ohr. „Typen tragen keine Blumen. Und schüchtern bin ich nicht."

Ich drehe mich um, um ihn anzusehen, unsere Augen treffen sich aus nächster Nähe. Mein Atem stockt. In den braunen Iriden seiner Augen sind goldene Flecken. „Gut."

Sein Blick wandert zu meinem Mund. „Was ist gut?"

Ich schiebe meine Finger durch das weiche Haar in seinem Nacken. „Dass du nicht schüchtern bist."

Sein Kopf senkt sich, und ich schließe meine Augen, fast vibrierend vor Erwartung. Er drückt einen weichen Kuss auf meinen Mundwinkel. Ein Ruck durchzieht mich bei der Berührung.

„Adam?", sagt eine weibliche Stimme.

Er versteift sich und wendet sich langsam einer hübschen Frau mit langen blonden Haaren zu, die ein rotes Tanktop, Denim-Shorts und Flip-Flops trägt. Sie steht am Rand unserer Decke. „Hey, Amelia."

Es ist die miese Ex, die ihre Verlobung gelöst hat, um mit einem anderen Kerl nach Panama durchzubrennen! Ich gehe sofort in den anbetenden Verlobungsmodus über und lehne mich an Adams Seite.

Sie schiebt ihre weiß gerahmte Sonnenbrille nach oben und starrt mich an, während sie mit Adam spricht. „Ich bin hier gerade vorbeigefahren und dachte, ich hätte dein Auto erkannt." Sie setzt ein Lächeln auf, das ihre Augen nicht erreicht. „Du musst die neue Verlobte sein."

Ich lächle und halte meine Hand hoch, um den funkelnden diamantenen Verlobungsring meiner Schwester zu zeigen. „Das bin ich. Ich bin Kayla. Schön, dich kennenzulernen, Amelia."

Ihre Lippen verziehen sich. „Wie lang wart ihr schon zusammen, als er dir den Antrag gemacht hat?"

Ich wende mich lächelnd an Adam. Jetzt ist es an ihm zu antworten.

Adam nimmt meine Hand und verflicht unsere Finger miteinander. „Was spielt das für eine Rolle? Wir sind verlobt. Ende der Geschichte."

Sie hockt sich hin, um Tanks Seite zu reiben, wo er schläft. „Schätze, ein schneller Antrag deutet auf Eile hin. Du hattest es nie eilig, Adam. Das ist eines der Dinge, die ich am meisten an dir mochte. Die Art und Weise, wie du dir Zeit lässt, garantiert *Befriedigung*." Ihre Stimme klingt bei diesem letzten Teil ganz rau.

Ich verenge meine Augen. Sie spielt die Sexkarte und erinnert uns beide daran, was sie hatten. „Im Schlafzimmer kann ich mich nicht beschweren." *Weil wir es da noch nicht gemacht haben. Ha-ha.*

Sie schnaubt und steht auf. „So krass."

Adam grinst. „Kayla ist sehr offen und ehrlich. Das ist eines der Dinge, die ich am meisten an ihr mag."

Im Gegensatz zu dir, betrügerische Amelia!

„Aww, danke." Ich gebe ihm einen sanften Kuss auf die Lippen und will sofort mehr. Unsere Blicke kollidieren in einem Moment elektrischer Anziehung. Das geschieht *so*.

Tank wimmert. Ich schaue hinüber und sehe, wie Amelia zu einer roten Corvette geht.

„Ich glaube, dein Plan hat funktioniert", sage ich.

Er sieht ihr hinterher. „Du kennst Amelia nicht. Sie ist im Vertrieb und weiß, wie man aggressiv sein kann, um einen Deal abzuschließen."

„Hat sie so den Deal mit dir abgeschlossen?"

Wir beobachten beide, wie ihr Auto die Straße hinunter brüllt.

„Überhaupt nicht. Es war den Sommer über locker zwischen uns, und dann wollte ich mehr. Sie tat, als wäre sie nicht leicht zu kriegen, das hat mich nur dazu gebracht, mehr um sie zu werben. Ich habe nie gesehen, wie sie wirklich ist. Manipulativ, rücksichtslos gegenüber Menschen –"

„Und ihrem Hund."

Er sieht zu Tank hinüber. „Er war ein Kollateralschaden bei ihrer Suche nach dem Abenteuer. Sie wäre langfristig nicht glücklich mit mir gewesen, also denke ich, im Nachhinein war es das Beste."

Ich lege meine Arme um seine Mitte und umarme ihn. Er

legt mir einen Arm um die Schultern und küsst mich oben auf den Kopf. Es ist ihm gegenüber so unfair, nach vier Jahren als Paar so getäuscht worden zu sein.

Ich lehne mich zurück, um ihn anzusehen. „Ich hasse es, dass sie dich verletzt hat."

Er schiebt eine Strähne hinter mein Ohr. „Ich habe es überlebt."

„Denkst du, dass sie darüber hinweg ist, oder sollten wir das verlobte Paar weiter mimen?"

Die Rückseiten seiner Fingerspitzen streifen meine Wange. „Wir müssen es den ganzen Sommer tun, denn so lange ist sie hier. Wenn sie denkt, dass wir Schluss gemacht haben, wird sie wahrscheinlich wieder bei mir auftauchen."

Meine Augen werden größer. „Wieder?"

Er zeichnet eine Linie an der Seite meines Halses nach und hinterlässt eine kribbelnde Spur, die es schwer macht, mich zu konzentrieren. „Ja, sie hatte immer noch meinen Schlüssel und hat sich letzten Sonntag selbst reingelassen."

Ich blinzele ein paarmal. „Warte! Sie ist in dein Haus eingedrungen? Sie hört sich merkwürdig an. Warum sollte sie nicht einfach anrufen oder an die Tür klopfen, um reingebeten zu werden?"

Seine Worte laufen heiß über meine Lippen. „Ich möchte nicht über sie reden."

Mein Atem stockt eine Sekunde, bevor sein Mund meinen mit dem Flüstern eines Kusses bedeckt. Seine Hand umfasst meinen Nacken, während er den Kuss vertieft, indem er seine Lippen fester auf meine Lippen presst, und mir dann einen weiteren Kuss gibt und noch einen. Jeder Kuss findet den perfekten Winkel, wie wir zusammenpassen. Elektrische Hitze überflutet mich.

Und dann senkt er mich auf die Decke, seine Finger stoßen durch meine Haare, während seine Lippen stärker drücken und mich für seine Erkundung öffnen, während seine Zunge nach innen stößt. Ich lege meine Arme um ihn, streichele seinen breiten Rücken und seine Schultern und sehne mich schmerzhaft danach, sein Gewicht auf mir zu spüren. Er hält sich über mich, seine Küsse werden immer fordernder. Rohe Lust rast in schwindelerregender Eile durch mich. Das ist die Leidenschaft, nach der ich mich gesehnt habe. Begehren sammelt sich tief in meinem Bauch; Ein instinktives Bedürfnis, ihm näher zu kommen, lässt mich an seinen Schultern ziehen und den Ganzkörperkontakt verlangen.

Er unterbricht den Kuss, wir beide atmen heftig. Seine Stirn senkt sich auf meine, seine Augen schließen sich. „Kayla."

„Die erste Etappe wurde freigeschaltet", flüstere ich. „Wir haben den Kuss perfektioniert. Jetzt ist es Zeit fürs Berühren."

Er stöhnt und setzt sich auf. „Ich sollte mit Tank einen Spaziergang machen."

„Noch nicht."

Er starrt an sich hinab und murmelt: „Ja, ich werde warten." Er hat eine beträchtliche Beule in der Jeans.

Ich mache mich daran, mich rittlings auf seinen Schoß zu setzen und grinse. „Jetzt kann es niemand sehen."

Er stöhnt, seine Hände gehen zu meiner Taille. „Du bist nicht sehr hilfreich."

Ich küsse ihn. Er greift an meine Haare und saugt an meiner Unterlippe, bevor er meinen Mund für sich beansprucht. *Ja!* Das habe ich so sehr gewollt. Ihn. Meine Hüften bewegen sich instinktiv gegen ihn und suchen nach Reibung. Ein Ansturm der Freude geht durch mich bei dem Kontakt.

Plötzlich bin ich in der Luft, als er mich von sich hebt und mich auf die Decke legt.

Piss nie eine frustrierte Jungfrau an.

Ich verenge meine Augen. „Sag mir nicht einmal, dass du so deine Bettgeschichten verführst. Du hältst mich hin, und ich möchte wissen, warum."

Er legt seine Hände in einem festen Griff auf meine Schultern, seine Stimme ist leise. „Wir haben vereinbart, es langsam anzugehen, einen Monat Minimum. Zwei Monate wären sogar noch besser."

„Nein, es ist *nicht* besser. Ich will dich. Und ich weiß, dass du mich willst."

Er schließt die Augen. „Das ist erst Tag zwei. Wir haben keine Eile."

Mit dieser Antwort bin ich nicht im Entferntesten zufrieden. Doch seine Hände auf meinen Schultern halten mich jetzt irgendwie fest, und ich mag das. „Ich denke, es ist wichtig, dass wir weiterhin für Intimitäts-Kompatibilität sorgen. Ansonsten könnte es unangenehm und nicht so gut sein, wenn wir es ins Bett schaffen."

Ich improvisiere hier wie verrückt und gebe etwas von mir, das, wie ich hoffe, wie ein vernünftiger Vorschlag klingt, diese Sache am Laufen zu halten. *Ja, das bin ich. Ahnungslos, aber optimistisch.*

Seine Finger greifen meine Schultern fester. „*Intimitäts*-Kompatibilität? Du kannst nicht einmal das Wort aussprechen. Deshalb ist es sinnvoll, langsam zu machen."

Natürlich kann ich das sagen. Es ist nur neu für mich, aber ich bin jetzt offen dafür. „Sexuelle Kompatibilität. Wir müssen wissen, ob wir *sexuell* kompatibel sind."

Seine Finger gleiten liebkosend über meine Schultern, sein Blick bleibt an meinem Mund hängen. „Deswegen mache ich mir keine Sorgen."

„Küss mich, berühre mich, mach alles so, wie du es mit deinen Bettgeschichten gemacht hast. Als interessierte dich nichts anderes, als ins Bett zu stolpern." Ich möchte das *so* sehr für ihn sein. Die Art von Frau, die man so mächtig begehrt, dass man einfach nicht mehr warten kann.

Er zieht mich in eine Umarmung, seine Arme umhüllen mich. „Ich behandle dich besser als das."

Ich möchte ihn in reiner Frustration schlagen, aber es fühlt sich wunderbar an, so eng in seinen starken Armen gehalten zu werden. Hitze baut sich zwischen unseren Körpern auf. Ich weiß, dass wir kompatibel sind. Ich will einfach mehr. Ich hebe meinen Kopf, und sobald ich das tue, lässt er mich los und geht zu Tank.

Er klemmt die Leine an Tanks Gurtzeug. „Zeit für einen

Spaziergang." Tank nimmt sich Zeit, aufzustehen und sich zu strecken.

Ich nehme die Blume hinter meinem Ohr und drehe sie zwischen den Fingern. Unter Adams Aufsicht werde ich als Jungfrau sterben.

Ich habe allmählich den Verdacht, dass das sein Plan ist.

6

Der nächste Tag ist ein Montag, was immer mein freier Tag ist, da das Horseman Inn geschlossen ist. Ich halte bei Summerdale Sweets, Jennas Laden, für ein spätes Frühstück. Es ist ungefähr elf, normalerweise eine ruhige Zeit am Morgen, was gut ist, weil ich wirklich mit ihr reden muss.

Ich öffne die Tür, und die Glocke darüber bimmelt. „Morgen!", rufe ich.

„Praktisch Mittag", sagt sie und übergibt einer Brünetten in ihren Dreißigern eine mit einer Schnur gebundene Schachtel. „Danke! Haben Sie einen schönen Tag."

Ich komme an die Theke, und mir läuft das Wasser im Mund zusammen, während ich die Glasauslage mit Cupcakes, Cookies, Brownies und verschiedenen süßen Riegeln betrachte. „Ich nehme einen Möhren-Cupcake und eine Flasche Wasser. Das klingt nach einem gesunden Frühstück."

Jenna lächelt. „Absolut!" Sie ist körperlich das Gegenteil von mir, groß und schlank mit blondem Haar, das nur ihre Schultern streift. Ihre Augen sind ein hübsches Grün. Ich bin dunkelhaarig, kurz und kurvig. Audrey ist eigentlich wie ich. Wir könnten als Schwestern durchgehen.

Ich sehe ihr zu, wie sie mein Frühstück in ihrer süßen weißen U-Ausschnitt-Bluse und engen Jeans zusammenstellt.

„Ich weiß immer noch nicht, wie man all diese leckeren Sachen backen und nie zunehmen kann."

„Hass mich nicht", sagt sie und legt den Möhren-Cupcake auf einen kleinen Teller. „Das ist mein guter Stoffwechsel. Ich kann essen, was ich will."

„Angeber."

Sie reicht mir den Kuchen und das Wasser, und ich zahle.

Ein Klingeln ertönt, und sie dreht sich um, um zur Hintertür zu gehen. Ein hübscher Lieferjunge tritt mit einer großen Kiste ein. Seine Zähne blitzen weiß gegen seine dunkle Haut, und man müsste tot sein, um seinen spektakulären Körper nicht zu sehen, der von einer enganliegenden Uniform aus Kurzarm-Hemd und Shorts umhüllt ist.

„Ich habe, was du bestellt hast, Jenna", sagt er mit einer tiefen Baritonstimme voller Anspielungen.

Jenna legt ihre Hand an die Hüfte und antwortet: „Du weißt, wohin es gehört."

Er lacht leise und dreht sich um, um die Kiste in einen Lagerraum zu bringen. Die Funken, die zwischen ihnen fliegen, sind von hier aus offensichtlich. Sie folgt ihm, stellt sich in die Tür und plaudert.

Ich kann nicht hören, was sie sagt, aber ich wette, es ist mehr flirtende Verführung. Ich muss unbedingt ihr Geheimnis erfahren

Sie geht rückwärts aus der Tür zurück, während er sich vorwärtsbewegt, ein Tanz der Art, bei dem sie einander nahe sind, sich aber nicht berühren.

Er lächelt sie sexy an. *„Bis zum nächsten Mal."*

Sie wackelt mit ihren Fingern in seine Richtung. In dem Moment, in dem sich die Tür hinter ihm schließt, dreht sie sich um und fächelt sich Luft zu.

„Was war das?", frage ich. „Wer war das?"

Sie nimmt sich eine Flasche Wasser, kommt um den Tresen und bedeutet mir, mich zu setzen. Vorne im Laden sind drei kleine runde Tische. Große Fenster mit niedlichen Markisen bieten einen Blick auf die Innenstadt – die Post, ein kleines

Lebensmittelgeschäft, das Horseman Inn und zwei Kirchen an beiden Enden.

Ich nehme den Tisch, der am weitesten von der Tür entfernt ist, und schäle das Papier von meinem Muffin.

„Das war Trey", sagt sie, schraubt die Kappe ihres Wassers ab und nimmt einen Schluck.

Ich nehme einen Bissen von meinem Muffin, die Frischkäseglasur schmilzt in meinem Mund. Ich warte eifrig auf die ganze Geschichte und bedeute ihr weiterzureden.

Sie stellt ihr Wasser ab, ein kleines Lächeln auf den Lippen. „Wir hatten mal was. Es ist vorbei."

„Nur einmal? Warum ist es vorbei? Da sind so viele Funken zwischen euch beiden."

Sie schüttelt den Kopf. „Jeder Typ, mit dem du schläfst, wird Funken mit dir haben. Natürlich schlafe ich nur mit Jungs, mit denen ich Funken habe, also ist es vielleicht ein Huhn-und-Ei-Ding."

Hä?

Sie seufzt. „Er ist ein toller Kerl, aber ich habe ihm im Vorfeld gesagt, dass es eine einmalige Sache ist, und er respektiert das. Jetzt haben wir nur noch diese kleine flirtige Erinnerung. Das macht Spaß."

Ich nehme noch einen Bissen vom Cupcake und kaue. „Würde es nicht mehr Spaß machen, weiter miteinander zu schlafen?"

Sie schaudert. „Das ist ein rutschiger Weg zu einer Beziehung. Ich will nur locker. Es ist besser, verschiedene Menschen zu treffen, viele verschiedene Erfahrungen zu machen."

„Du willst dich also nie festlegen und heiraten?"

Sie verzieht das Gesicht. „Nö. Das ist nicht für alle was."

Ich weiß, dass ich das eines Tages will, aber zuerst muss ich etwas Erfahrungen sammeln, wie sie sagte. Ich beende meinen Cupcake gerade, als sie sagt: „Was ist neu bei dir?"

Ich atme tief ein. Ich hänge jetzt seit mehr als zwei Monaten mit Jenna, Audrey und Sydney rum. Ich denke, ich kann ihr das anvertrauen. „Ich brauche einen Rat über einen Kerl."

Sie beugt sich vor. „Ooh, wer ist es? Der heiße Koch?"

Ich schüttle den Kopf. „Das Ding ist, ich muss wissen, wie man einen Kerl wissen lässt, dass es Zeit ist, Sex zu haben."

„Welcher Typ?"

„Ich möchte es noch nicht sagen, okay?" Ich spüre, Adam würde nicht wollen, dass die Leute wissen, dass er gesagt hat, er würde mir die Jungfräulichkeit nehmen. Er ist ein sehr diskreter, zurückhaltender Kerl, und er hat mir bereits gesagt, ich solle nicht öffentlich über Sex-Sachen reden. Das zählt aber nicht; Wir haben hier den Schwesterncode im Spiel.

Sie seufzt. „Gut, aber ich halte ein Auge auf dich. Ich bekomme das schon raus."

„Wenn ja, dann behalt es für dich, okay?"

Nachdenklich kaut sie auf ihrer Unterlippe. „Ich bin so neugierig. „Es ist nicht Drew, oder? Ich habe dich im Restaurant mit ihm sprechen gesehen. Audrey steht auf ihn, also könnte es unangenehm werden."

Meine Augen werden größer. *Wie konnte mir das entgehen?* „Das tut sie? Aber ich sehe sie immer wieder bei eLoveMatch-Dates im Restaurant."

„Nur erste Dates. Niemand kann mit Drew mithalten."

„Weiß er es?"

„Wenn nicht, ist er ein Idiot." Sie stupst meinen Arm. „Also, wie ist die Situation mit deinem Typen? Wie lange trefft ihr euch schon?"

Ich falte ordentlich mein Muffinförmchen, ein wenig verlegen, wie wenig Fortschritte wir zusammen gemacht haben. „Wir waren schon bei ein paar Dates, und wir haben uns nur einmal geküsst." Ich riskiere einen kurzen Blick auf sie. Sie lacht nicht; Stattdessen sieht sie nachdenklich aus.

„Hat es dir gefallen?"

„Ja, aber ich brauche mehr. Und es scheint, je mehr ich darüber spreche, ins Schlafzimmer zu gehen, desto weniger will er etwas unternehmen."

Sie drückt meinen Arm. „Oh, Schatz, du musst keinen

Kerl zum Sex überreden. Das ist super einfach. Du stellst einfach zu ihm, berührst ihn und lächelst. Die Botschaft wird bei ihm ankommen."

„Hast du das auch mit Trey so gemacht?"

„Das mache ich mit allen Jungs so."

„Wie berührst du ihn?"

Ihre Brauen schießen in die Höhe. „Wie?"

„Ja. Ist es ein Drücken oder ein Streicheln? An seinem Arm, der Hand, was?"

„Überall. Streichle seine Schulter, den Bizeps, die Hand, oder legen deine Handfläche flach an seine Brust. Das ist ein guter   Ort,   damit   bekommt   man   immer   ihre Aufmerksamkeit."

„Wow. Gut zu wissen. Die sexy Brustbewegung."

Sie beugt sich vor, ihre Stimme senkt sich zu einem Flüstern. „Bist du noch nie mit einem Typen zusammen gewesen? Ich dachte, du wärst verlobt gewesen."

„Versprich mir, du wirst das niemandem erzählen –"

„Oh mein Gott, du bist Jungfrau!"

Ich schließe die Augen, meine Wangen brennen. Gott sei Dank sind wir allein im Laden. „Ja. Und ich will es nicht mehr sein. Ich habe einen Mann gefunden, der sagt, er sei bereit, mir zu helfen – er kennt den Deal – aber er ist so langsam dabei."

„Du hast einen Kerl gefunden", hallt sie wider. „Ist es Adam? Ich weiß, dass ihr zwei miteinander rumhängt."

Ich kämpfe gegen ein Erröten an. „Ich kann das wirklich nicht sagen."

Sie lächelt wissend. „Ein absoluter Schatz. Er ist vorsichtig, weil er weiß, dass du eine Jungfrau bist. Du armes Ding. Du musst so viel aufgestaute Spannung haben."

„Nicht wirklich. Ich möchte nur sehen, worum es bei all dem Getue geht."

Sie tippt sich mit dem Finger an die Lippen. „Mein Rat ist: Hör auf, darüber zu reden und setz einfach deinen Körper ein, um ihn wissen zu lassen, dass du bereit bist. Am wichtigsten ist, berühr ihn, während du Augenkontakt hältst. Das ist ziemlich allgemeingültig. Alle Jungs werden darauf reagieren."

„Danke, Jenna. Das werde ich ausprobieren."

Sie stößt mit ihrer Faust gegen meine. „Ich kann es nicht abwarten, zu hören, wie es gelaufen ist."

Die Glocke klingelt, als eine junge Mutter mit einem Baby auf der Hüfte hereinkommt.

„Zurück zur Arbeit", flüstert Jenna. „Viel Glück!"

„Danke!"

„Im schlimmsten Fall habe ich eine tolle App, die du für nur diese Art von Situation versuchen kannst", sagt sie über ihre Schulter. „Ich schicke dir den Link."

„Okay, danke." Sie meint eine Dating-App, an der ich nicht mehr interessiert bin. Nicht, dass ich jemals ernsthaft interessiert daran war. Ich bin nur die Optionen durchgegangen, als mir die Idee kam, meine J-Karte loszuwerden. Es muss Adam sein. Ich muss ihm nur die Botschaft vermitteln, dass ich bereit bin.

Ich gehe mit schwungvollem Gang. Jenna war die perfekte Person, mit der ich von meinen Freunden hier sprechen konnte. Ich stehe auch meiner neuen Schwägerin, Sydney, nahe, und jetzt, da sie von ihren Flitterwochen zurück ist, hätte ich mit ihr über mein Problem sprechen können, aber ich mache mir Sorgen, dass sie nicht dichthält und Wyatt etwas sagen wird. Er wird eingreifen und seine hyperprotektive Big-Brother-Sache tun. Ich glaube, auch Audrey wäre nicht so hilfreich. Wie viel Verführung kriegt sie hin, wenn sie keinen Typen nach dem ersten Date wiedersieht?

Ich entscheide mich, meinen neuen Verführungsplan in Gang zu setzen, sobald Adam heute Abend mit der Arbeit fertig ist. Ich muss einige der subtileren Techniken ausprobieren, von denen Jenna mir erzählt hat. Na ja, da ich darüber nachdenke, haben Worte natürlich bei Adam nicht funktioniert. Er ist ein Mann der Tat, nicht der Worte. Das wird der dritte Tag in

Folge sein, an dem wir uns sehen, aber ich mache mir keine Sorgen, dass es zu viel ist, weil er derjenige ist, der mich zuerst einen Monat lang sehen wollte. Vielleicht habe ich ihn in einer Woche oder so mürbe gemacht, und dann können wir zum guten Teil kommen.

In der Zwischenzeit werde ich in Clover Park, etwa eine halbe Stunde entfernt, Schaufensterbummel machen. Sie haben diese fantastische Hauptstraße, über die ich so gerne schlendere.

Ich stelle meinen roten Jeep auf einen kleinen Parkplatz in einer Seitenstraße und fahre zu meinem Lieblingsziel, dem Book It. Als ich das erste Mal mit Sydney Clover Park besucht habe, sind wir zu Shane's Scoops gegangen, um hausgemachtes Eis zu genießen. Wir haben den Besitzer, Shane, selbst kennengelernt, einen fröhlichen rothaarigen Kerl, der uns Gutscheine gegeben hat, mit denen wir bei Book It zehn Prozent Rabatt bekommen. Seiner Frau Rachel gehört der Buchladen. Jetzt bin ich Mitglied im Book It's Frequent Buyer Club und erhalte noch mehr Rabatte.

Rachel ist hinter der Theke. Sie ist wahrscheinlich in ihren Vierzigern, hat eine Brille und dunkelbraunes Haar, das nur ihre Schultern streift. Auf ihrem schwarzen T-Shirt steht *Readers Rock*. Meine Art von Frau. Sie blickt auf und sieht mir mit einem Lächeln in die Augen. „Hallo, Kayla, lass mich wissen, wenn ich dir helfen kann, etwas zu finden."

„Okay, danke! Mein übliches Umschauen."

In dem Moment stürmen zwei rothaarige Mädchen durch die Tür. Sie sind in annähernd gleichem Alter, vielleicht dreizehn oder vierzehn, und ich frage mich für einen Moment, ob sie Zwillinge sind. Aber ein Mädchen hat haselnussfarbene Augen und das andere blaue, und sie sind nicht ganz gleich groß. Sie sind lässig in T-Shirts und Shorts gekleidet.

„Mom, können wir Geld für Pizza bekommen?", fragt eine.

„Wir verhungern!", sagt die andere und nickt energisch.

Rachel winkt sie zu sich und küsst jede von ihnen auf die

Stirn. „Hallo, Abby, hallo, Hannah, wie war die Schule heute?"

„Hi, Mom", sagen sie unisono. Eine subtile Erinnerung an Manieren von Mom.

„Die Schule war in Ordnung. Wir haben Hunger", sagt die eine.

„Ich habe meine Hausaufgaben schon gemacht", sagt die andere.

Rachel greift nach ihrem Portemonnaie und zieht einen Zwanziger heraus. „Ich will das Wechselgeld zurück, Mädchen."

„Danke, Mom!", rufen sie einstimmig und eilen zur Tür hinaus.

Sie erinnern mich an mich und meine Schwestern. Ich sollte sie anrufen. Ich schaue mir die vorderen Regale an und mache mich dann auf den Weg nach hinten zu der Abteilung Persönliches Wachstum. Vielleicht würde ein Sex-Buch helfen. Dann fällt mein Auge auf eine sehr sexy Auslage links von mir. Eine Romantikabteilung mit einer großen Anzahl an Fierce-Trilogie-Büchern von Catherine Cliff – *Fierce Longing, Fierce Craving, Fierce Loving*. Heftige Sehnsucht erlebe ich definitiv gerade. Die Bücher wurden sogar mit Claire Jordan in der Hauptrolle verfilmt. Soll ziemlich gewagt sein. Könnte nicht schaden, oder? Und einige von ihnen haben Aufkleber, auf denen Handsignierte Ausgabe steht. Cool. Ich nehme die ganze Trilogie.

Ich gehe zur Kasse, etwas verlegen, dass ich einen Haufen sexy Bücher kaufe. Das habe ich noch nie getan. Normalerweise lese ich literarische Bücher, etwas, das Audrey und ich gemeinsam haben.

„Gute Wahl", sagt Rachel strahlend. „Die Autorin kommt aus dem Ort, deshalb bekommen wir ihre Bücher oft signiert. Sie werden dir gefallen."

„Ich lese zum ersten Mal eine Romanze."

„Oh, wir haben eine tolle Auswahl. Wenn dir die gefallen, kann ich dir mehr von ihr und anderen Autoren empfehlen, wenn du das nächste Mal hereinkommst."

Und einfach so bin ich nicht mehr im Geringsten verlegen. Das ist wirklich toll. Ich bin eine offen sexuelle Frau, die ihre Sexualität erforscht. Um bald tatsächlich Sex zu haben.

Ich lächle und gebe ihr meine Kreditkarte. „Vielen Dank."

Ich zahle und verabschiede mich, mein Blick fällt auf einen Spielzeugladen die Straße runter. Sie haben einen großen roten Bollerwagen im Fenster, in dem ein Plüsch-Teddybär sitzt. Ich weiß, wer den gerne hätte.

Ich lege die Bücher in meinem Auto ab und gehe den Block hinunter zum Spielzeugladen. Noch besser, als ich zur Bollerwagenabteilung komme, finde ich einen mit Sonnenschirm und einem aufsteckbaren Ventilator. Perfekt.

Ich kaufe ihn auf der Stelle und fahre mein Auto hinter den Laden, damit einer der Mitarbeiter mir helfen kann, ihn in mein Auto zu laden.

Adam

Kayla hat mir vorhin eine SMS geschickt und mir gesagt, dass ich sie wissen lassen soll, wenn ich mit Tank heute Abend seinen Spaziergang mache. Sie nimmt dieses Dating für einen Monat wirklich ernst und will mich jeden Tag treffen. Ich hoffe, sie wird nicht mehr mit Sex-Talk kommen. In der Öffentlichkeit sehe ich sie gerne, so viel sie will. Auf diese Weise besteht kein Risiko. Ich verbringe gerne Zeit mit ihr, und je besser ich sie kennenlerne, desto mehr Zeit möchte ich mit ihr verbringen. Aber ich achte darauf, nicht zu anhänglich zu werden. Ich genieße nur ihre Gesellschaft wie Freunde, die sich jeden Tag sehen.

Jetzt bin ich an meinem üblichen Platz am Horseman Inn, bereit, mit Tank seinen Sonnenuntergangsspaziergang zu machen. Ich hole ihn aus dem Auto und lege ihm seine Leine an. Dann schreibe ich ihr.

Ein paar Minuten später erscheint sie, kommt aus der Haustür gestürmt und hält einen Finger hoch, damit ich warte. Ich schaue zu, wie sie hinter das Restaurant geht. Was hat sie denn vor? Sie erscheint wieder und zieht einen roten Bollerwagen mit weißem Sonnenschirm.

Sie lächelt. „Der ist für Tank. So musst du ihn nicht auf seinen Spaziergängen zurückschleppen." Tank läuft direkt zu ihr und schnüffelt an den Taschen ihrer beigen Shorts. Dieses Mal sind sie nicht superkurz. Seine Nase geht zu ihrem Schritt, und sie drückt ihn lachend weg. „Ja, ich bin immer noch ein Mädchen."

Ich ziehe Tank weg und starre auf den Wagen. Es gibt einen kleinen Ventilator, der am Sonnenschirm befestigt ist. Sie hat mit ihrem mageren Kellnerinnengehalt ein Geschenk für meinen Hund gekauft. Sie nimmt nie Geld von ihrem wohlhabenden Bruder an. Sie will es verdienen.

Ich räuspere mich über einen unerwarteten Klumpen von Emotionen. „Danke! Das musstest du nicht."

„Ich weiß. Ich wollte es aber. Ich begleite dich auf den Spaziergang, und wenn er an den Punkt kommt, an dem er beschließt, dass er mit dem Gehen fertig ist, werde ich ihn hineinlocken."

Sie lächelt, und eine Welle von Zuneigung durchzieht mich. Ich kämpfe gegen das Bedürfnis an, sie zu umarmen. Es ist einfach eine so süße Geste, Tank ein Geschenk zu kaufen. Ich halte mich zurück. Je weniger ich sie berühre, desto einfacher ist es, meine Distanz zu wahren. Ich darf ihr nicht zu nahekommen. Sie ist meine Freundin, die bald abreisen wird. Eine wirklich tolle, süße, schöne Freundin.

Sie klopft sich auf die Tasche. „Ich habe Speck in einer Sandwichtüte in meiner Tasche für ihn."

Überrascht bemerke ich, dass ich hier nur lächelnd stehe wie ein Idiot. Ich mache eine Geste loszugehen. Sie erzählt mir von ihrem Tag und wie sehr sie die Geschäfte in Clover Park mag. Sie erzählt mir sogar, dass sie begonnen hat, die Fierce-Trilogie zu lesen.

Ich kommentiere das nicht, obwohl ich weiß, dass es ein anzüglicher Film ist. Ich ziehe es vor, nicht über Sex mit Kayla zu sprechen. Mein Hauptziel ist es, ihr freundschaftliche Dates und keusche Küsse zu geben, bis sie dorthin umzieht, wohin ihr neuer Job sie führt. Ich bin sicher, dass sie bald ein Stellenangebot bekommen wird. Sie ist brillant. Wenn ich scheitern sollte, eine Grenze überschreite, die nicht überschritten werden darf, ist es nicht nur Kayla, die am Ende verletzt wird. Sie bedeutet mir schon viel zu viel. Es wird schwierig sein, mich zu verabschieden. Ganz zu schweigen davon, dass Wyatt mir die Hölle heiß machen wird, nachdem er mich davor gewarnt hat.

Tank lässt sich wie üblich auf halbem Weg zurück auf den Boden fallen und weigert sich, weiterzugehen. Kayla springt in Aktion, hält ein wenig Speck vor seine Nase und lockt ihn nach vorne, dann lässt sie weiteren Speck in den Wagen fallen. Er fällt darauf rein. Er würde alles für Essen tun. Kayla öffnet die Scharniertür an der Seite, aber Tank passt nicht durch. Ich hebe ihn hoch und setze ihn hinein. Sofort verschlingt er den Speck, der dort auf ihn wartet.

Kayla schaltet den Ventilator an und Tank hebt seinen Kopf, leckt sich die Schnauze und sieht glücklich aus. Seine Lefzen wehen ein wenig zurück in der Brise. So verdammt niedlich dieser Hund.

„Jetzt bewegen wir uns schön langsam", sagt sie und beginnt, den Wagen zu ziehen. Tank sieht für einen Moment alarmiert aus, aber Kayla lobt ihn und gibt ihm mehr Speck.

Innerhalb weniger Minuten fährt Tank mit einer motorisierten Brise in seinem geschlossenen Bollerwagen zurück. Er legt sich sogar hin und legt seinen Kopf auf die Sitzbank vor sich.

„Es hat funktioniert!", ruft sie aus.

„Du weißt schon, dass er jetzt immer eine Fahrt haben will."

„Vielleicht brauchst du ein kleines Leckerchen in der Hand, um ihn zum Gehen zu locken, bevor du nachgibst und ihn fahren lässt. Auf diese Weise bekommt er immer noch seinen Auslauf. Oh, ich weiß. Setz einen großen Teddybären in den Wagen, als wäre er als erster an der Reihe."

„Ja, ich werde ganz sicher keinen ausgestopften Teddybären herumkutschieren. Ich lasse mir was einfallen."

Sie kichert. „Aber das wäre so süß!"

Wieder am Horseman Inn hebe ich Tank aus dem Wagen und stelle ihn auf den Boden. Er geht sofort zu Kayla und schmiegt sich an ihr Bein.

Kayla reibt ihm den Kopf. „Das hat dir gefallen, oder nicht, Tank?" Sie bewegt sich unbehaglich. „Oh, du bist schwer."

Er sieht sie an, als wollte er sie behalten.

Allmählich empfinde ich genauso.

„Okay, wenn wir heute Abend abhängen?", fragt sie. „Ich habe keinen Fernseher bei mir, aber vielleicht könnten wir zu dir gehen und –"

„Klar." Ich muss nicht einmal darüber nachdenken. Ich möchte mehr Zeit mit ihr verbringen.

Freunde hängen rum. Alles gut.

7

Kayla

Das ist mal ein Fortschritt. Erst das dritte Date, und ich habe es ins Privatquartier verlegt. Adams Haus liegt am anderen Ende der Stadt als das Horseman Inn, also ist es das erste Mal, dass ich es sehe. Es ist ein zweistöckiges beiges Kolonialstilgebäude mit schwarzen Zierleisten an einer grünen Vorstadtstraße, einer der Speichen des Stadtrades. Er sagt, er habe es für ein Schnäppchen bekommen, weil es hat renoviert werden müssen, und das hat er gern getan. Er ist sehr praktisch veranlagt und könnte Bauunternehmer sein, aber er bevorzugt die Schreinerei-Arbeit. Er sagt, dass die meisten Häuser abseits des Sees in den siebziger Jahren gebaut wurden. Die Häuser am See sind ungefähr aus den sechziger Jahren.

Er lässt mich in ein kleines Foyer. Auf der linken Seite befindet sich ein Esszimmer mit einem Kamin und einem wunderschönen warmen braunen Holzesstisch mit schmal zulaufenden Beinen und gepolsterten schwarzen Stühlen. Auf meiner rechten Seite befindet sich ein großes Wohnzimmer, das komfortabel aussieht, mit einem kuscheligen grauen Sofa und weiteren warmen braunen Holzmöbeln – ein Couchtisch mit zwei Schubladen und gespreizten Beinen wie der Esstisch und zwei Beistelltische mit einem Fach darunter.

Tank marschiert zu einem dunkelgrünen karierten Hundebett neben dem Sofa im Wohnzimmer.

„Hast du diese wunderschönen Holzmöbel gemacht?",
frage ich.

Ein Lächeln umspielt seine Lippen. „Ja. Das ist Walnuss."

Ich gehe ins Esszimmer und streiche mit der Hand über
das glatte Finish. „Spektakulär."

„Danke! Möchtest du etwas trinken?"

„Klar." Ich folge ihm in die Küche, wo er eindeutig
Updates mit modern aussehenden Schränken vorgenommen
hat, dieses Mal in einem hellen Holz, mit schwarzen Geräten.
Die Arbeitsflächen sind weiß. „Du hast einen großartigen
Geschmack. Du dürftest mein Haus gestalten, wenn ich eins
hätte."

Er murmelt einen Dank und öffnet den Kühlschrank.
„Bier?"

„Ich werde nur Wasser nehmen."

„Das dachte ich mir", sagt er und holt zwei Gläser Wasser
für uns.

Ich folge ihm ins Wohnzimmer. Er reicht mir das Glas und
legt zwei Holzuntersetzer mit Metallbesatz hin. „Hast du
auch die Untersetzer gemacht?"

„Nö. Die hab ich gekauft."

Wir nehmen beide einen Schluck Wasser und stellen es auf
die Untersetzer. Ich will gerade meinen sexy Hand-an-Brust-
Move machen, als er sich vorbeugt und die Fernbedienung
vom Tisch nimmt.

„Was möchtest du sehen?", fragt er und schaltet den
Flachbildfernseher, der an der Wand gegenüber von uns
montiert ist, an. Er hängt direkt über dem Kamin.

Ich würde dich gerne ansehen. Nackt.

„Was schaust du normalerweise?", frage ich.

„Yankees, wenn sie spielen. Manchmal eine Auto-Show."

Ich deute zum Fernseher. „Nur zu, mach dran, was dir
gefällt."

Er schaltet die Yankees an. Das ist gut. So kann ich mich
besser konzentrieren. Ich überlege noch, ob ich seine Hand

nehmen soll, aber das haben wir ja schon mal gemacht, und das hat uns nicht weit gebracht.

Ich warte, bis er sich wieder zurücksetzt. Dann lehne ich mich seitlich in das Kissen neben ihm und lege sanft meine Hand an seine Brust direkt über sein Herz. Wow. Ich kann es kräftig schlagen spüren. Sein Herz muss mächtig sein.

Es vergeht ein langer Augenblick, in dem ich mir meiner eigenen Atmung zu sehr bewusst bin. Er drückt meine Hand nicht weg, aber meine sexy Botschaft kommt auch nicht bei ihm an. Dann macht er etwas Seltsames. Er tippt mit seinem Zeh kräftig auf den Hartholzboden.

Tank eilt herbei und schnüffelt wie verrückt am Boden. Nach wenigen Augenblicken blickt er erwartungsvoll zu uns auf. Adam streichelt ihn und hievt ihn dann auf das Sofa neben sich.

Ich reiche über Adam, um Tank zu streicheln, streife dabei gegen Adam, und er zieht sich zurück, damit wir uns überhaupt nicht berühren. Also benutzt er seinen Hund als Puffer, oder? Klar, Adam hat *keine* Absicht, mir zu helfen. Ich weiß nicht, was für ein Spiel er spielt, aber es ist Zeit für mich, die Sache zu übernehmen. Ich kann nicht fassen, dass die Jungfrau hier die Sache in die Hand nehmen muss. Im Ernst.

„Adam, was würdest du für den besten Weg halten, jemanden zu verführen?"

Er zieht am Kragen seines blauen T-Shirts und sieht unbehaglich aus.

„Ich frage dich als einen kenntnisreichen Freund." Ich sage das, als ob er mir für zukünftige Jungs helfen könnte, womit ich immer eine schnelle Reaktion von ihm bekomme. Ich habe das Gefühl, dass er mich nie mit einem Typen haben will – nicht mit ihm, nicht mit jemand anderem. Er möchte aus fehlgeleiteter Güte, dass ich Jungfrau bleibe. Natürlich schätze ich es, dass er auf mich aufpasst, aber ich weiß, was ich will. Ihn.

Er schluckt hörbar. Das ist Adam für *oh, Scheiße. Sie drängt mit dieser Sex-Sache.* Und ich weiß, Jenna hat mir gesagt, ich solle handeln, nicht reden, aber es hat nicht funktioniert! Ich muss die Antworten von dem Mann haben, der mich hinhält.

Ich fahre fort. „Wie macht man seinem Partner subtile Zeichen? Ich meine, ich will nicht immer verkünden, dass ich Sex haben will. Was funktioniert deiner Meinung nach am besten bei Jungs? Nicht bei dir, im Allgemeinen."

Das bringt ihn zum Sprechen, wie ich es mir gedacht habe. Ich halte mein Gesicht neutral.

Er schüttelt den Kopf. „Jungs müssen sich überhaupt nicht verführen lassen."

„Sicherlich brauchen sie ein Signal?"

„Nö."

Ich drehe mich zu ihm. „Okay, wie wäre es dann mit dem Gegenteil? Was brauchen Frauen, um verführt zu werden? Ich habe es so oder so noch nie erlebt, da ich immer ehrlich damit war, dass ich auf die Ehe warten wolle. Jetzt will ich es wissen."

Er hustet. „Ähm …"

Ich hake weiter nach. „Ich könnte meine Schwestern fragen, aber sie würden mich gnadenlos aufziehen, und Sydney ist mit meinem Bruder zusammen, und ich mag mir das nicht vorstellen, offen gesagt."

Er macht ein seltsames gurgelndes Geräusch. „Mir gefällt es auch nicht, mir das vorzustellen."

„Aber du hast sicherlich Erfahrung darin, Frauen zu verführen."

Noch ein Husten.

Er ist nicht sehr entgegenkommend.

Ich stelle mir das für ihn vor. „Wenn ich verführt würde, hätte ich gerne Blumen gefolgt von Champagner, nein, Wein, für die perfekte Verführungsszene. Vielleicht nette Musik, die wir beide mögen, gesungen von einem Mann mit tiefer Stimme. Eine Art pochender Bass Beat könnte sexy sein." Ich schaue zu ihm, um zu sehen, ob ich auf dem richtigen Weg bin.

„Hm."

Gut genug. „Dann ein Kuss, ich berühre den Körper und

knöpfe vielleicht sein Hemd auf, nur ein kleines bisschen. Aber woher weiß man, wann die richtige Zeit für die ganze Enthüllung ist? Ich will mich nicht in Verlegenheit bringen, weil ich das zu früh tue. Was, wenn ich anfange, mich auszuziehen, und er denkt, es sei an der Zeit, das Date zu beenden und gute Nacht zu sagen?"

Sein Kiefer arbeitet einen Moment lang, bevor er schließlich sagt: „Wenn du dich ausziehst, ist er an Bord. Wenn er sich zuerst auszieht, lauf!"

Ich lächle, froh, dass er sich endlich mit mir auf dieses erhellende Gespräch einlässt, aber dann runzele ich die Stirn. „Das ergibt keinen Sinn. Warum laufe ich, wenn er sich auszieht, aber er bleibt, wenn ich mich ausziehe?"

Seine braunen Augen sind auf meine gerichtet. „Schau, es ist eine wechselseitige Sache, und du wirst einfach wissen, wann die Zeit gekommen ist. Okay?"

Ich befeuchte mir die Lippen, und er beobachtet die Bewegung. „Okay."

Tank legt seinen Kopf auf Adams Schoß, und Adam rutscht, bevor er ihn hochhebt und wieder in sein Hundebett legt. Mein Puls rast. Bedeutet das, dass der Tankpuffer weg ist?

Ich stelle fest, dass Adam dem Baseballspiel im Fernsehen nicht wirklich zugesehen hat. Ich muss interessanter sein als das Spiel. Jennas Rat kommt mir wieder in den Kopf: *Du stellst dich einfach zu ihm, berührst ihn und lächelst. Die Botschaft wird bei ihm ankommen.* Egal, dass ihr Brust-Move nicht funktioniert hat. Ich muss ihr Ding weiter ausprobieren. Ich habe keine eigenen Moves.

Ich stehe auf, gehe auf ihn zu, als er zurück zu seinem Platz auf dem Sofa gehen will, und nähere mich ihm. Dann berühre ich seinen Arm, schaue auf und lächle. *Ich möchte immer noch, dass du mein erster bist,* sage ich telepathisch.

Seine Stimme ist heiser. „Das ist eine schlechte Idee."

„Welcher Teil?"

Er zieht mich gegen sich und küsst mich. Ein schwindelerregender Rausch der Lust lässt meine Knie schwach werden.

Seine Hand umfasst meinen Hinterkopf, sein Mund bewegt sich gekonnt über meinen, seine Zunge stößt nach innen, um zu kosten. Meine Finger packen sein Hemd, Hitze brüllt durch mich, ein eindringendes Pochen zwischen meinen Beinen, das mich instinktiv näherrücken lässt, und meine Hüften heben sich an, um einer beeindruckenden Erektion zu begegnen.

Plötzlich zieht er sich weg und atmet angestrengt. „Du solltest gehen."

Ich greife nach ihm, aber er tritt zurück. Das pisst mich unendlich an. Er hat mir einen Vorgeschmack auf Leidenschaft gegeben, und jetzt nimmt er ihn weg. „Ich war noch nicht fertig."

„Gute Nacht, Kayla."

Ich schnaube und stapfe zum Ende des Sofas, um meine Handtasche zu holen. „Ich weiß, du denkst, dass du mich beschützt, indem du mich auf Distanz hältst, aber es gibt nichts, was mich von hier an beschützen könnte." Ich sehe ihn an. „Ich vertraue dir. Und ich weiß, dass du mich nie absichtlich verletzen würdest, aber dass du mich wegschiebst, beginnt wehzutun."

Er fährt sich mit einer Hand durchs Haar. „Kayla, ich habe *wirklich* das Gefühl, dass die Ehe die Verpflichtung für diesen nächsten Schritt ist, den du so eifrig willst. Du hattest die ganze Zeit recht."

Mir fällt die Kinnlade herunter, und ich schließe den Mund mit einem Geräusch. Das ist genau das Problem. Jungs sehen mich als das anständige Mädchen, das man heiratet, nicht die Art, mit der man Spaß haben kann. Nicht, dass Adam mir einen Antrag macht. Ich weiß, dass er für diese Art von Verpflichtung nicht bereit ist. Er glaubt nur, dass ich das brauche.

Ich werde ihn auf meine subtile Weise genau wissen lassen, wo ich stehe, als hätte er mir gerade einen Antrag gemacht.

Ich drücke seinen Arm vorsichtig. „Es tut mir sehr leid, aber ich kann dich nicht für Sex heiraten. Ich bin sowieso nicht die Richtige für dich. Ich bin sehr gesprächig, und du bevorzugst Ruhe. Ich mag charaktergebundene Dramen; Du magst langweiligen Baseball. Ich liebe es zu tanzen und habe Spaß auf Partys; Du bearbeitest gerne dein Holz." Er macht ein seltsames gurgelndes Geräusch, aber ich drücke weiter. „Wir haben außer unseren Geschwistern nichts gemeinsam. Obwohl ich ehrlich sein und sagen muss, ich glaube, dass dein Hintern Perfektion in Jeans ist. Aber das reicht nicht aus, um eine Ehe darauf zu gründen."

Ich warte und betrachte seinen Gesichtsausdruck, der schwer zu lesen ist. Versteht er, dass wir nicht auf das Niveau einer Eheverpflichtung kommen müssen, um mein Ziel weiter anzugehen?

„Okay", murmelt er.

Ich lächele schwach. Ich glaube nicht, dass die Botschaft bei ihm angekommen ist. Ich habe unsere Unterschiede hervorgehoben, aber wir haben auch Dinge gemeinsam. Unsere Charaktere sind gut aufeinander abgestimmt; Wir haben Chemie und, was wichtig ist, Respekt füreinander.

Wir könnten tatsächlich perfekt zusammenpassen. Adam und ich, ein echtes Paar. Das haut einen um.

Tank fängt an zu bellen und eilt durch die Küche. Einen Moment später taucht Amelia mit wildem Blick in den Augen auf. Sie zieht Tank an ihre Seite und sieht uns an. Ihr langes blondes Haar ist zurückgebunden, und sie trägt ein schnee-weißes Oberteil mit ausgefransten Jeans-Shorts und Wander-stiefel.

Mir wird kalt. Diese Frau ist eine Stalkerin und auch noch ein Eindringling. Ich hole mein Handy aus der Handtasche. „Ich rufe jetzt die Polizei. Einbruch und widerrechtliches Betreten."

Adam hält mir eine Hand entgegen. „Warte damit. Wie bist du hier reingekommen? Hast du Kopien meines Haus-schlüssels anfertigen lassen?"

Sie schnaubt. „Ich kenne den Code für den Garagentoröff-ner. Ist nicht schwierig. Der Geburtstag deiner Mutter."

Adam flucht leise. „Das werde ich ändern. Was willst du?"

Sie starrt mich finster an. „Du gehörst nicht hierher. Das ist mein und Adams Haus."

„Er ist mit mir verlobt", sage ich gelassen.

Sie hebt ihr Kinn und wendet sich Adam zu. „Also kriegt ihr alles, und ich bekomme nichts? Nur wegen eines Fehlers? Jetzt bekommst du die Hochzeit, das Haus –"

„Das war immer mein Haus", sagt Adam. „Ich habe dafür bezahlt. Du warst eingeladen, zu mir zu ziehen, und dann bist du gegangen."

Ihre Augen zucken durch den Raum und dann blickt sie zu Tank, der sich an ihre Seite schmiegt. „Dann bekomme ich ihn. Ich habe seine Papiere vom Züchter. Ich habe ihn als Welpen gekauft. Er gehört mir."

Adam tritt näher heran und klopft sich ans Bein. Tank wandert zu ihm hinüber. Er greift nach seinem Geschirr. „Du hast ihn mir gegeben, als du weggegangen bist."

„Das kannst du nicht beweisen."

„Wohin würdest du ihn überhaupt mitnehmen?", fragt Adam. „Soweit ich weiß, hast du keinen Job und wohnst bei deinen Eltern."

„Ich werde ihn bei meinen Eltern halten."

„Ich werde für ihn bezahlen. Ist es das, was du brauchst? Geld?"

Amelia blickt mich wütend an und wendet sich dann ihm zu. „Viertausend Dollar. Das habe ich für ihn bezahlt. Nein, sagen wir fünf. Inflation."

Ich schnappe nach Luft. „Du kannst nicht ernsthaft fünftausend Dollar von ihm erpressen."

Adam hebt seine Hand. „Das habe ich nicht. Ich kann dir tausend geben, aber du musst etwas unterschreiben, das besagt, dass du alle Rechte an ihm aufgibst. Und du wirst mich nie wiedersehen. Deal?"

„Kein Deal", blafft sie, dreht sich auf der Ferse um und marschiert den Weg zurück, über den sie hereingekommen ist, durch die Innentür zur Garage.

Ich starre Adam erstaunt an. „Das ist die Frau, in die du dich verliebt hast?"

Er reibt sich eine Hand über das Gesicht. „Sie ist verzweifelt. Ich weiß nicht, was mit ihr los ist, aber es ist nicht mein Problem."

„Ich glaube nicht, dass sie einfach verschwinden wird."

„Ich wünschte, sie würde es."

„Du solltest Eli anrufen und eine einstweilige Verfügung gegen sie erwirken. Sie hat sich jetzt zweimal ungefragt in dein Haus gelassen." Eli ist Polizist in der Stadt und sein Bruder.

Er schüttelt den Kopf. „Ich werde nur den Garagencode ändern. Alles gut. Sie ist ja nicht gefährlich."

Es trifft mich, dass Adam viel zu leicht verzeiht.

„Sie verdient dich nicht", sage ich.

Er starrt mich für einen langen Moment an, bevor er seinen Kopf schüttelt. „Ich werde den Code ändern. Mach dir ihretwegen keine Sorgen."

„Was ist, wenn sie eifersüchtig wird und mir nachstellt?"

„Ich habe dir gesagt, sie ist nicht gefährlich. Du bist in Sicherheit. Sie ist nur aufgebracht, weil die Dinge mit dem Mann in Panama nicht funktioniert haben, und jetzt ist sie zu nichts nach Hause gekommen. Sie wird irgendwo auf den Füßen landen."

„Erwirke eine einstweilige Verfügung."

Er kommt zu mir herüber, umfasst meinen Hinterkopf und küsst meine Stirn. Dann geht er durch die Küche, vermutlich zur Tür, die zur Garage führt.

Ich seufze. „Schätze, ich gehe dann allein raus."

Es muss etwas gegen Amelia unternommen werden. Ich lasse nicht zu, dass sie Adam in irgendeiner Weise verletzt.

8

Adam

Es ist drei Tage her, dass Kayla meinen Nichtantrag abgelehnt hat. Ich bin mir nicht sicher, wie die Dinge so verdreht
werden konnten, aber das Endergebnis ist, dass ich für ihr
Sexziel vom Haken bin. Dauerhaft.

Und doch kann ich nicht aufhören, an sie zu denken.

Wie ihre Augen geblitzt haben, als sie sagte, Amelia hätte
mich nicht verdient, war heiß. Aber nicht nur das, ihr liegt
ganz klar etwas an mir. Ich höre es in der Schärfe ihrer
Stimme, fühle es auf Bauchebene. Warum schiebe ich sie
immer wieder weg? Wen versuche ich hier zu beschützen, sie
oder mich? Werde ich mich wirklich zurückhalten wegen
dem, was Amelia mir angetan hat? Wenn man sie zusammen
sieht, gibt es einfach keinen Vergleich. Kayla ist zehnmal
mehr die Frau, die Amelia ist.

Ich schnappe mir meine Schlüssel und gehe aus der Haustür, Adrenalin rast durch mich. Ich fahre zum Horseman Inn.
Es ist Donnerstagabend, was bedeutet, es ist Ladies Night,
und wenn es eine Reihe von Jungs gibt, dann werde ich
einfach als Kaylas falscher Verlobter auftreten. Das ist als
Ausrede so gut wie jede andere. Sie geht immer zur Ladies
Night, um mit Sydney, Jenna und Audrey abzuhängen.

Verdammt. Ich vermisse sie. *Drei Tage.*

Ich vermisse ihr strahlendes Lächeln, das ihre großen braunen Augen aufleuchten lässt. Ich vermisse ihr entzücktes Lachen, ihre direkte Art zu sprechen, wie sie nach Blumen riecht. Und, ja, ich vermisse die Art, wie sie mir ständig Komplimente macht. Wyatt macht mir auch Komplimente zu meiner Arbeit, aber es ist nicht dasselbe. Bei Kayla fühle ich mich wie ein Rockstar.

Ich parke und sage mir, dass ich nicht aus egoistischen Gründen hier bin. Ich suche nicht nach Komplimenten oder buhle um ihre Aufmerksamkeit. Ich werde nur etwas an der Bar zu Abend essen und das Yankees-Spiel ansehen. Falls sie Schutz vor dem falschen Kerl braucht, werde ich auf den Plan treten. Das ist alles. Sie muss nicht wissen, wie sehr ich sie vermisst habe. Sie wird denken, dass ich es verzweifelt weiter versuche, nachdem sie meinen Antrag abgelehnt hat, obwohl ich ihr nie wirklich einen Antrag gemacht habe. Ich habe es im Raum stehenlassen, um mich vom Haken zu bekommen, und plötzlich will ich wieder an den Haken.

Das ist so verkorkst.

Ein paar Augenblicke später trete ich in den Barbereich, und mein Blick schweift sofort zu Kaylas strahlendem Lächeln. Sie beugt sich zu Jenna und erzählt ihr etwas.

Ich schlendere lässig um das Ende der Bar, wo Drew hinten einen Ecktisch hat, weg von den quatschenden Damen. Er hat ein Bier vor sich, seinen Blick auf den Fernseher über der Bar.

Ich setze mich ihm gegenüber. „Laut hier drin."

Er grunzt. Wenn Kayla dachte, *ich* sei still, ist Drew praktisch stumm.

Ich schaue zum Fernseher, wo die Yanks gegen die Red Sox zu sehen sind. Sollte ein interessantes Spiel sein. Ich drehe mich beiläufig um, um zu sehen, was Kayla gerade macht. Sie sitzt auf dem letzten Barhocker, der mir am nächsten ist und sie für jeden Kerl erreichbar macht. Jenna ist auf ihrer anderen Seite und dann Sydney. Wyatt steht hinter der Bar, zusammen mit der Barkeeperin Betsy. Ein paar andere Frauen, die ich kenne, sind auch hier, Einheimische, viele von ihnen verheiratet, nur für einen Abend mit Freundinnen. Auf der anderen Seite der Bar sind nur zwei Jungs, beide Lehrer, in ihren Dreißigern. Sie sprechen miteinander und schauen regelmäßig zu den Frauen.

In ihren Dreißigern sind sie zu alt für Kayla. Sie ist erst fünfundzwanzig. Ich vergesse bequem die Tatsache, dass sie dachte, ich wäre ein geeigneter Kandidat mit dreißig.

„Ich hole ein Bier und ein paar Wings", sage ich zu Drew. „Willst du was?"

„Ich nehme ein paar ..." Er spricht nicht weiter, sein Blick plötzlich intensiv auf etwas auf der anderen Seite des Raumes fixiert. Ich drehe mich um und sehe Audrey mit einem Kerl, den ich noch nie zuvor gesehen habe. Er ist groß und dünn, sein hellbraunes Haar ist nach hinten geglättet, und er trägt eine rote Krawatte zu seinem weißen Hemd, seiner grauen Hose und seinen Anzugsschuhen. Ein wenig zu elegant für dieses Lokal. Sie nehmen im hinteren Speisebereich Platz.

Ich wende mich zu Drew zurück. „Was willst du?"

Er steht auf, sein Blick ist auf Audrey und ihr Date gerichtet. „Ich hol schon."

Audrey winkt zum Barbereich. Drew hält eine Hand als Antwort hoch, bevor er merkt, dass sie ihren Freundinnen zuwinkt. Sie recken ihren Daumen für ihr Date nach oben. Drew lässt seine Hand fallen und nimmt plötzlich Platz und starrt entschlossen auf den Fernseher.

„Ich werde genug Wings holen, dass wir teilen können", sage ich und gehe zur Bar, um direkt neben Kayla zu bestellen. „Hey!"

Sie bemerkt mich nicht, tief im Gespräch mit Jenna und Sydney. Ich höre eLoveMatch und Kompatibilitätsprofil. Das ist eine Beziehungs-App. Kayla überlegt das nicht, oder? Ich dachte, sie wollte nur eine Bettgeschichte. Mein Magen brennt. Jetzt, da Kayla mich vom Haken gelassen hat, macht es mich verrückt, wenn ich mir sie auf der Pirsch vorstelle. Sie sollte nach einer Beziehung suchen. Das wird sie letztlich glücklich machen.

Ich bestelle ein Bier und eine große Portion Wings. Dann lausche ich schamlos. Die Frauen flüstern über Audreys Date und die Ergebnisse des Kompatibilitätsprofils. Es muss um Audrey bei eLoveMatch gehen. Ein Teil der Spannung verlässt meine Schultern, was keinen Sinn ergibt. Ich sollte wollen, dass Kayla in diese Richtung geht.

Kayla dreht sich plötzlich um und bemerkt mich auf ihrer anderen Seite. „Dachte ich doch, dass ich dieses holzige Parfum erkannt habe. Wie geht's dir, Adam?"

„Gut, danke."

Jenna lächelt mich an, einen vielsagenden Blick in den Augen. „Hey, Adam." *Hat Kayla ihr von meinem Antrag erzählt? Oder dass sie mich gebeten hat, ihr dabei zu helfen, ihre Jungfräulichkeit zu verlieren?*

Die Spitzen meiner Ohren brennen. „Hey!"

Sydney winkt mir zu, ebenfalls einen vielsagenden Blick in den Augen. *Was hat Kayla gesagt?*

„Also macht Audrey eLoveMatch?", frage ich Kayla.

„Ja. Und sie gibt sich wirklich Mühe, den richtigen Kerl zu treffen. Viele erste Dates." Sie senkt ihre Stimme. „Sie bringt sie hierher, damit einer von uns ihn begutachten kann. Wir geben ihr den Daumen nach oben oder unten."

„Nur danach, wie der Typ aussieht?"

„Das und die Art und Weise, wie er sich benimmt. Lächelt er, wirkt er aufmerksam, zieht er den Stuhl für sie vor, so etwas. Audrey will einen Mann, der gerne liest und gute Manieren hat. Ich glaube nicht, dass das eine so schwierige Wunschliste ist, oder?"

„Ähm, ich weiß nicht." Mir fällt niemand ein, der diese Kriterien erfüllt.

„Es gibt viele gebildete Männer, die Manieren haben", sagt sie. „In der Schule habe ich solche Typen ständig getroffen."

Das bin ich nicht. Sie wollte *mich*. „Aber das ist nicht das, was auf deiner Wunschliste steht."

Sie hebt ihr Glas Wein und versteckt ein Lächeln. „Jetzt nicht mehr."

Gänsehaut breitet sich auf meinen Armen aus und nicht die gute Art. *Bitte sag mir, dass sie noch nicht weitergezogen ist. Es ist doch erst drei Tage her.*

Die Barkeeperin Betsy bringt mir mein Bier und meine Wings. Sie zwinkert. „Bitte sehr. Vorsicht, heiß."

„Danke!" Ich hole Geld aus meiner Brieftasche, meine Ausrede, mit Kayla zu sprechen, löst sich gerade auf. Ich zahle und drehe mich zu Kayla um. „Was hast du so vor?"

Sie wedelt durch die Luft. „Dies und das. Gestern hatte ich ein gutes Vorstellungsgespräch in der Stadt."

Ich mustere sie einen Moment lang. Sie sieht genauso aus wie immer, eine engelsgleiche Art. Süß und gesund. Auf keinen Fall hat sie so schnell ihren Plan umgesetzt. Zumindest würde sie das am Wochenende arrangieren. Es sei denn, sie arbeitet an diesem Wochenende.

„Gut", sage ich. „Was machst du dieses Wochenende?"

„Ich arbeite. Sydney braucht mich Freitag- und Samstagabend, wenn besonders viel los ist."

„Was ist mit Sonntagabend?"

„Sie könnte beschäftigt sein", singt Jenna.

Kayla dreht sich zu ihr um und lacht.

Mein Magen brennt. Jenna ermutigt sie auch noch. Kayla muss sich Jenna über ihr sogenanntes Problem anvertraut haben. Ich wünschte, Kayla hätte es nicht so eilig. Das könnte für sie sehr schlimm enden.

Ich gehe zurück zu meinem Tisch und stelle die Wings in die Mitte. Dann kippe ich die Hälfte meines Bieres herunter.

„Jetzt mach mal langsam", sagt Drew.

„Halt die Klappe."

„Sag das noch einmal", sagt er leise.

Ich halte inne. Drew ist drei Jahre älter als ich, und er würde mir nie in den Arsch treten, aber da ist etwas an seinem ruhigen Ton, das kurz vor tödlich ist. Man müsste ein Idiot sein, um das zu ignorieren. „Harter Tag. Nicht du."

Er nimmt einen Wing, sieht mich für einen langen Moment an und richtet seinen Blick zurück auf das Spiel.

Ich entspanne mich. Es ist nicht so, dass ich über das Kayla-Problem sprechen könnte, wenn sie direkt dort sitzt. Obwohl ich sicher bin, dass, wenn ich Drew davon erzählte, er sagen würde, dass, wenn ich nichts dagegen tue, es mich auch nichts angeht. Aber er versteht unsere Freundschaft nicht. Freunde lassen Freunde nicht schlechte erste sexuelle Erfahrungen haben. Gott, ich wünschte, ich könnte aufhören, davon so besessen zu sein.

Ich mache mich über die Wings her und schaue mir das Spiel an, meine Ohren gespitzt für jeden Gesprächsfetzen aus Kaylas Richtung, der relevant erscheint. Ich passe nur auf sie auf.

Meistens spricht sie mit ihren Freundinnen über die Fierce-Trilogie-Filme. Ich muss aufhören, sie auszuspionieren. Es geht ihr gut. Filme können ihr nicht schaden.

„Vielen Dank!", ruft sie und hält den zwei Jungs in ihren Dreißigern am Ende der Bar ihr Weinglas entgegen. Sie sind Lehrer von der Highschool.

Jenna winkt sie herüber.

Nein.

Das Nächste, was ich weiß, ist, die Jungs blockieren meinen Blick, einer steht neben Kayla, der andere neben Jenna.

Eine Faust schlägt auf den Tisch und erschreckt mich. Ich schaue auf, und Drew schüttelt den Kopf.

„Was?", frage ich mit einem finsteren Blick.

Er beugt sich über den Tisch. „Wenn du nicht deinen ersten Schritt machst, musst du gehen. So, wie du da rüberstarrst, bist du viel zu auffällig."

Ich wusste, dass er diese Haltung einnehmen würde. Er ist definitiv, immer ja oder nein, drinnen oder draußen. Ich glaube, in seinem ganzen Leben war er noch nie unklar. „Ich starre nicht."

Er wirft mir seinen tödlichen ungläubigen Blick zu.

Ich will gerade schon protestieren, dass Kayla nur eine

Freundin ist, aber selbst ich glaube das nicht mehr. Sie konnte von mir nicht bekommen, was sie will, also ist sie weitergezogen. Verdammt. Ich kann es nicht ertragen, einem Typen zuzusehen, wie er sich an sie ranmacht. „Ich fahre nach Hause."

Drew hebt eine Hand. „Wahrscheinlich ist es das Beste."

Seine allwissende Big-Brother-Art juckt mich. Ich beuge mich über den Tisch. „Du bist nicht viel besser, so wie du Audrey ausspionierst. Warum machst du denn nicht den ersten Schritt?"

Sein Gesichtsausdruck verschließt sich. „Audrey ist verwirrt. Sie weiß nicht, was sie will."

„Du wirst es also nicht einmal versuchen?"

„Ich war ihr Schulmädchenschwarm. Nichts Echtes." Seine Augen wandern zu ihrem Tisch und dann zurück zum Spiel, sein Kiefer ist verkrampft.

„Richtig."

Ich stehe da, schaue mir Kayla noch einmal an, die begeistert mit dem Mathelehrer Steve Zimmer spricht, und mache mich auf den Weg.

Verdammt.

Ich mache eine Kehrtwende, stelle mich hinter sie, neige ihren Kopf zurück und lehne mich über sie. „Hallo, meine süße Verlobte."

Sie lächelt. „Hallo! Ich dachte, du wärst gegangen."

„Konnte es nicht ertragen, dich so schnell schon zu verlassen."

Ich bedeute Steve, aus dem Weg zu gehen. Er murrt und tritt zurück. Ich nehme seinen Platz ein und grinse sie an.

„Du bist böse", flüstert sie.

„Was? Ich wollte nur helfen. Wofür sind Freunde denn da?"

„Nicht für das, wofür ich es gehofft hatte. Zumindest du nicht."

Ich schiebe eine Strähne hinter ihr Ohr. „Ich habe darüber nachgedacht."

Ihre Wangen werden rosa, ihre braunen Augen hell und begierig. „Das hast du?"

„Hallo, was ist hier los?", bellt eine männliche Stimme hinter der Bar.

Ich wende mich Wyatt zu. „Hey, Wyatt, wie waren deine Flitterwochen?"

„Großartig, danke", blafft er, und seine Augen wandern von mir zu Kayla und zurück zu mir. „Was hab ich verpasst?"

„Wir sind verlobt", sagt Kayla und hält ihren Ring lachend hoch.

Wyatt packt ihre Hand und untersucht den Ring. Er flüstert wütend: „Das ist Paiges Ring. „Was für ein Spiel spielt ihr hier? Und wessen Idee war das?"

„Entspann dich." Kayla steht auf und sieht sich in der Bar um, dann macht sie ihm ein Zeichen näherzukommen. Er beugt sich über die Bar. Sie flüstert ihm über meine Ex zu und darüber, dass wir vorgeben, verlobt zu sein, um sie fernzuhalten.

Wyatt richtet sich auf. „Das war's? Nichts anderes?"

„Sonst nichts", versichere ich ihm. *Zumindest noch nicht.*

Kayla dreht sich zu mir um, einen vielsagenden Blick in den Augen. „Nur gute Freunde."

Blut strömt durch meine Adern. Es gibt noch eine Chance für uns. Ich meine, ihr zu helfen.

Moment mal, sagte ich gerade *uns*?

~

Kayla

Wyatt hat mich zum Sonntagsbrunch ins Fünfzigerjahre-Diner in der Stadt eingeladen. Er weiß, wie sehr ich Waffeln liebe. Es ist ein süßes kleines Lokal hinter der Tankstelle. Auf der anderen Straßenseite befinden sich ein Einkaufszentrum mit Drogerie, ein Bagel-Laden, eine Pizzeria und ein chinesisches Restaurant. Es ist schon eine Weile her, dass ich Wyatt allein gesehen habe. Ich finde es schön, dass er sich Zeit für mich genommen hat.

Er trägt einen ordentlich getrimmten dunklen Bart und eine tiefe Bräune von seinen Flitterwochen neulich. Wir haben ähnlich dicke dunkelbraune Haare und braune Augen. Wie üblich fragt er nach meiner Job-Suche und welche Art von Aufgaben ich am liebsten übernehmen würde. Er ist der Meinung, dass man von etwas bei der Arbeit begeistert sein muss, um wirklich einen Unterschied zu machen. Ich liebe Mathematik. Dad war Mathe-Professor an der Princeton University, und ich habe eine natürliche Begabung dafür. Ich frage Wyatt nach seinen Flitterwochen auf Bora Bora, und er freut sich, mir jede Menge Bilder zu zeigen.

Und schließlich, gerade als ich meine belgische Waffel mit Erdbeeren und Schlagsahne beende, durchbohrt mich Wyatt mit einem harten Blick. „Wessen Idee war die falsche Verlobung?"

„Ich schätze, es war anfangs meine Idee. Ich habe Adam gebeten, bei einer Party im Haus meiner Professorin vorzugeben, mein Verlobter zu sein, weil ich wusste, dass Rob dort sein würde."

„Rob, das Arschloch, das dich am Altar sitzengelassen hat."

„Ja, aber jetzt bin ich froh, dass das passiert ist. Das war eine dumme Idee. Er hatte es nur wegen meiner Regel, bis zur Ehe zu warten, so eilig, mit mir durchzubrennen. Das scheint jetzt ziemlich offensichtlich."

„Ich bin auch froh, dass es nicht passiert ist, obwohl ich es gehasst habe, dich leiden zu sehen."

Ich reiche über den Tisch und drücke seinen Arm. „Danke! Ich schulde dir was dafür, dass du mich aufgenommen und mir geholfen hast, mich wieder zu sammeln."

„Jederzeit. Ich meine das. Selbst jetzt, wo ich verheiratet bin, steht meine Tür immer offen, wenn du einen sicheren Ort zum Landen brauchst."

Meine Kehle zieht sich über einem Klumpen Emotionen zusammen. „Vielen Dank, Wyatt. Du bist der beste Bruder der Welt."

Er neigt seinen Kopf. „Also hast du Adam gebeten, bei

einer Party deinen Verlobten zu spielen, und dann habt ihr beschlossen, das Spiel weiterzuspielen, als seine Ex in die Stadt zurückgekommen ist. Ist es so gelaufen?"

„Im Grunde."

„Und wie lange werdet ihr das Verlobungsspiel spielen?"

„Nur für den Sommer."

Er fährt mit einer Hand durch die Luft. „Einen ganzen Sommer?"

„Ja, so eine große Sache ist das nicht."

Er presst seine Lippen fest aufeinander. „Kayla."

„Was? Alles gut."

„Man kann so ein Spiel wie dieses nur eine gewisse Zeit spielen, bis einer von euch anfängt, es zu glauben. Und das wirst vermutlich du sein. Ich möchte nicht sehen, dass du wieder verletzt wirst. Das ist keine gute Idee. Um deiner selbst willen solltest du einfach aufhören."

„Aber Amelia ist immer noch in der Stadt. Sie taucht regelmäßig bei ihm auf. Es ist wichtig, dass sie weiß, dass wir zusammen und es ernst zwischen uns ist."

Er trommelt mit den Fingern auf den Tisch. „Kommen wir auf den Punkt. Siehst du dich selbst als ein echtes Paar mit ihm?"

Ich sehe zum Fenster hinaus. Ich habe Gefühle für Adam, aber ich kann nicht anders, als zu denken, dass er noch nicht für mehr als für etwas Lockeres bereit ist, vor allem mit Amelia als ständige Erinnerung in der Stadt. „Ich weiß nicht."

„Das heißt ja. Ich kenne dich, Kayla, du bist sanftmütig. Aus diesem Grund musst du dich selbst schützen. Lass ihn allein mit seiner Ex fertig werden."

Ich stoße einen Atemzug aus. „Wir sind bloß Freunde. Du musst dir darum keine Sorgen machen, okay?"

Leider ist das die deprimierende Wahrheit. Klar, wir haben an diesem Wochenende ein bisschen getextet, aber ich musste Freitag und Samstag arbeiten. Heute ist Sonntag, und Adam hat mich nicht eingeladen, etwas zu unternehmen. Vielleicht ist er glücklich zu denken, dass ich seinen Antrag abgelehnt habe, und jetzt kehren wir nur zurück zu der Art, wie die Dinge waren. Junge, das ist wirklich nach hinten losgegangen.

Die Kellnerin kommt vorbei, und Wyatt bestellt einen Kaffee. Ich bleibe beim Wasser, da ich vorhin schon Kaffee getrunken habe.

Mein Telefon klingt mit einem Text, und ich ziehe es aus meiner Handtasche. „Muss nur kurz nachsehen, könnte jemand von der Arbeit sein."

Adam: *Was machst du heute?*

Mein Herz schlägt heftiger.

Ich: *Ich habe Brunch mit Wyatt, aber danach nichts.*

Adam: *Ist er wütend wegen der Sache mit der falschen Verlobung?*

Ich: *Er passt nur wie üblich auf mich auf.*

„Brauchen sie dich bei der Arbeit?", fragt Wyatt.

Adam: *Sag ihm, dass wir nur Freunde sind.*

Mein Herz wird schwer, auch wenn ich Wyatt genau das schon gesagt habe. Ich sehe zu ihm auf. „Nein, nicht die Arbeit."

„Wer ist es? Du hast erst glücklich und dann traurig ausgesehen."

Er kennt mich wirklich gut. Er hat durch die Höhen und Tiefen des Lebens auf mich aufgepasst, seit ich sieben Jahre alt war. Nur jetzt bin ich eine erwachsene Frau, die in der Lage ist, ihre eigenen Fehler zu machen und gute Entscheidungen zu treffen. Ich bin mir nicht sicher, was davon Adam ist; Alles, was ich weiß, ist, dass ich es herausfinden möchte.

Ich schreibe zurück. *Ich rufe dich nachher an.*

Ich stecke mein Handy zurück in die Handtasche. „Das war Adam. Ich glaube, ich muss nachher nochmal seine Verlobte spielen."

Wyatt lehnt sich zurück und schüttelt den Kopf über mich. „Nicht klug. Nutz dein Gehirn."

Ich seufze. „Ich bin jetzt erwachsen. Ich kann mit allem umgehen, was das Leben auf mich wirft."

„Das bedeutet nicht, dass man etwas tut, von dem man schon vorher weiß, dass es nicht gut für einen ist."

Ich sehe ihm in die Augen und sage mit fester Stimme: „Wir sind Freunde, und wenn es zu mehr führt, dann bin ich damit einverstanden."

Seine hellbraunen Augen werden sanft. „Ich weiß, dass du das bist, Kurze. Ich mache mir um ihn Sorgen."

9

Ich kehre nach Hause zurück, um ein neues Outfit anzuziehen – rotes Top, weißer Rock und Sandalen mit Absätzen
und Lederriemen, die sich um meine Knöchel wickeln. Ich
muss meine brave Ausstrahlung loswerden, und das ist das
sexyste Outfit, das ich besitze. Vielleicht sollte ich Stilettos
nehmen.

Mit frischer Entschlossenheit gehe ich zu meinem Jeep
und klettere hinein. Ich betrachte mich im Spiegel und lockere
noch einmal die Haare, versuche, sexy zerzaust auszusehen.

Ich biege vom Parkplatz und fahre um die andere Seite
des Sees herum und eine lange Straße hinunter in Richtung
Adams Haus. Ich habe nicht angerufen. Ich werde einfach
auftauchen.

Dort angekommen schaue ich auf sein gepflegtes zweistöckiges Kolonialhaus. Dieses Mal setze ich alles auf eine Karte.
Ich werde ihm von meinen wachsenden Gefühlen erzählen,
ihn wissen lassen, dass es nicht nur um Sex geht, und es an
der Zeit ist, dass wir uns eine Chance geben.

Uff! Tank bellt mich durch das Wohnzimmerfenster an,
sein großer entzückender Kopf vor dem durchsichtigen
Vorhang. Adam zieht den Vorhang zurück und sieht mich
ebenfalls an. Sein dunkles, gutes Aussehen in T-Shirt und
Jeans jagt einen Ruck durch mein System.

Ich winke, bin wie erstarrt. Eine kleine Stimme in meinem Kopf sagt, dass ich gehen sollte, und eine lautere Stimme sagt Halt den Mund. Plötzlich fühlt es sich an, als stünde viel mehr auf dem Spiel als nur meine J-Karte. Mein Herz donnert, als ob es weiß, dass ich den aufgeräumten sicheren Käfig aufbrechen werde, in dem ich es versteckt gehalten habe.

Die Haustür öffnet sich einen Augenblick später. Adam betrachtet mich langsam von meinem zerzausten Haar über mein Top, den Rock, bis zu meinen Zehen. Langsam hebt er den Kopf, seine Augen blicken glühend in meine.

Mein Atem stockt. „Ich bin heute hierhergekommen –"

„Ich weiß, weswegen du hier bist." Und dann reißt er mich herein, zieht mich gegen seinen Körper, sein Mund stößt auf meinen. Hitze blitzt durch mich, und ein Schmerz tief in meinem Bauch sagt, dass dies *genau* das ist, was ich brauche. Ich bin mir vage bewusst, dass sich die Tür hinter mir schließt. Die Empfindungen, die mein Gehirn überfluten, lassen mich in einem seltenen Zustand eines vollständigen statischen Shutdowns zurück.

Sein Mund wird sanfter, lässt einen Kuss nach dem anderen daraufgleiten, seine warme Hand, die meine Wange umfasst. *So gut.* Meine Brustwarzen werden fest und hart, das Gefühl rast über meine Haut. Ich lege meine Arme um seinen Hals und drücke ihn an mich. Seine Hände gleiten an meinen Seiten entlang und über die Hüftkurve und wieder nach oben. Seine Küsse sind lang und tief, und mein Körper wird schwach an ihm.

Seine Hand rutscht zu meinem Hintern und hält mich an sich. Sein Duft, sein Geschmack, die tiefen Küsse vereinen sich, um mich in einem gedankenlosen Rhythmus zu wiegen, meine Hüften stoßen vor und suchen mehr.

Er verändert die Position, um mit seinem Mund dem Verlauf meines Halses zu folgen.

Ich halte den Atem an, ein nagender Gedanke kommt mir in den Sinn. „Ich bin nicht das brave Mädchen, das du eines Tages heiratest. Ich bin die Art, die du jetzt ficken wirst."

Er murmelt einen Fluch, sein Blick brennt sich in meinen, als er mein Top aufbindet. Ich glaube, die Botschaft ist bei ihm angekommen. Es ist die Art von Top, bei der man keinen BH braucht, und einen Moment später bin ich komplett entblößt.

Seine Lippen treffen auf meine, während er meine Brüste streichelt, seine Daumen vor und zurück über meine harten Brustwarzen streichen. Verloren in der Empfindung packen meine Finger sein Hemd. Eine pochende Empfindung, mit der ich nur flüchtig vertraut bin, macht mich schwindelig vor Lust. Er beugt sich vor, seine Zunge zieht meinen Nippel nach, bevor er ihn in seinen Mund saugt. Jedes Ziehen bringt ein beharrliches Pochen, einen Puls des rohen Verlangens. Ich streiche mit den Fingern durch seine Haare, meine Knie werden immer schwächer. Als er zur anderen Brust wechselt, bin ich von Begierde durchdrungen.

„Ich will alles", sage ich. „Jetzt. Jetzt sofort."

Sein Mund bedeckt meinen und bringt mich mit tieferen Küssen zum Schweigen. Ich ziehe an seinem Hemd und schiebe dann meine Hände darunter. Seine Haut ist erhitzt, die harten Muskelebenen seines Rückens sind erregend für mich. Er zieht meinen Rock hoch, schiebt mir mein Höschen beiseite und betastet mich innig.

Ich keuche, das Gefühl ist neu für mich.

Er hebt den Kopf, und seine Augen blicken für einen langen Moment in meine. Seine Hand umfasst mich, aber hört auf, sich zu bewegen.

Ich packe seinen Arm. „Hör nicht auf."

Er mustert mich, bevor er wieder meinen Mund für sich beansprucht. Seine Finger streicheln meine Kontur, auf und ab, und senden einen Aufruhr der Empfindung durch mich. Ich packe seinen muskulösen Arm, während er sich bewegt und die Aktion zum Mittelpunkt der Lust lenkt. Meine Knie geben nach, aber er hält mich, einen Arm fest um meine Taille gelegt.

Und dann hört er auf, keine Aktion unten. Ich reiße meinen Mund los, um zu protestieren. Er führt mich rückwärts auf das Sofa zu.

Er befiehlt Tank, in sein Bett zu gehen.

Ich lächle, als Tank gehorcht und sich in sein Bett fallen lässt. „Wenn du mir befiehlst, ins Bett zu gehen, werde ich auch gehorchen."

Er gibt mir einen kleinen Schubs, und ich lande auf dem Sofa. „Hier wird es gehen."

Ich schäle mich aus meinem Top, das nur noch um meine Taille hängt, und werfe es zur Seite. Ich bin ziemlich zuversichtlich, dass dies der richtige Zeitpunkt ist, um mich auszuziehen. Ich greife nach seinem Hemd, aber er schiebt mich zurück, geht auf die Knie und streicht mit seinen Händen entlang der Außenseite meiner nackten Oberschenkel. Er schiebt meinen Rock hoch und aus dem Weg, dann haken sich seine Finger in den dünnen Bund meines Höschens und schieben es herunter und aus.

„Spreiz deine Beine", knurrt Adam.

Ich gehorche, zitternd in Erwartung. Er packt meine Hüften und zieht mich nach vorne. Und dann kostet er mich. Meine Hüften zucken, das intime Gefühl ist so überraschend intensiv.

„Entspann dich", murmelt er und sieht mich von zwischen meinen Beinen her an. „Ich werde mich gut um dich kümmern."

Ich atme zitternd aus. „Ich weiß. Es ist einfach –" Ich sauge Luft ein, als sein Mund zurückkehrt, mich küsst und kostet. Er ist sanft und sorgt dafür, dass ich mich an ihn gewöhne. Ein warmes, kribbelndes Glühen fließt über meinen ganzen Körper, und ich entspanne mich.

Ich schließe die Augen, schwebe bei dem Gefühl. Sein Finger zeichnet meine Öffnung nach, und ich verspanne mich und erwarte Schmerzen, wenn er in mich eindringt. Deshalb lasse ich es nie so weit kommen. Ich habe dem Mann nie vertraut, dass er sich zurückhält, wenn ich es brauche. Aber er tut nichts mehr, umrundet sie nur, schiebt seinen Finger weg und zurück, weg und zurück, sein Mund bewirkt Magisches.

Ich öffne die Augen, sein dunkler Kopf zwischen meinen

Beinen sendet einen weiteren Aufruhr der Erregung durch mich. Sein Mund wird dringlicher und zieht mich auf etwas Dunkleres, Tieferes zu. Alles in mir verkrampft sich. Ich keuche, meine Hüfte zuckt unbewusst, fieberheiß. Der Orgasmus reißt wie eine Flutwelle durch mich und droht, mich untergehen zu lassen. Ich zucke hilflos unter ihm, schaudernd vor dem Ansturm der Lust.

„Oh mein Gott, das war…" Ich keuche und stoße einen leisen Schrei aus, mein Kopf kippt zurück, während er weitermacht, mehr Lust aus mir holt, Welle um Welle, bis ich schlaff werde. Ich versuche, zu Atem zu kommen. Ich habe auf jeden Fall vorher etwas verpasst. Ich wusste nicht, dass es so sein könnte. Meine eigenen Bemühungen verblassen im Vergleich.

Ich lasse ihn mich anziehen, zu ausgelaugt, um mich zu bewegen. Er zieht mein Höschen wieder an seinen Platz, richtet meinen Rock und zieht dann mein Top zurück über meinen Kopf, hebt mich an, um es glattzuziehen, und bindet den Knoten hinter meinem Hals.

Es kribbelt immer noch überall – meine Lippen, meine Wangen, meine Brustwarzen, meine Scham. Wir sollten zu seinem Bett gehen. Ich scheine nicht sprechen zu können. Ich habe das Gefühl, unter Drogen zu stehen.

Er zieht mich vom Sofa und legt seine Arme um mich. Ich lege meinen Kopf gegen seine Brust, während seine Hände auf und ab über meinen Rücken, meinen Po, meine Hüften gleiten.

Ich hebe den Kopf, ein sanftes Lächeln auf meinen Lippen. Ich fühle mich jetzt so gut. „Adam."

„Ja."

„Ich möchte –"

Er bringt mich mit einem Kuss zum Schweigen, und ich schmecke mich. Es erregt mich nur noch mehr. Dieser sexy Mann kennt mich sehr gut. Ich greife nach dem Knopf an seiner Jeans. Er packt meine Handgelenke und hält sie an meinen Seiten fest, während sein Mund in meinen eintaucht. Ein heftiger Ansturm von Begierde macht mich plötzlich eifrig nach mehr. Ich drücke mich gegen ihn, biege mich nach vorn, sehne mich schmerzhaft danach, dass er sich mehr nimmt.

Er unterbricht den Kuss. „Wie fühlst du dich?"

„Umwerfend! Also –"

Er dreht mich zur Tür. „Ich seh dich dann nächstes Wochenende."

Mir fällt die Kinnlade herunter. Ich drehe mich zu ihm zurück. „Du lässt mich eine Woche warten?"

„Ich arbeite wochentags, und du arbeitest Freitag- und Samstagabend. Am Sonntag nehme ich dich in meinem Ruderboot mit, wie du es wolltest."

Ich runzele die Stirn. Ich hatte das für eine romantische Idee gehalten, aber er hat mir gerade eine ganz neue Welt eröffnet. Und auch wenn ich mich erheitert fühle, gibt es immer noch einen Schmerz tief im Inneren, der gelindert werden muss. „Adam, nur du sollst es tun."

Er stöhnt, umrahmt mein Gesicht mit seinen Händen. „Bitte tu das für mich. Geh nach Hause. Ich seh dich Sonntag."

Ich befeuchte meine Lippen. „Was ist mit dir? Ich sollte es erwidern, meinst du nicht?" Ich habe sein hartes Verlangen gespürt.

„Ich werde mich darum kümmern, nachdem du weg bist."

„Kann ich –"

Sein Mund bedeckt meinen, und dann führt er mich rückwärts, seine Küsse beharrlich, einer nach dem anderen. Schwindelerregende Lust bringt mich aus dem Gleichgewicht. Plötzlich wirbelt er mich herum und gibt mir einen Klaps auf den Po.

Dann schiebt er mich durch die Haustür.

Ich stehe einen Augenblick dort, blinzele gegen die Sonne, ein wenig desorientiert. Ein Auto fährt vorbei, Vögel zwitschern, ein Kind schreit in der Ferne. Die Welt dreht sich immer noch, während meine von ihrer Achse gerutscht ist.

~

Ich habe Adam eine SMS geschickt, um herauszufinden, woran er diese Woche arbeitet, und es stellt sich heraus, dass es ein Job im Ort ist. Das bedeutet, dass er kurz nach fünf zu Hause sein wird. Ich habe die Pendelzeit von überall in der Stadt aus berechnet, die Möglichkeit bedacht, dass er duschen und sich umziehen möchte, und jetzt stehe ich hier mit chinesischem Essen für einen gemeinsamen Abend. Es ist der Tag, nachdem er mir den besten Orgasmus meines Lebens verpasst hat, von dem es zuvor nur die eigenhändige Variante gab. Ich habe definitiv etwas verpasst.

Und wir waren uns *nicht* einig, eine Woche darauf zu warten, uns zu sehen. Er hat es gesagt; Ich habe protestiert. Außerdem können Freunde abhängen, wann immer sie wollen, vor allem, wenn eine Freundin gerade den Orgasmus ihres Lebens durch den anderen erlebt hat. Das ist meine Geschichte, und ich bleibe dabei.

Habe ich einen anderen Rock getragen, um ihm den Zugang zu erleichtern? Verdammt richtig. Das heutige Outfit ist eine gelbe Bluse mit Flügelärmeln und einem blauen Rüschenrock. Ich weiß nicht, ob es sexy schreit, aber es sagt *Schieß los. Und heb diesen Rock aus dem Weg und tob dich an mir aus.*

Ich klingele, und Tank löst den Alarm aus. *Wuff!* Ich wackle mit den Fingern in seine Richtung, während er den Kopf unter den Vorhang schiebt, um mich anzusehen.

Adam öffnet die Haustür, sein dunkles Haar noch feucht von der Dusche, er trägt kein T-Shirt und ist barfuß in Jeans. Meine Lippen teilen sich, mein Puls trommelt durch meine Venen. Ich habe ihn noch nie ohne Oberteil gesehen, und er ist *erstaunlich*. Breite, abgerundete Schultern, definierte Brust- und Bauchmuskeln, ein Hauch von Brusthaar, das direkt nach unten zum Schlitz in seiner Jeans führt. Ich muss diese Jeans runterziehen und –

„Was machst du hier, Kayla?"

Ich sehe ihm in die Augen, die warm auf meinen ruhen. Er freut sich, mich zu sehen. „Ich habe Abendessen mitgebracht." Ich halte die Tüte hoch. „Chinesisches Essen."

Er winkt mich rein. „Das ist eine Überraschung. Ich hole mir ein Oberteil."

„Ich denke, du siehst fantastisch aus, so wie du bist", sage ich mit atemloser Stimme.

Ein Mundwinkel hebt sich, bevor er sich umdreht und nach oben geht. Ich schätze die Rückansicht sehr.

Nachdem er in seinem Schlafzimmer verschwunden ist, finde ich den Weg in die Küche gleich neben dem Esszimmer. Tank schlurft mir nach, in der Hoffnung auf etwas Essen. Ich suche in den Schränken herum, bis ich finde, was ich brauche, um den Tisch zu decken. Dann hole ich alle Essensbehälter aus der Tüte und stelle auch sie auf den Tisch.

Er kehrt zurück. „Das ist besser als das, was ich sonst gegessen hätte. Tiefkühllessen vor dem Fernseher. Danke!"

Ich lächle. „Kein Problem. Ich wusste nicht, was du willst, also habe ich fünf verschiedene Sachen geholt."

Er überwindet die Distanz und stellt sich nahe vor mich. Mein Herz schlägt vor Aufregung schneller. Er riecht frisch und sauber. Ich möchte mein Gesicht an seinen Hals legen und einfach atmen. Er hält mein Kinn fest, neigt mein Gesicht zu seinem und küsst mich. Ich seufze fast.

„Süß von dir", sagt er. „Ich bin nicht wählerisch." Er geht zum Schrank, bringt uns zwei Gläser und füllt sie mit Wasser.

Ich nehme Platz, und er setzt sich mir gegenüber.

Ich warte, bis er sich selbst etwas genommen hat, bevor ich auf den Punkt komme. „Ich hoffe, es ist okay für dich, dass ich einfach so hier auftauche. Es ist nur, dass ich eine wirklich, *wirklich* schöne Zeit gestern hatte –" Ich werde rot bei der Erinnerung „– und ich verbringe sowieso immer gerne Zeit mit dir, weil du du bist, und ich –"

„Kayla, ist okay. Wir müssen nicht eine Woche darauf warten, uns zu sehen. Ich habe nur versucht, dich im Wohnzimmer nicht zu überfallen."

„Aber ich möchte, dass du mich im Wohnzimmer und auch an anderen Orten überfällst. Überall ist für mich in Ordnung."

Er starrt mich einen erhitzten Moment lang an. Und dann

steht er langsam auf, Entschlossenheit in seinen Augen. Ein Schauer der Aufregung rast mir den Rücken hinunter. Er marschiert um den Tisch auf mich zu. Ich bin halb hoffnungs- voll und halb habe ich Angst, dass er mich rausschmeißen wird. Was den Sex-Teil angeht, war er sehr unbeständig.

Ich stehe auf und überlege verzweifelt, die Verführung abzukürzen und mich in seine Arme zu werfen. Aber dann brauche ich das nicht. Er zieht mich an sich, sein Mund erobert meinen. Dieses Mal zögere ich nicht, meine Hände überall über ihn wandern zu lassen, ich komme um vor Sehn- sucht, Haut an Haut zu fühlen. Ich schaffe es, sein Hemd aus der Jeans zu ziehen, und meine Hände schießen nach oben, streicheln seinen Rücken und seine erhitzte Brust. Seine Küsse werden aggressiver, seine Finger zerzausen meine Haare. Er bewegt mich und schiebt mich rückwärts. Mein Rücken trifft die kühle Wand.

Er bewegt sich, sein Mund wandert über meinem Kiefer, knabbernd und kostend, mich erschreckend und besänfti- gend. Ich bin atemlos. Er bewegt sich zu meinem Hals, meinem Schlüsselbein, durch die dünne Bluse zu meinen Brüsten, saugt meinen harten Nippel und überflutet mich mit Lust. Ich möchte es dieses Mal erwidern, meine Hand senkt sich zu seinem Hosenbund, zieht den Rand innen nach, aber dann halte ich inne, plötzlich besorgt, dass ich etwas falsch machen könnte. Meine Unerfahrenheit beschämt mich.

„Sag mir, was ich tun soll", sage ich.

Er richtet sich auf, seine Zähne ziehen an meinem Ohrläppchen. „Du musst gar nichts tun", flüstert er. „Lass mich."

Bevor ich protestieren kann, ist sein Mund auf meinem, seine Finger machen kurzen Prozess mit meiner Bluse. Er unterbricht den Kuss, schiebt die BH-Träger über meine Schultern und macht den Verschluss auf.

„Du auch", sage ich und reiße sein Hemd hoch. Er lässt mich es ausziehen, und ich bin auf einem Siegeshoch. Ich lege meine Arme um seinen Hals, das Gefühl von Haut an Haut ist so köstlich, dass ich mich schamlos gegen ihn reibe.

Seine große Hand umfasst meinen Kiefer, seine Augen treffen mich für einen aufgeladenen Moment, bevor er mich immer wieder küsst. Es hat noch nie einen Küsser auf der Welt gegeben, der so gut war wie dieser Mann. Als er seinen Kopf hebt, kommt mein Atem nur noch stoßweise.

Er fällt auf seine Knie, und ich hole scharf Luft und erinnere mich an gestern, als er auf seinen Knien war. Er schiebt mein Höschen hinunter und steht dann in einer sanften Bewegung auf, seine Finger packen meine Haare, während er mich aggressiv küsst, meinen Mund aufdrückt und tief eindringt, um zu kosten. Mein ganzer Körper wird schwer, voller Begierde, meine Hände halten seine Schultern fest, um mich im Sturm der Empfindungen festzuhalten.

Seine Hand gleitet unter meinen Rock, und er stöhnt, als er fühlt, wie feucht ich bin. Er streichelt sanft auf und ab, und ich beuge meine Hüften für mehr. Sein Daumen rutscht über das Lustzentrum, und ich will ihn plötzlich besteigen, meine Beine um ihn wickeln und wissen, wie es ist, ausgefüllt zu werden. Ich habe ein schmerzhaftes Verlangen nach ihm. Ich hebe mein Bein, lege es hoch um seine Hüfte, in der Hoffnung, dass die Botschaft bei ihm ankommt.

Er unterbricht den Kuss, um mir ins Ohr zu flüstern, sein Daumen wirkt immer noch magisch. „Entspann dich, das ist für dich."

„Ich mag es", keuche ich. „Aber …" Sein Daumen übt mehr Druck aus. „Adam", beende ich schwach und nehme mein Bein herunter.

Er umfasst meinen Nacken, küsst mich wieder, tief und gründlich, während sein Daumen mich bearbeitet. Empfindungen rasen durch mich und bauen sich schneller und schneller auf. Mein Körper verbiegt sich, und dann komme ich, und sein Mund schluckt meine leisen Schreie. Sein Daumen macht langsamer und dehnt das Vergnügen in einer langen, rollenden Welle aus. Ich wimmere und werde schlaff, lehne mich zurück an die Wand, keuche.

Er küsst mich sanft, zieht sich zurück und beobachtet mich aufmerksam.

Ich streichele seine unrasierte Wange. „Bitte wirf mich nicht raus."

Er schließt mich in seine Arme. „Ich werfe dich nicht raus. Wir haben nicht einmal dieses tolle Abendessen, das du mitgebracht hast, gegessen."

Ich sehe über seine Schulter. „Oh-oh. Tank hat dein Abendessen gefressen." Glücklicherweise hatte ich mir noch nichts genommen.

Er dreht sich um und sieht, dass sein Teller sauber geleckt ist. „Tank! Raus!"

Tank lässt den Kopf hängen, als wäre das die schlimmste Strafe der Welt. Er ist lieber drinnen. Ich versuche, nicht zu lachen. Adam bringt ihn in den eingezäunten Garten und befiehlt ihm, seine Geschäfte zu erledigen.

Ich stecke mein Höschen in die Handtasche, um Adam zu signalisieren, dass ich auch nach dem Abendessen verfügbar bin. Ich setze mich an den Tisch, nehme mir Abendessen und erhitze es in der Mikrowelle.

Adam kehrt mit einem kein bisschen reuevollen Tank zurück. Ich warte, während Adam sich einen sauberen Teller und mehr Essen nimmt und es in einer Minute aufwärmt. Sobald er sich an den Tisch gesetzt hat, legt Tank sich zu seinen Füßen und hält hoffnungsvoll nach kleinen Stückchen Ausschau, jetzt da er weiß, wie gut das Essen ist.

Ich lächle Adam an. „Ich habe meinen Slip ausgelassen."

Er lässt seine Gabel mit einem Klappern fallen. „Kayla." Seine Stimme ist heiser, seine Augen schließen sich mit einem schmerzhaften Ausdruck. „Was tust du mir an?"

„Ich habe Pläne, die vollständige Gegenseitigkeit beinhalten", teile ich ihm mit.

Und dann stehe ich auf und lasse mich seitwärts in seinen Schoß fallen, damit er weiß, dass ich es auch so meine.

Seine Hand umfasst meinen Kiefer, seine Stirn drückt einen Moment lang gegen meine. Wir teilen einen Atemzug und einen weiteren, und dann treffen seine Lippen auf meine.

Mehr süchtig machende Küsse. *Ich bin unwiderstehlich als Sexpartner.*

Seine Hand ist unter meinem Oberteil und streichelt meine Brust. *Was für eine Erleichterung, mein braves Image einer zukünftigen Ehefrau hinter mir zu lassen!*

Ich keuche, als seine andere Hand meinen Rock aus dem Weg schiebt. *Mmm, ja, ja, JA!*

10

Adam

Ich spiele mit dem Feuer, und ich weiß es. Und doch scheine ich nicht anders zu können. Kein Mann könnte das. Kayla ist diese Woche jeden Abend vorbeigekommen, um mit mir zu essen, und sie ist so sexy, so begierig, sich gegen mich zu drücken, dass ich ihr einen Orgasmus für ihre Bemühungen gebe. Ich habe sie nicht die Gunst erwidern lassen, weil ich weiß, dass ich in dem Moment, in dem ich nackt bin, nicht mehr geradeaus werde denken können. Es hat mich in seinen Krallen, dieses Bedürfnis. Aber sie hat diese ganze Zeit auf Sex in der Ehe gewartet, und ich kann nicht umhin zu denken, dass sie die Art von Frau ist, die das braucht, ob sie es in ihrem derzeit geilen Zustand erkennt oder nicht.

Mir liegt zu viel an ihr, um sie es bedauern zu lassen.

Und ein Teil von mir weiß, dass es, wenn ich diese Grenze überschreite, kein Zurück gibt. Ich werde in ihr verloren sein, und dann wird sie gehen. Ich darf das nicht riskieren.

Locker. Wir waren uns beide einig, dass es locker ist.

Es ist Freitagabend, was bedeutet, dass sie arbeiten muss, also halte ich am Horseman Inn, nur um hi zu sagen. Wie ich bereits sagte, ganz locker. Ich gehe in den vorderen Essensbereich, gerade als sie sich mit schmutzigen Esstellern umdreht, die sie auf ihren Armen balanciert. Ein Teller fliegt, und die Keramik zerbricht auf dem Hartholzboden.

Sie starrt ihn an. „Upps! Tut mir leid."

Die Kunden an ihrem Tisch lachen gutmütig. „Das ist okay, Honey", sagt die Frau mittleren Alters. „Das passiert den Besten von uns."

Ihr Mann stimmt zu und steht sogar auf, um zu helfen.

Kayla hält ihn mit einer Hand zurück. „Ist schon okay. Ich werde das in einer Minute aufgeräumt haben." Ihre Augen fliegen zu meinen. „Adam."

Blut strömt durch meine Adern. Ich will sie in eine dunkle Ecke bringen und meinen Mund auf ihren drücken, sie küssen, bis sie gegen mich schmilzt und bedürftige, wimmernde Geräusche aus ihrer Kehle kommen. „Hi."

Rosa färbt ihre Wangen. „Ich muss das hier aufräumen."

„Nur zu."

Sie eilt zurück in die Küche, um die Teller abzustellen, die sie noch hält. Sie trägt die Uniform aus schwarzem Horseman Inn T-Shirt und einer schwarzen Hose. Nichts, was im Entferntesten sexy wäre, aber ich kann nicht anders, als das Schwingen ihrer kurvigen Hüften zu beobachten, als sie vorbeigeht.

Ich nehme an der überfüllten Bar Platz, wo hauptsächlich Frauen mittleren Alters sitzen, die abwechselnd stricken und trinken. Wahrscheinlich hängen sie nach dem Freitagabend-quiz hier herum. Sydney hat erwähnt, dass sie dann Stamm-gäste aus dem Strickclub hier habe. Ich bestelle ein Selters und Potsticker. Die Speisekarte ist seit dem neuen Küchen-chef viel interessanter geworden. Ich respektiere seine Arbeit, auch wenn Sydney sagt, er sei ein schamloser Flirter, weswegen mich seine Zusammenarbeit mit Kayla nicht sonderlich freut.

Kayla eilt ein paar Augenblicke später mit einem Besen und einer Kehrschaufel an mir vorbei. Eilt zurück. Kommt mit einem Wischmopp wieder her. Eilt zurück. Ein ziemlicher Workout, wenn man Kellnerin ist. Zumindest für sie ist es das.

Mein Blick schweift immer wieder zu ihr, während sie lächelt und mit Kunden plaudert, gelegentlich Besteck oder Trinkhalme fallenlässt. Sie ist ein sozialer Mensch, anders als ich. Ich mag Menschen in kleinen Mengen. Nur von ihr kann ich nicht genug bekommen. Das ist in Ordnung, es wird nicht zu weit gehen. Sie hat viele Bewerbungsgespräche geführt. Jeden Tag könnte sie zu ihrem neuen Abenteuer aufbrechen. Ich werde nur die verschwommene Erinnerung eines Sommers sein. Ein Sommer-Flirt, das ist alles. Einer, der ihr Vergnügen und mein schmerzliches Bedürfnis beinhaltet. Es ist Folter, süße Folter, aber ich möchte ihr das geben. Sie ist neu im Sex, bei allem. Ich war der erste Mann, der sie berührt, sie geschmeckt und gefühlt hat, wie sie kommt. Und das ist keine Kleinigkeit. Sie vertraut mir, und ich werde dieses Vertrauen nicht verraten, indem ich sie enttäusche, weil ich wirklich keine feste Beziehung plane. Ich weiß nicht, warum ich deswegen so verdreht bin. Ich vermeide Beziehungen, und sie geht. Es sollte perfekt sein.

Ich beende mein Abendessen und habe keine wirkliche Ausrede mehr, hier herumzuhängen. Ich bin müde von der harten Arbeit heute, bei der ich große Holzbalken für einen Anbau habe schleppen müssen.

Und dann kommt sie direkt auf mich zu, ein strahlendes Lächeln auf ihrem schönen Gesicht. Wärme rauscht durch mich, und ich kann kaum widerstehen, sie in meine Arme zu ziehen.

Sie bleibt abrupt stehen und flüstert: „Ich habe 15 Minuten Pause. Komm mit mir." Sie nimmt meine Hand und zieht daran.

Ich weiß, dass ich das nicht tun sollte. Sie will einfach mehr von dem, was wir tun, jedes Mal, wenn wir uns sehen. Es wird immer schwieriger – genau das ist das Problem.

„Lass uns einen Spaziergang um den See machen", sage ich.

„Wir gehen hinten raus", sagt sie.

Ich folge ihr durch die Küche.

Spencer, der neue Koch, grinst sie an. „Kayla, Mädchen,

du solltest dieses feine T-Bone, das ich heute Abend serviere, besser nicht fallen lassen." Er sieht mit seinen dunklen Haaren, den blauen Augen und dem Bart zu gut aus. Ich könnte mir auch einen Bart wachsen lassen, wenn mir danach wäre, mal etwas anderes als Stoppel. Die Anspielungen in seinem koketten Kommentar entgehen mir nicht. *Ich serviere ein T-Bone. Er hat einen Knochen für sie.*

Kayla lacht. „Ich schwöre, das werde ich nicht!" Sie hat die Anspielung nicht bemerkt. Ist immer noch so naiv unanständigen Kerlen gegenüber.

Ich sehe ihn mit verengten Augen an.

„Adam", sagt er mit einem Nicken.

„Spencer", bringe ich bissig heraus.

Kayla blickt zwischen uns hin und her und schiebt sich dann durch die Tür, die zur hinteren Treppe hinauf zu ihrer Wohnung führt.

„Ich dachte, wir würden ein Stück gehen", sage ich, ihrem hübschen Hintern nach oben folgend.

„Du gehst doch, stimmt' s?"

Sie lässt mich in ihre Wohnung, die winzig ist. Ich war schon viele Male hier oben, bevor sie eingezogen ist. Was ein Wohnzimmer wäre, wird als Lagerraum für das Restaurant genutzt. Sie hat nur ein Schlafzimmer und ein Badezimmer. Sie muss die Küche unten benutzen.

Sie schlüpft in ihr Schlafzimmer.

Ich fordere mich auf, cool zu bleiben. Fünfzehn Minuten sind nicht viel Zeit. Vielleicht sollten wir reden, als hätten wir ein richtiges Date, anstatt diesen Vorwand zu benutzen, während wir eigentlich nur dem anderen die Klamotten ausziehen wollen.

Ihr T-Shirt fliegt neben mir auf den Boden. Dann ein schwarzer Spitzen-BH.

Ich schlucke kräftig.

Einen Augenblick später tritt sie in meinen Nahbereich, ganz schön mutig. „Hallo, Fremder."

Ich packe sie, mein Mund auf ihrem, meine Hände streicheln über ihren kurvigen Körper. Ich schiebe eine Hand an ihren Hintern und dann zwischen ihre Beine, ihr Stöhnen vibriert gegen meinen Mund. *Ich brauche es, ich brauche es.*

Ich kann das nicht weiter tun.

Ich kann nicht aufhören.

Innerhalb von Minuten windet sie sich gegen mich, nackt, und meine Finger bearbeiten sie geschickt. Ich schicke sie hinüber, finde Erregung in ihren sanften Schreien, wie ihr Körper gegen meinen zittert.

Wir stehen immer noch. Einer von uns ist nackt.

Ich habe furchtbare Schmerzen. Ich weiß nicht, wie viel länger ich das noch aushalten kann.

„Adam", sagt sie und zieht am Knopf meiner Jeans, „bitte lass mich."

Ich trete beiseite, sammle ihre Kleider auf und gebe sie ihr. „Du solltest dich besser wieder an die Arbeit machen."

„Du bleibst immer noch dabei, mich einen Monat warten zu lassen?", fragt sie ungläubig.

Ich habe meinen lächerlichen Zeitplan für die Verführung völlig vergessen. „Ja."

Sie seufzt und zieht ihren BH an. Ihre Brust ist vom Orgasmus noch ganz gerötet. Ich weiß jetzt, was sie mag, wie sie schnell oder langsam dorthin kommt. Heute Abend war schnell wegen der begrenzten Zeit.

Ich wende mich ab, denn ich foltere mich selbst mit ihrem sexy Körper.

Und dann überrascht sie mich, als sie ihre Arme von hinten um mich legt. „Ich werde dich noch mürbe machen."

Es würde nicht mehr viel dazu fehlen.

Adam

Ich habe entschieden, dass Kayla und ich mehr Zeit in der Öffentlichkeit zusammen brauchen, um die Versuchung zu begrenzen, also habe ich sie heute zum Angeln eingeladen. Ich halte auf dem Parkplatz des Horseman Inn und schreibe ihr. Es ist früh am Sonntagmorgen, vor Sonnenaufgang, die beste Zeit, um auf den See zu fahren. Die Fische beißen in der Morgendämmerung.

Einige Minuten später erscheint sie mit einem Pferdeschwanz, in einem T-Shirt, das an ihrer kurvigen Figur seltsam kastenförmig aussieht, in Jeans und unpassenden Schuhen. Sie schielt mich an und macht sich dann auf den Weg zum Auto.

Ich steige aus, um ihr entgegenzugehen. Sie trägt eine schwarze Sandale mit einer beigefarbenen, und ihr Oberteil ist verkehrt herum und auf links. „Morgen. Willst du dir noch passende Sandalen anziehen?"

Sie blickt nach unten und wieder hoch zu mir. „Ich bin immer noch ein Zombie. Warum müssen wir noch mal in der Morgendämmerung angeln gehen?"

„Weil die Fische dann beißen."

Sie deutet zu ihren Füßen. „Ich fühle mich wohl." Sie wackelt mit den Schultern. „Aber mein Oberteil muss in der Wäsche eingelaufen sein."

„Es ist falsch herum."

„Was?" Sie sieht auf das Etikett hinab. „Oh, es ist ja auf links."

„Ja, auf links und verkehrt herum – Kayla!" Ich breite meine Arme aus und schirme sie vor lüsternen Blicken ab. Sie hat ihr Oberteil einfach ausgezogen. Kein BH. *Nicht schauen, nicht schauen.*

„So", sagt sie. „Lass uns fahren."

Ich schaue nach unten. Das Oberteil sitzt jetzt richtig. Pferdeschwanz schief. Gut genug.

Kurze Zeit später sind wir in meinem Ruderboot auf dem See, während Kayla mächtig gähnt. „Ich habe bis Mitternacht gearbeitet", sagt sie. „Ich habe nur fünf Stunden Schlaf bekommen."

„Es wird sich lohnen. Hast du jemals den Sonnenaufgang gesehen?"

„Nein."

„Der ist schön. Außerdem kannst du deine ersten Fische

fangen." Sie hält die Rute, die ich mir von meinem Nachbarn Levi geliehen habe.

„Bist du dir sicher, dass diese falschen Würmer den Fisch täuschen?", fragt sie.

„Ja."

„Tja, bis jetzt sind noch keine Fische auf deinen Trick reingefallen."

„Einfach abwarten und sehen."

Sie wird still, was gut ist. Man sollte ruhig und still sein, wenn man angelt. Ich entspanne mich, während die ersten Sonnenstrahlen durch die grünen Baumkronen um uns herum dringen. Es gibt nichts Besseres, als an einem warmen Sommertag auf dem Wasser zu sein.

Ich schaue zu Kayla, um zu sehen, ob sie es genießt. Ihr Kopf ist nach vorne gekippt. Ich stupse ihren Fuß mit meinem an, und sie schreckt hoch. „Habe ich es verpasst?" Sie sieht sich um. „Oh, da ist er ja. Sonnenaufgang. Jetzt ist es gut. Können wir – ah! Adam!" Sie packt ihre Rute fester. „Ich habe was erwischt! Es muss riesig sein. Es zieht kräftig. Was soll ich tun?"

„Sie ihn rein. Nimm die –"

Sie reißt ihre Rute nach oben und herüber ins Boot: eine kleine Forelle baumelt am Ende. „Nimm du sie! Ich will sie nicht anfassen!"

„Wir fangen sie nur und lassen sie wieder frei. Du musst sie zurückwerfen."

Sie schwingt die Rute wie wild. „Mach sie frei!"

„Hör auf, die Rute zu schwingen. Nimm den Fisch, löse ihn vom Haken, und wirf ihn zurück."

„Du nimmst den Fisch!"

„Ich kann nicht, weil du ihn immer wieder bewegst."

Sie hält inne und starrt ihn mit riesigen Augen an, während er am Boden des Bootes zappelt. „Adam!"

„Er wird sterben, wenn du ihn nicht zurückwirfst."

Sie nimmt ihn und schleudert ihn über Bord. Ich werde schon noch eine Fischerin aus ihr machen.

Dann hält sie ihre Handflächen keuchend in meine Richtung. „Ich brauche Händedesinfektionsmittel."

Oder auch nicht.

~

Kayla

Ich fürchte, dass ich am vergangenen Sonntag einen schlechten Eindruck auf Adam gemacht habe, als wir angeln gegangen sind, und es ist wichtig, dass wir eine Bindung aufbauen, indem wir seine Lieblingstätigkeit außerhalb der Arbeit machen. Schließlich macht er immer gern das, was ich will. Also bin ich hier bei Angeldate Nummer zwei. Dieses Mal habe ich mich auf den Erfolg eingestellt.

Zunächst einmal: Es ist elf Uhr, eine angemessene Uhrzeit für zwei Personen, um auf den See zu fahren. Ich bin nicht überzeugt, dass man in der Morgendämmerung fischen gehen muss. Adam hat zugegeben, dass er nie versucht hat, später am Morgen zu fischen, da sein Vater ihm beigebracht hat, dass man bei Sonnenaufgang angeln muss. Wir können heute beide etwas Neues lernen. Zweitens habe ich mich vorbereitet, indem ich zu Mike's Bait and Tackle Shop gegangen bin, einem süßen Laden, der aussieht, als hätte er sich seit seiner Eröffnung im Jahr 1969 nicht verändert. Mike war sehr glücklich, mich als Kundin begrüßen zu können.

Adam hat mir gerade eine SMS geschickt, dass er da ist. Ich eile die Stufen hinunter und schiebe die Tür des Restaurants auf zu einem schönen sonnigen Junitag. Ich bin mit Koffein versorgt, geduscht und trage ein süßes rosafarbenes T-Shirt mit V-Ausschnitt, Denim-Shorts und passenden beigefarbenen Sandalen. Ich muss das zerzauste Aussehen von letzter Woche wieder gutmachen. Zum Glück war es am letzten Sonntag in den frühen Morgenstunden hauptsächlich trüb und noch dunkel, also glaube ich nicht, dass er mich da gut hat sehen können.

„Morgen!", rufe ich.

Adam lehnt sich an sein Auto, seine langen, mit Jeans bekleideten Beine an den Knöcheln überkreuzt. „Guten Tag."

„Nein, es ist noch vor Mittag." Ich gehe hinüber und halte meine weiße Tüte vom Bäcker hoch. „Ich hab uns Frühstück mitgebracht."

Er öffnet die Tüte. „Cupcakes zum Frühstück?"

„Das sind Schokoladenmuffins."

Er hebt eine Braue. „Sieht aus wie Schokoladen-Cupcakes."

„Muffins sind gesund für dich."

„Wenn du meinst."

Er öffnet die Beifahrertür für mich und schließt sie hinter mir. In letzter Zeit macht Adam öfter diese höflichen Gesten, als wären wir ein Paar. Ich weiß, wir haben gesagt, es sei locker, aber es fühlt sich anders an für mich.

Ich warte, bis wir in seinem niedlichen weißen Ruderboot mit marineblauem Rand auf dem See sind, um ihm seine Überraschung zu geben. Er lehnt sich in einer Yankees-Mütze mit Sonnenbrille zurück und sieht entspannt aus.

Ich öffne meine große weiße Kate Spade Hobo-Tasche, ein Luxus, den ich mir gegönnt habe, als ich meinen Master-Abschluss gemacht habe, und ziehe meinen Fund heraus. „Ich bin zu Mike's Bait und Tackle Shop gegangen und habe dir das geholt." Ich reiche ihm eine rote Mütze, auf der sich zwei Fische mit dem Namen des Ladens ansehen. Dann setze ich meine passende auf.

Er starrt sie an. „Danke!"

Ich strecke meine Hand aus. „Hier, ich lege deine Yankees-Mütze in meine Handtasche. Nur zu, setz sie auf."

Er inspiziert das Innere, bevor er die neue Kappe gegen die alte tauscht. Ich lege sie in meine Handtasche und lächle.

„Jetzt sehen wir aus wie echte Angelkumpel." Da fällt mir ein, wozu wir hier sind. *Upps! Hab vergessen, bei all dem meine Rute zu halten.* Aber sie liegt auf der Seite des Bootes und scheint in Ordnung zu sein. Es hat noch kein Fisch angebissen, aber ich bin mir sicher, dass einige bald für ihr Mittagessen angeschwommen kommen.

„Mike muss begeistert gewesen sein, dass du eine Kappe gekauft hast", sagt er.

„Tatsächlich, ja, das war er. Sind sie nicht so beliebt?"

Er verkneift sich ein Lächeln. „Er hat vor zehn Jahren einen Deal gemacht und dreitausend davon gekauft. Er hat noch Tonnen übrig, also würde ich sagen, nein, sie sind nicht beliebt."

„Ich verstehe nicht, warum. Wir sehen niedlich aus. Und mehr wie richtige Fischer."

Er schüttelt lächelnd den Kopf.

„Was?"

„Gar nichts. Hast du irgendeinen Köder gekauft, als du im Laden warst?" Er sieht auf meine Handtasche. „Ich vermute nein."

„Na ja, ich wollte es. Deshalb bin ich ja hingegangen, aber …" Ich rümpfe die Nase. „Bei der Dose mit zappelnden Würmern ist mir ganz übel geworden, also habe ich nein, danke, gesagt, Adam hat falsche Würmer, die genauso gut funktionieren. Worauf wir eine lebhafte Diskussion über echte versus falsche Würmer hatten, bevor ich ihm schließlich sagte, dass ich gehen müsse, weil ich mit dir verabredet sei. Und da bemerkte ich die niedlichen Kappen."

„Du bist eine Naturgewalt."

Mit der Mütze und der Sonnenbrille kann ich seinen Ausdruck nicht sehr gut lesen. „Ist das gut?"

„Es ist einfach, wer du bist."

Ich verziehe meine Lippen zur Seite, immer noch nicht sicher, ob er mir ein Kompliment macht oder nicht. „Selbst Sie, Mr. Naturbursche, müssen zustimmen, dass es nicht hygienisch wäre, nach dem Berühren schmutziger Würmer zu frühstücken."

Er holt eine kleine Flasche aus seiner Gesäßtasche. „Ah, aber diesmal habe ich ein Händedesinfektionsmittel mitgebracht."

Ich lege meine Hand über mein Herz. Sehen Sie? Er macht immer wieder Dinge, die nur ein Paar tun würde. „So vorausschauend."

Nach unserem späten Frühstück lassen wir uns eine Weile treiben, aber unter dem Wasser ist einfach nichts los. (Obwohl Adam mich über Wasser mehrere Male geküsst hat. Und, okay, ich bin kurz mit der Absicht, mich in seinen Schoß zu setzen, aufgestanden und hätte uns fast zum Kentern gebracht.) Auf jeden Fall beißt keiner an unseren falschen Würmern an. Andere Leute sind jetzt auf dem Wasser, rudern Kanus und Ruderboote. In der Ferne segeln einige Leute kleine Boote.

Adam ist höflich, es nicht zu erwähnen, aber nach mehr als zwei Stunden haben wir nicht einen einzigen Fisch gefangen. Es macht mir nichts aus, sie sind irgendwie widerlich und schleimig, aber Adam genießt die Herausforderung, also versuche ich zu schätzen, was ihm Spaß macht.

Ich gebe auch keine Niederlage zu, weil dies die Zeit ist, in der ich bereit bin, angeln zu gehen, und es ist nicht schlecht, mit ihm auf dem See unterwegs zu sein. Eigentlich ist es richtig schön. Er ist sehr entspannt und spricht mehr als üblich, von seinem Dad und den Zeiten, als sie zusammen fischen gegangen sind, nur die beiden.

Ich habe mich nie als die Art von Frau gesehen, die angeln geht (ohne Fische), aber ich bin glücklich. Nirgendwo sonst wäre ich lieber als bei Adam. Vielleicht bin ich auf halbem Weg, mich in ihn zu verlieben.

11

Kayla

„Ich versuche nur, etwas zu beweisen", sagt Jenna und
lenkt mich zur anderen Seite der Bar für unseren Donnerstag-
abend-Wein-Club. „Er wird sich von dir wie ein Magnet angezogen fühlen und sein Territorium abstecken."

Ich folge ihr, zusammen mit Sydney. Audrey ist mit
einem anderen ersten Date von eLoveMatch im hinteren
Essensbereich. Ihr Date scheint nett zu sein – kurze blonde
Haare, sauber rasiert, mit Hemd und Krawatte. Er hat ihr
sogar ein Buch mitgebracht, was eine ihrer Anforderungen
an einen Typen war. Ich kann den Titel nicht von hier aus
lesen. Wir recken unserer Daumen nach oben in ihre
Richtung.

Ich begebe mich ans Ende der Bar und nehme einen
Schluck Chardonnay. „Adam ist nicht einmal hier. Und wenn
er auftaucht, dann nicht, weil er sein Territorium abstecken
will. Das ist dumm."

„Er ist wie ein Uhrwerk", sagt Sydney. „Sieben Uhr
dreißig auf den Punkt. Beste Fleischbeschauzeit."

Ich kichere. „Ich würde die Ladies Night nicht wirklich als
Fleischbeschau bezeichnen." Es sind vor allem Frauen, die
mit Freundinnen wie wir Drinks zum halben Preis genießen.
Ein paar Jungs in ihren Dreißigern sind hier und schauen sich

das Spiel an. Drew ist an seinem üblichen Tisch hinten, sein Blick klebt am Fernseher.

„Er versucht, einen anderen Typen davon abzuhalten, dich um eine Verabredung zu bitten", sagt Jenna.

Meine Freundinnen wissen, dass wir nur zum Schein verlobt sind. Ich erzähle ihnen immer wieder, dass wir einfach nur locker sind, obwohl ein Teil von mir wünscht, dass es mehr wäre. Es ist nicht fair von mir, mehr zu erwarten. Wir haben das beide im Vorfeld klargestellt, und ich verstehe, warum er mit niemandem etwas Ernstes anfangen will.

„Er hängt normalerweise mit Drew rum", sage ich.

„Aber seine Augen weichen nie von dir", meint Sydney mit Singsangstimme.

Meine Lippen verziehen sich. „Wir sehen uns sowieso jeden Abend. Das ist nicht anders."

„Jeden Abend!", ruft Jenna aus und flüstert dann: „Heißt das, dass du endlich deine J-Karte aufgegeben hast?"

Sydney beugt sich vor, um die großen Nachrichten zu hören. Leider gibt es keine.

Ich setze ein Lächeln auf. „Nein, aber ist schon in Ordnung. Wir sind einfach sehr, ähm, enge Freunde." *Mit einem halben Vorzug. Für mich.* Er bringt mich in Fahrt, und dann schiebt er mich weg. Bin ich frustriert? Ja. Aber ich kann mich wirklich nicht beschweren, wenn er mich dabei so gut fühlen lässt.

Sydney schüttelt den Kopf. „Ich verstehe das nicht! Ihr fummelt jeden Abend rum, nicht wahr?"

„Schh", mache ich und schaue mich nach Adam um. Er würde es nicht schätzen, dass ich das Wesentliche weitererzähle. Aber ich habe ihnen schon so viel erzählt, dass es jetzt kein Zurück mehr gibt.

„Tut mir leid", flüstert Sydney. „Was ist denn los?"

Ich gestikuliere beide näher. „Wir hören immer auf, bevor es so weit kommt."

„Warum?", fragen beide gleichzeitig.

„Ich denke, er ist hyperprotektiv mir gegenüber, was

schön ist. Er passt auf mich auf." *Oder er steht einfach nicht so auf mich.* Ich verstehe es selbst nicht ganz.

„Sag ihm einfach, dass es okay ist, weiterzumachen", meint Jenna.

„Ja, einige Leute brauchen es buchstabiert." Sydney zieht die Brauen zusammen. „Ich habe aber nicht gedacht, dass Adam einer der ahnungslosen Typen ist. Es ist nicht so, als wäre er unerfahren. Es gab –"

Ich winke das ab, denn ich will nicht von all den anderen Frauen hören, mit denen Adam Sex hatte. „Keine große Sache. Ich bin glücklich."

„Aber war das nicht der eigentliche Grund, warum du mit ihm die Grenze überschritten hast?", fragte Jenna.

Ich kippe meinen Wein mit einem langen Schluck herunter. „Ich bin mir sicher, es wird einfach passieren."

Jenna lehnt sich nahe an mein Ohr, um zu flüstern: „Hat er dich nackt gesehen? Du bist heiß."

Ich erröte bei dem Kompliment. Warum kann Adam so etwas nicht sagen? „Danke und ja."

Sie richtet sich auf und macht Betsy, der Barkeeperin, ein Zeichen. „Kein gutes Omen."

Eine bekannte männliche Stimme hinter mir: „Was ist kein gutes Omen?"

Ich drehe mich mit strahlendem Lächeln um. „Adam, hi, Jenna hat nur gerade gesagt, dass sie nicht mehr viel Margarita-Mix haben. Schreckliches Omen für eine Ladies Night. Sie verkaufen sie normalerweise krugweise."

Er nickt. „Schön, dich zu sehen. Ich werde mir das Spiel mit Drew ansehen."

„Klar, kein Problem."

Er marschiert zu seinem Bruder hinüber.

„Seht ihr?", sage ich. „Einfach normal rumhängen. Er ist definitiv nicht hier, um Jungs wegzuhalten."

„Wir werden sehen", meint Jenna. „Du brauchst nur einen Mann, der sich an deine Seite stellt, um es zu beweisen."

Ich verdrehe die Augen.

Audrey quetscht sich an meine Seite. „Ich bin fertig. Keine

ersten Dates mehr. Ich kann das nicht mehr." Sie schnappt sich Sydneys Wein und schnaubt.

Ich schaue zu ihrem Date hinüber, das dort mit einer älteren blonden Frau sitzt.

„Was zum Teufel?", ruft Jenna aus. „Hat er eine andere Frau zu eurem Date mitgebracht?"

„Das ist seine Mutter", zischt Audrey. „Er hat sie eingeladen, um sicherzustellen, dass wir miteinander auskommen, weil er nie jemanden daten kann, den Mutter nicht gutheißt. Ich verstehe ja, wenn man möchte, dass die Familie die bessere Hälfte mag, aber bei einem ersten Date?"

„Das ist irgendwie gruselig", sagt Sydney.

„Sie leben zusammen", sagt Audrey. „Er ist unten, und sie oben." Sie schaudert. „Ich kann nicht einmal ... Ladies, warum ist das so schwer? Warum kann ich nicht einen großartigen Kerl treffen, der mir alle Gefühle gibt?" Sie deutet auf Sydney. „Wie du."

„Vergisst du, dass ich Wyatt Satan genannt habe?", fragt Sydney. „Wir konnten am Anfang nicht aufhören zu streiten."

Audrey atmet kräftig aus. „Wir alle wussten, dass es sich nur um sexuelle Spannungen handelte. Es war so offensichtlich, dass es da Chemie zwischen euch beiden gibt." Sie stöhnt und lehnt sich über die Bar und legt den Kopf auf ihre Unterarme.

Ich reibe ihr den Rücken. „Ich bin sicher, dass es für dich passieren wird, wenn die Zeit stimmt." Das ist, was ich immer wieder für den Sex hoffe. Ich muss glauben, dass das stimmt, oder mich in Verzweiflung suhlen wie Audrey hier.

Ich schaue auf und bemerke Drews intensiven Blick. Er checkt Audrey ab. Sie sind befreundet. Irgendwie. Ich sehe sie nie über ein kurzes Hallo hinaus miteinander reden, aber Audrey nennt ihn einen Freund. Ich denke, ihm liegt etwas an ihr, aber er weiß nicht, wie er es sagen soll. Und Audrey ist kratzbürstig ihm gegenüber. Sydney vermutet, Audrey hat ihm gesagt, dass sie schon ihr ganzes Leben lang auf ihn steht, und er hat das Gefühl nicht erwidert. Zu diesem Zeitpunkt jedoch, da Audrey reife neunundzwanzig ist, vermute ich, dass es viel mehr ist als nur Schwärmerei. Schade, dass Drew der ahnungslose Typ ist. Vielleicht liegt das in Sydneys Familie. Sie hat ja zunächst auch nicht geahnt, wie wunderbar mein Bruder Wyatt ist. Sie hat sogar seinen ersten Antrag abgelehnt. Zum Glück ist sie zur Besinnung gekommen und hat erkannt, dass Wyatt ein großartiger Kerl ist.

„Hu-huu!", ruft Jenna einem dunkelhaarigen Kerl zu, der eine Baseballmütze verkehrt herum trägt und am anderen Ende der Bar sitzt. „Kann ich dir was zu trinken bestellen?"

Er lächelt und nähert sich ihr. Sein Freund schließt sich ihm an.

Audrey hebt den Kopf und wendet sich mir zu. „Ich werde mit neun Katzen und einem Haus voller Bücher enden."

„Ich bin mir sicher, dass das nicht stimmt. Außerdem ist nichts falsch an einem Haus voller Bücher. Vielleicht beschränkst du es auf zwei Katzen."

„Oder einen Hund", sagt Adam und taucht an meiner Seite auf. „Hunde sind die besseren Gefährten."

Jenna stupst meine Schulter in einer *Hab-ich's-dir-doch-gesagt*-Geste an. Sie neigt ihren Kopf zu den beiden Jungs, die jetzt in der Nähe stehen.

Ich mustere Adam mit seinen gutaussehenden Stoppeln, dem weißen T-Shirt und der verblassten Jeans. Sein Ausdruck ist derselbe wie immer, reserviert. Ist er wirklich besitzergreifend bei mir? Ist das der Grund, warum er herübergekommen ist, als Jenna die beiden hergerufen hat?

Sind wir irgendwie in eine Beziehung geraten?

Was geht in seinem Kopf vor sich? Ich wusste das sonst immer. Jetzt ist alles so verwirrend.

Er lässt sich mit Audrey auf eine lebhafte Debatte über Katzen versus Hunde ein, was für sie eine nette Ablenkung ist. Sie lacht sogar.

Ich seufze. Jenna hat unrecht. Er hängt nur mit uns rum. Er schenkt mir keinerlei besondere Beachtung.

Damit muss ich in Ordnung sein.

12

Kayla

Es sind jetzt offiziell fünf Wochen, dass Adam und ich zum Schein verlobt sind. Das ist eine ganze Woche mehr als der Monat, den wir uns seiner Meinung nach treffen müssen, bevor er mir meine Jungfräulichkeit nehmen würde, aber er hat immer noch nichts unternommen, und ich bin nicht einmal völlig verzweifelt. Okay, ich bin ein wenig aufgebracht, aber ich bin auch lächerlich glücklich. Ich fürchte, ich habe das Undenkbare getan – habe locker und ernst verwechselt. Nicht, dass ich so etwas gesagt habe. Nur, wenn ich ihn sehe, fühle ich, wie ich innerlich zu strahlen beginne, noch bevor er mich berührt. Und wenn er lächelt, dieses seltene flüchtige Lächeln, zieht sich mein Herz vor Zuneigung zusammen. Er ist einfach so wundervoll, so nachdenklich und nett. Wir können über alles reden und einander zum Lachen bringen.

Vielleicht bin ich mehr als auf halbem Weg in ihn verliebt. Ich bin den ganzen Weg gegangen.

Das ist nicht gut. Ich glaube nicht, dass er genauso empfindet. Wenn doch, würde er so etwas wie *lass uns exklusiv sein* sagen oder mich bitten, seine Freundin zu sein, irgend so etwas Offizielles. Nichts.

Ich bin mir der Ironie voll bewusst, dass ich ihm gesagt

habe, ich will es locker, und jetzt empfinde ich anders. Aber das war, bevor wir so viel Zeit miteinander verbracht haben. Ich glätte mein rot-weiß gepunktetes Sommerkleid über meine Knie. Adam fährt uns zu Wyatts Haus für ein Barbecue am 4. Juli. Adam und ich müssen uns ernsthaft unterhalten. Ich habe es vor mir hergeschoben, denn wenn er meine Gefühle nicht erwidert, weiß ich einfach, dass es das Ende von uns sein wird. Er wird die Verbindung durchtrennen, oder ich werde zu niedergeschmettert sein, um zu genießen, was wir haben, und ich bin einfach noch nicht bereit, dorthin zu gehen. Bald.

Ich seufze. Wir sehen einander jeden Abend, entweder bei ihm oder bei mir in meiner Pause. Und es geht nicht nur darum, dass wir aufeinanderprallen, die Münder in brennender Leidenschaft miteinander verschmelzen. Obwohl, davon gibt es reichlich. Wir gehen gemeinsam spazieren, waren zweimal angeln, und ich bin mit ihm für das beste Eis der Welt nach Clover Park gefahren, wo wir im Pavillon im Park rumgehangen und über alles und jeden gesprochen haben.

Was habe ich getan? Ich habe unsere wunderbare Freundschaft ruiniert, weil ich ihn gebeten habe, mir zu helfen, meine Jungfräulichkeit loszuwerden. All dieses sexy Zeug hat in meinem Kopf ganz schönes Chaos angerichtet.

Ich schaue zu Adam im Profil hinüber, auf seinen Kiefer mit dem Dreitagebart und seine küssbaren Lippen, die mir jetzt so lieb sind. Tatsächlich sieht sein Kiefer angespannt aus. „Alles in Ordnung?"

Er sieht mich an. „Wyatt darf nicht wissen, dass wir rumgemacht haben."

Rumgemacht. Auf jeden Fall locker in seinem Kopf. Ich drücke den Schmerz beiseite. „Als würde ich es meinem Bruder erzählen. Es geht ihn nichts an."

Er lacht humorlos. „Ja. Belassen wir es dabei. Du musst es so aussehen lassen, als wären wir nur Freunde. Du solltest –"

„Was?"

Er wirft mir einen genervten Blick zu. „Du solltest mich nicht umarmen und so."

„Freunde können einander umarmen. Er weiß, dass ich ein sehr zugewandter Mensch bin."

„Er wird es falsch verstehen."

„Hat er etwas zu dir gesagt?", frage ich, plötzlich alarmiert. Wyatt war schon immer mein Beschützer, aber das ist peinlich. Soweit Wyatt weiß, sind Adam und ich gute Freunde, die vorgeben, verlobt zu sein. Ist das der Grund, warum Adam mich auf Distanz hält?

Er starrt mich an und sieht schuldig aus. „Nur, dass … Schau, ich wollte nichts sagen, aber als er uns bei seiner Hochzeit hat tanzen sehen, hat er angenommen, dass du dich an mich ranmachst –"

„Was!"

„Das hast du später ja auch, also hatte er nicht ganz unrecht, aber zu der Zeit hast du mich nur darum gebeten, dein falscher Verlobter zu sein …" Er spricht nicht weiter. „Das ist so verkorkst. Ich glaube, wir hätten nicht zusammen kommen sollen."

Ich bin so genervt von den Männern in meinem Leben, die versuchen zu bestimmen, was für mich in Ordnung ist und was nicht. „Also sollte ich ihm nicht sagen, dass du mich mit deinem Mund gefickt hast?"

Er zuckt zusammen. „Kayla."

„Oder dass ich dich nicht mit meinem Mund ficken darf? Du hältst mich immer von wahrer physischer Intimität zurück. Wir sind wie Freunde mit einem halben Vorzug. Das ist nicht normal!" *Und ich bin immer noch eine verdammte Jungfrau mit viel zu vielen Gefühlen, um so zu tun, als wären wir nur Freunde.*

„Nichts an dieser Freundschaft war jemals normal", erwidert er.

Ich koche innerlich, als er den Hügel hinauf zu Wyatts Haus fährt. Zu denken, ich habe echte Gefühle für diesen Mann, der mich nur als Freundin sieht. Dazu noch eine abnorme Freundschaft.

Ich steige aus dem Auto, sobald er parkt. Dann lehne ich mich zurück in die geöffnete Beifahrertür. „Mach dir keine Sorgen. Ich werde ihm nicht sagen, dass wir abnormale Freunde sind, bei denen immer nur einer von uns nackt ist."

„Sag einfach gar nichts."

Ich schließe vorsichtig die Tür, damit nicht offensichtlich ist, dass wir uns gestritten haben, und gehe in den Garten, um mich zu den anderen zu gesellen. Wyatts Haus war früher eine Farm. Das alte Farmhaus mit grauen Holzschindeln wurde komplett renoviert und um einen großen Anbau auf der Rückseite erweitert. Zusätzlich zu dem mehrere Hektar weiten flachen Land, den sanften Hügeln und Wäldern verfügt das Anwesen auch über die ungewöhnliche Zutat eines Wasserturms, der wie ein Leuchtturm aussieht. Ein landumschlossener Leuchtturm. Mein Bruder mochte die Ironie, weshalb er das Haus gekauft hat.

Adam braucht ein paar Minuten, um Tank vom Rücksitz holen. Wyatt war mit einem Hundespieltreffen von Tank, Snowball (seinem Shih Tzu) und Rexie (seinem Pitbull) einverstanden. Wyatts Hunde sind Weibchen, das sollte also interessant für Tank werden.

Ich entdecke einen kleinen grünen Baldachin mit einem Ventilator in der Ecke und Wassernäpfen für die Hunde. Wyatt ist so ein guter Hundevater. Er ist auch für mich ein Vater gewesen, seit unser Dad gestorben ist. Wyatt ist sechs Jahre älter als ich. Eines Tages wird er ein großartiger Vater für seine eigenen Kinder sein, obwohl ich weiß, dass es noch ein paar Jahre dauern wird. Sydney sagt, dass sie als Ehepaar etwas Zeit zusammen genießen möchte. Ich schwöre, diese beiden. Beziehungsziele. Wenn ich diese Art gegenseitiger Anbetung hätte, wäre ich ein Glückspilz.

Ich schaue über meine Schulter auf einen finster dreinblickenden Adam. Stattdessen habe ich einen Mann, der beim Grillen so tun will, als ob er mich kaum kennt, obwohl wir seit mehr als einem Monat jede freie Minute zusammen verbringen. Außerdem hatten wir dieses Date als falsche Verlobte und eine sehr schöne Zeit in der Woche davor bei

Wyatts Hochzeit. Es sind jetzt praktisch zwei Monate, die wir zusammen sind, und Monate zuvor als Freunde.

Warum musste ich mein Herz sich einmischen lassen?

Ehrlich, wie konnte ich das nicht? Jede Frau würde sich in Adam verlieben, nachdem sie so viel Zeit mit ihm verbracht hat wie ich. Er ist großzügig und freundlich und unbestreitbar sexy. Ich kann nicht erwarten, dass er am gleichen Punkt ankommt, an dem ich mich befinde, während wir diese Sache doch beide als locker begonnen haben. Richtig? Das ist, wie, die eine Regel.

Das ist ätzend! Ich kann nicht glauben, dass ich das geschehen lasse. Ich möchte fast in Wyatts Haus gehen und mich verstecken. Bei einer Party so tun, als würde man sich kaum kennen, fühlt sich falsch an. Und auch meine Gefühle sind verletzt und empfindlich.

Jenna nähert sich mir, ihre Arme in meine Richtung ausgebreitet. Sie trägt ein niedliches weißes Sommerkleid, das bis zur Mitte ihres Oberschenkels reicht, dazu weiße Keilsandalen. „Da bist du ja, Lady!"

Ich lächle und umarme sie.

Sie sieht über meine Schulter. „Und du hast deinen mürrischen Kerl mitgebracht."

Ich winke zu Adam, der auf jeden Fall genervt aussieht, als er auf uns zukommt, ein Sechserpack Bier in der einen Hand und Tanks Leine in der anderen. „Er ist nicht mein Kerl, glaub mir."

„Immer noch nicht?", flüstert sie.

„Wir sind nur Freunde", sage ich und ersticke fast an den Worten. Bei Jennas besorgtem Blick füge ich hinzu: „Es ist in Ordnung. Ich bin glücklich."

„Lügnerin." Sie hakt ihren Arm in meinen und führt mich zu der Gruppe. Wyatt hat die ganze Robinson-Familie eingeladen, Sydney und ihre vier Brüder – Drew, Eli, Caleb und den mürrischen Adam. Ich sehe auch unseren Briefträger, Bill, der Tamale macht (er liefert im Frühjahr und Herbst Tamale mit der Post), und seine Frau, Paula, den Ladenbesitzer

Nicholas, der wie der Weihnachtsmann aussieht, und einige Stammgäste aus der Bar.

Ich lächle und winke. „Hi, alle zusammen!"

Wyatt dreht sich zu meiner Stimme um. „Endlich. Warum kommst du so spät, Kurze?" Sein dickes braunes Haar wird allmählich mit einer widerspenstigen Welle darüber länger. Er kommt zu mir, legt einen Arm um meine Schulter, zieht mich an sich und küsst mich oben auf den Kopf. „Snowball konnte es kaum erwarten, ihren neuen Bulldoggen-Freund kennenzulernen. Ich hole sie. Sie faulenzt mit Rexie drinnen."

„Ich hol sie." Das könnte eine schöne Flucht vor dem angespannten Adam sein.

„Kein Problem."

Er geht weg und schreitet zum Haus, und mein feiger Versuch, mich zu verstecken, wird vereitelt. Es ist nur so, dass ich so wütend auf Adam bin und Raum zwischen uns bringen möchte, bevor ich mich verrate. Ich soll vorgeben, dass wir nichts miteinander zu tun haben, wie er es gefordert hat. Der Idiot.

Ich umarme Sydney und bewundere ihre gebräunte Haut. Normalerweise bräunt sie sich überhaupt nicht, aber bei ihren Flitterwochen und dem langen Wochenende, das sie gerade mit Wyatt in einem gemieteten Strandhaus in den Hamptons verbracht hat, hat sie etwas Farbe bekommen. Sydney ist tough und sagt ihre Meinung wie meine Schwester Paige. Ich denke, sie würden glänzend miteinander auskommen. Sie haben sogar beide kastanienbraune Haare, obwohl Paige die Farbe aus dem Salon hat.

Sydney senkt ihre Stimme. „Habt du und Adam euch gestritten? Er sieht stinkig aus, und du geladen."

„Es hat sich überhaupt nichts geändert. Wir sind immer noch auf gewisse Weise Freunde, und auf gewisse Weise nicht. Und aus irgendeinem Grund will er nicht, dass Wyatt weiß, dass wir überhaupt etwas sind."

Sie sieht zum Haus und hält wahrscheinlich nach Wyatt Ausschau. „Komm schon, du weißt, Wyatt passt auf dich auf.

Ich bin sicher, wenn du ehrlich ihm gegenüber wärst, hätte er nichts gegen euch beide."

Ich schürze meine Lippen. „Adam sagt, Wyatt habe ihn vor mir gewarnt. Und tatsächlich hat mir Wyatt davon abgeraten, das Spiel mit der falschen Verlobung zu spielen, damit ich nicht verletzt würde, aber wenn ich auf ihn gehört hätte, hätte ich nie diese besondere Zeit mit Adam gehabt." Meine Stimme erstickt über dem Klumpen der Emotionen, der in meinem Hals festsitzt.

Sie verengt die Augen, was bedeutet, dass sie auf Wyatt angepisst ist.

Ich packe ihren Arm. „Sag kein Wort zu Wyatt. Das ist kein Thema. Im Ernst. Adam empfindet nicht genauso für mich." Meine Augen werden heiß. „Und es ist in Ordnung für mich."

„Oh, Kayla", beginnt sie.

Ich schüttle den Kopf, denn ich will kein Mitgefühl. Ich könnte weinen, und dann würde Adam es sehen, und Wyatt würde für mich ein Riesenfass aufmachen.

Audrey erscheint an meiner Seite. Ihr langes schwarzes Haar steckt in einem unordentlichen Knoten. Ihr heutiges Outfit ist ungewöhnlich für sie. In der Regel trägt sie hübsche Blusen mit Bubikragen und taillierte Hosen, vielleicht eine lockere Tunika und Leggings für den Freizeitlook, aber heute trägt sie ein enges rotes T-Shirt und einen blauen karierten Minirock mit Flip-Flops. Sie rockt das Outfit. „Habt ihr *Marriage Fellows* gelesen?", fragt sie. Das ist unsere Buchclub-Auswahl.

„Tut mir leid, bin noch nicht dazu gekommen, aber ich schwöre, dass ich es bis zu unserem Dienstagstreffen gelesen haben werde." Ich beuge mich vor, um zu flüstern: „Nettes Outfit. Bist du bei einem deiner ersten Dates?"

Sie hat mir alle Details ihrer Dates erzählt. Dadurch weiß ich Adam nur noch mehr zu schätzen. Ein Mann hat ihr gesagt, dass es ihm aus mehreren sexuellen Gründen gefällt, wie klein sie ist, was er dann noch ausführlich erklärt hat. *Bei ihrem ersten Date.* Ich muss wohl nicht sagen, dass sie so entsetzt war, dass sie sofort gegangen ist. Ist einfach mitten beim Abendessen aufgestanden und sofort abgehauen.

Sie seufzt. „Nein, ich habe das so gemeint, was ich gesagt habe. Ich mache eine Pause bei eLoveMatch."

„Aber ich dachte, du bist entschlossen, weiterzusuchen, egal was passiert." Sie will hartnäckig eine ernsthafte Beziehung. Sie sagt, sie sei mehr als bereit für Ehe und Kinder.

„Keine Funken", sagt sie schulterzuckend. „Ehrlich gesagt, ich bin die ganze Dating-Szene leid."

„Übersetzung: kein Sex", wirft Sydney ein und drückt Audreys Arm.

„Das auch", sagt Audrey, während sie errötet.

Ich möchte Audrey versichern, dass Sex überschätzt wird, damit wir uns beide besser fühlen, aber ich weiß das nicht tatsächlich. Was Adam mit mir macht ist fantastisch – atemberaubende Orgasmen, von denen ich nie wusste, dass sie möglich sind. Ich kann auch das nicht sagen, auch wenn es nur wir Mädels sind. Ich mag es, diesen überwältigenden Teil zwischen mir und Adam zu halten. Vielleicht ist Sex nicht überbewertet, wenn man mit der richtigen Person zusammen ist. Adam und ich haben ein starkes Band, das sich in Freundschaft gebildet hat. Verdammt. Ich verpasse auf jeden Fall etwas beim Sex.

Jenna gesellt sich mit einem Glas von etwas Fruchtigem zu uns. „Die Sangria ist köstlich, Syd. Worüber reden wir hier drüben?"

„Sex", sagt Sydney.

„Ah, wer keinen bekommt und wer schon", sagt Jenna sachkundig. „Betrachtet mich als mit von der Partie." Sie zwinkert Sydney zu.

Audrey und ich tauschen einen Blick aus. Klar, wir sind die einzigen beiden, die keinen bekommen, obwohl ich glaube, ich erlebe weit mehr als Audrey. Es ist zu schade, dass sie es auf einen ahnungslosen Mann abgesehen hat. Ich schaue rüber zu Drew, der mit Caleb ein Volleyballnetz aufstellt. Okay, ich sehe den Reiz. Drew trägt ein dunkelgrünes ärmelloses Hemd, das seinen sich wölbenden Bizeps ganz nett betont, sein braunes Haar ist eher lang, und er hat einen Dreitagebart am Kiefer. Ein wenig hat er die Ausstrahlung eines harten Rebellen. Obwohl ich nicht ganz verstehe, warum gerade die Bücherwurm-Bibliothekarin Audrey es so auf ihn abgesehen hat. Wäre sie nicht glücklicher mit einem Bücherliebhaber? Drew steht auf Kampfkunst und war zuvor beim Militär. Es geht ihm um den Körper, und ihr geht es ganz um den Geist. Hmm…

Caleb, mit seinem Bürstenhaarschnitt aus hellbraunem Haar und dem sauber rasierten Gesicht, wirkt eher wie Audreys Typ. Caleb spricht fröhlich wie eh und je mit Drew, der ihn kaum mit mehr als einem Kinnzucken zur Kenntnis nimmt. Ich wette, Drew hat heute noch nicht einmal bemerkt, dass Audrey ein Outfit trägt, das ihre Kurven betont.

Ich stelle mich wieder auf meine Freundinnen ein, als Jenna über die neuesten Geschmacksrichtungen ihrer Konditorei für Eiscreme-Sandwiches mit Kuchenschichten berichtet. Sie hat Zitronenkuchen mit Vanilleeis und Passionsfrucht-Kuchen mit Kokoseis mitgebracht. Der Sommer ist die große Saison für Kuchen-Sandwiches in ihrem Laden.

Ich schaue mich um und suche nach Adam. Er hockt neben Tank unter dem Schatten des grünen Baldachins. Er geht mir aus dem Weg. Ich denke, er will sich nicht vor allen mit mir anlegen. Ich spüre, dass ein Streit bevorsteht. Ich bin einfach so aufgebracht, und er ist so, so frustrierend.

Wyatt kehrt mit Snowball und Rexie an der Leine zurück, die wie verrückt bellen und in Richtung Tank rennen.

Und diese große, hart aussehende Bulldogge sieht alarmiert aus. Er knurrt, um sie fernzuhalten. Adam übernimmt und streichelt eine Hand über seinen Kopf. „Sitz." Tank sitzt, seine großen Augen kleben immer noch an den seltsamen Hunden.

Wyatt führt seine Hunde hinüber und gibt Tank und dann Snowball und Rexie ein Leckerchen. Er beginnt ein Gespräch mit Adam, und die Hunde beschnüffeln sich gegenseitig, bilden einen lustigen, sich drehenden Kreis, während sie einander den Hintern beschnuppern.

Adams Blick trifft auf meinen und hält ihn für einen intensiven Moment fest.

Was hat das zu bedeuten? Will er, dass ich zu ihm komme? Ist er immer noch wütend? Ich weiß es nicht. Der Mann ist ein verdammtes Geheimnis. Es müssen all meine Emotionen sein, die meiner gewohnten Übersetzung von Adams Sprache im Weg stehen.

Wyatts Blick folgt Adams, und er zuckt zustimmend mit dem Kinn in meine Richtung. Sie können ihre männlichen Gespräche ohne mich führen. Mir geht's gut mit Sydney, Jenna und Audrey.

Ich tue mein Bestes, um mich auf das Gespräch zu konzentrieren, aber meine Augen wandern immer wieder zu Adam. Er hängt hauptsächlich mit Wyatt rum, die beiden reden mit einem Bier in der Hand. Adam lächelt, und ich weiß, dass er meinen Bruder wirklich mögen muss. Adam lächelt sonst nicht so oft. Außer bei mir.

Kurze Zeit später nehmen wir uns alle Mittagessen. Adam sitzt mir gegenüber an einem langen Glastisch, sein Blick ist erhitzt. Ich werde sofort rot. Mehr ist zwischen uns nicht nötig – ein heißer Blick.

Während meines Essens, das bei mir aus einem gegrillten Hühnchen-Sandwich und Salat besteht, weiche ich seinem Blick aus. Ich tue mein Bestes, um mit Audrey an meiner Seite zu reden, aber ich kann seinen Blick auf mir fühlen.

Als ich mit dem Essen fertig bin, schaue ich nach oben.

Adam deutet mit dem Kopf zum Haus, seine küssbaren Lippen biegen sich leicht nach oben. Ich lese das Signal laut und deutlich. Oh nein. Wir werden jetzt nicht rummachen. Zunächst einmal sind wir auf einer Party. Zweitens soll Wyatt aus irgendeinem bescheuerten Grund nicht über uns Bescheid wissen. Als wäre es schrecklich, dass ich Spaß mit einem Mann habe. Drittens bin ich wütend auf Adam für … Ich weiß nicht. Alles! Weil er mich körperlich nicht näherkommen lässt und jetzt so lässig tut, obwohl wir so viel Zeit miteinander verbracht haben. Ich kann nicht die Einzige mit Gefühlen bei dieser Sache sein, oder?

„Ich dachte, du bist wütend auf mich", flüstere ich Adam zu.

Das Gespräch um uns herum wird stiller, während alle die Ohren spitzen.

Er steht auf und räumt seinen Teller und sein Plastikbesteck zusammen. „Ich war nie wütend auf dich", murmelt er, bevor er zum Haus geht.

Ich mache das Gleiche und folge ihm. Ich höre Wyatt fragen: „Warum sollte Adam wütend auf sie sein?"

Sydneys Antwort ist leise, aber sie muss etwas gesagt haben, das für Wyatts Ohren vernünftig klingt, weil er mir nicht folgt.

Ich hole Adam in der Küche ein, einem hellen, modernen Raum mit weißen Schränken, einer riesigen Insel mit Granitplatte und Edelstahlgeräten. Adam sieht in seinem schwarzen T-Shirt und seiner Jeans etwas fehl am Platz aus. Ich kann fast den Werkzeuggürtel sehen, der normalerweise tief an seinen Hüften hängt. Er gehört in eine Werkstatt oder muss in Sägemehl stehen. Mein ganzes Leben lang habe ich mich zu intellektuellen Typen hingezogen gefühlt, doch nur Adam entfacht Leidenschaft in mir. Und so viel mehr.

Sein Rücken ist zu mir gewandt, als er den Abfalleimer unter dem Schrank schließt. Ich nähere mich ihm, und er öffnet ihn noch einmal für mich und schließt ihn wieder.

Er wirft mir einen Seitenblick zu. „Du warst wütend auf mich, nicht umgekehrt."

Ich halte meine Stimme leise. „Du hast gesagt, dass unsere Freundschaft abnorm ist."

„Du hast gesagt, die Art, wie wir herummachen sei nicht normal."

Audrey kommt herein. „Tolles Wetter, oder?" Ihre Stimme klingt hoch und übermäßig fröhlich. Sie muss etwas gehört haben und versucht, die unangenehme Situation zu überspielen. Sie lässt ihren Teller in den Müll fallen und nimmt sich ein Selters mit Schuss aus dem Kühlschrank.

„Sicher", sage ich zu Audrey und spiele mit. Audrey und ich sprechen sonst nicht über das Wetter.

Ich mache eine Geste, dass Adam mir in die Bibliothek im nächsten Raum folgen soll. Hier hat unsere Freundschaft begonnen. Adam hat den größten Teil hier gebaut, von den Bücherregalen bis zu den Schränken, dem Kranzprofil, Wandverkleidungen und einer Leiter, die auf Rädern rollt. Er hat sogar den Hartholzboden erneuert, einige Dielen ausgetauscht und sie nahtlos ineinander übergehen lassen. Er ist ein wahrer Künstler.

Ich trete in den Raum und hörte die Tür sich hinter mir schließen. Ein Schauer der Aufregung rast mir den Rücken hinunter. Wir sind allein. *Nein, du bist nicht hier, um mit ihm rumzumachen. Es ist Zeit für ein Gespräch. Ein ernsthaftes Gespräch.* Er muss wissen, dass ich nicht mehr Freunde mit einem halben Vorzug sein möchte. Ich möchte alles mit ihm teilen, körperlich, emotional. Ich möchte alles.

Er tritt näher, seine Augen brennen sich in meine, und mein Geist wird leer. Er drückt mich gegen die Tür, seine Finger fahren durch meine Haare und halten mich am Platz, während sein Mund Beute macht. Ein schwindelerregender Rausch der Lust macht mich ganz schummrig. Sein Mund läuft zu meinem Hals, während seine Hand mein Kleid hochschiebt. Ich sollte ihn aufhalten, aber ich bin schwach vor Lust. Begehren sammelt sich zwischen meinen Beinen, und er schiebt mein Höschen zur Seite, wobei sein Mund meinen bedeckt, während seine Finger mich innig streicheln.

Ich bin auf dem Adamtripp gefangen, die Lust stürmt durch mich, während ich auf die Erlösung zurase. Er schluckt meine leisen Schreie, seine wissenden Finger bearbeiten mich. Ich zucke, als der Orgasmus zuschlägt, und stoße unbewusst gegen seine Hand. Er führt mich bis zum letzten Funken der Lust, bis ich schlaff werde.

Ich lehne mich keuchend gegen die Tür, während er mein Kleid glättet.

Er küsst meinen Hals, seine Zähne kratzen über meinen Hals, bevor er mir ins Ohr flüstert: „Normal ist überbewertet".

Ich lache ein wenig. „Ich kann dir nicht widerstehen."

Er sieht mir in die Augen. „Mir geht's genauso."

„Es sollte wechselseitig sein. Ich bin bereit. Ich möchte, dass du es bist." *Und noch mehr. Ich will dich ganz.*

„Tust du nicht."

„Doch, will ich."

„Du denkst, du willst es, aber du willst es nicht."

Verzweiflung dämpft sofort mein Nachglühen. Er wird mich nie einlassen.

Ich stoße ihn von mir weg. „Sag mir nicht, was ich denke. Ich kenne meine Gedanken!"

Ich öffne die Tür, stürme hinaus und renne fast in Wyatt.

„Geht's dir gut, Kurze?", fragt Wyatt und blickt dann über meine Schulter zu Adam, der offensichtlich gerade allein mit mir in der Bibliothek war. „Was habt ihr beide in der Bibliothek gemacht?"

13

Adam

Mist. Das ist genau das, weswegen Wyatt mich gewarnt hat. Er hat gesagt, ich solle mich nur, wenn ich es ernst meine, auf sie einlassen. Kayla ist der Typ, der heiraten muss. Aber ich konnte nicht anders. Kayla ist mir aus dem Weg gegangen, und ich wusste, wenn ich sie allein erwischen würde, könnte ich sie daran erinnern, warum sie so viel Zeit mit mir verbringt. Ich konnte es nicht ertragen, dass sie wütend auf mich war.

„Nichts", sagt Kayla zu Wyatt, was offensichtlich nicht stimmt. Ihr Haar ist von meinen Händen zerzaust, ihr Gesicht und ihre Brust noch von ihrem Orgasmus gerötet, sogar ihre Lippen sind rot. Diese sexy Schmolllippen.

„Oh, hey, Jungs", sagt Sydney und tritt an Wyatts Seite. „Wir sind dabei, Volleyballteams aufzustellen, seid ihr dabei?"

„Nur eine Minute", sagt Wyatt und wirft Sydney einen kurzen Blick zu. „Adam wollte gerade erklären, was er mit meiner Schwester in der Bibliothek macht."

Sydney drückt ihre Lippen zusammen und kämpft ein Lächeln zurück. *Hat Kayla ihr von uns erzählt?* Das ist riskant. Sie könnte Wyatt mit Leichtigkeit alles erzählen.

„Das ist keine große Sache, Wyatt", sagt Kayla und deutet

auf die Bibliothek. „Ich habe mich nur umgesehen und seine Holzarbeiten bewundert. Es ist schon eine Weile her, seitdem ich hier drin war."

„Hast sein Holz bewundert, wie?", wirft Sydney ein. „Das habe ich schon einmal gehört."

Wyatt schießt ihr einen finsteren Blick zu.

„Da ist nichts", sage ich. „Wir sind Freunde."

Wyatt nähert sich Kayla und inspiziert ihren Hals. Er stößt einen Finger in ihre Richtung. „Warum hat sie dann einen Knutschfleck an ihrem Hals?"

Ich sehe sie an. Es ist eigentlich ein Abdruck von meinen Zähnen, aber ich glaube nicht, dass er die Klarstellung zu schätzen wüsste.

„Wir haben ein wenig geknutscht", sagt Kayla. „Glücklich jetzt? Lass uns Volleyball spielen gehen."

„Nein, ich bin nicht glücklich", sagt Wyatt. „Ich bin derjenige, der dir geholfen hat, wieder zu dir zu kommen, nachdem du am Altar sitzengelassen worden bist. Ich *wusste*, ich hätte nicht zulassen sollen, dass ihr das Spiel mit der falschen Verlobung spielt. Sowas kommt dann dabei raus." Er durchbohrt mich mit einem harten Blick. „Und ich habe dir ausdrücklich gesagt, du sollst sie in Ruhe lassen, es sei denn, du meinst es ernst. Meinst du es ernst?"

„Nein", gebe ich zu.

Kaylas Schultern sinken, während sie auf den Boden starrt. Ich wünschte sofort, ich könnte es zurücknehmen. Es ist nicht locker, aber es ist auch nicht ernst. Ich weiß nicht, was es ist, aber ich kann nicht aufhören, bei ihr zu sein. Ich kümmere mich gar nicht mehr darum, so zu tun, als wäre ich verlobt. Alles, was mir wichtig ist, ist Kayla mit ihrem strahlenden Lächeln und ihrer sonnigen Persönlichkeit. Sie ist so locker bei mir.

„Kayla", hebe ich an.

Sie hält eine Hand hoch, schiebt ihr Kinn vor. „Ja. Locker." Sie geht auf steifen Beinen hinaus, und Sydney folgt ihr.

Wyatt packt mich am Hemd. „Was hast du gemacht? Sie

ist traurig. Hast du ihr Versprechungen gemacht, als ob es ernst wäre?"

„Nein." Ich schlage seine Hand beiseite. „Es geht ihr gut. Sie war einverstanden damit, es locker zu halten."

„Muss ich dir etwa alles über Frauen beibringen? Ihr Ton war ganz falsch, und sie ist mit steifen Beinen aus dem Zimmer gegangen. Sie ist traurig, du Genie."

Ich schaue hinüber, wo Kayla gerade weggegangen ist, und wende mich ihm zu. „Schau, ich würde sie niemals verletzen."

„Das hast du bereits. Gott, ich würde dich ins Gesicht schlagen, wenn du nicht so verdammt ahnungslos wärst. Halt dich von jetzt an fern von ihr."

Er dreht sich um und geht.

Zum Teufel damit. Ich habe nichts falsch gemacht. Ich habe alles gemacht, um sicherzustellen, dass Kayla unsere gemeinsame Zeit nicht bereut. Ich habe ihr immer nur Freude bereitet. Und sie hat die Gunst erwidert, nur indem sie ihr süßes, sprudelndes Selbst war.

Ich nehme mir einen Moment Zeit, um über meinen nächsten Schritt nachzudenken, und komme draußen ins Chaos.

Der grüne Baldachin ist halb eingestürzt, das Essen vom Terrassentisch ist überall verstreut, und jeder läuft herum, um Snowball und Rexie zu jagen.

Ich gehe zum Tisch, wo Caleb und Jenna das Chaos mit Papiertüchern beseitigen. „Was ist passiert?"

„Die Hunde sind entkommen", sagt Jenna. „Sie waren alle an denselben Baldachin-Mast gebunden und haben sich für das Essen losgerissen, als niemand darauf geachtet hat."

Muss Tank gewesen sein. Er ist sehr motiviert und stark, wenn es ums Essen geht. Ich denke, jemand hat Snowball und Rexie an den gleichen Pfosten gebunden, und Tank hat vermutlich fest genug gezogen, um sie alle zu befreien.

Wyatt schreit im Wald wie ein verzweifelter Mann nach Snowball. Drew, Audrey und ein paar andere gehen auf die

Suche nach Rexie, die in einem seltsamen Zickzack-Muster über den weitläufigen Rasen läuft.

Ich schaue unter den Tisch. Da ist Tank, der mit dem Kopf auf den Pfoten daliegt und zufrieden aussieht. Neben ihm liegt ein zerkauter Plastikteller, zusammen mit verstreuten Maiskörnern. Er mag Mais nicht. „Was hast du getan?"

Er hebt seine Augenbrauen, als ob er *gibt's ein Problem?* sagen wollte. Und dann schließt er die Augen und schläft ein.

Ich kümmere mich nicht um seine Leine. Er wird nirgendwohin gehen, Ich richte mich auf. „Wie viel Essen war draußen?"

„Vor allem eine Vielzahl von Salaten", sagt Caleb und deutet auf das Chaos. „Nicht zu beliebt bei den Hunden. Ich würde sagen, es waren noch vier Hot Dogs übrig."

„Und ein paar Burger", sagt Jenna. „Sydney wollte gerade Sachen wegräumen, als sie Wyatt hineingehen sah, bemerkte, dass du und Kayla noch nicht herausgekommen wart, und hineingegangen ist, um einen Showdown zu verhindern."

Caleb grinst. „Gab es einen Showdown?"

Ich zucke mit den Achseln und schaue in die Ferne, während die Menschen brüllen und laufen und die Hunde aussehen, als ob sie Spaß bei einer Verfolgungsjagd hätten. „Er ist nicht glücklich." *Kayla auch nicht.*

„Er wird sich schon beruhigen", sagt Jenna. „Er muss sich nur daran gewöhnen, dass seine kleine Schwester …" Sie zwinkert. „Ein Sozialleben hat."

Sie hatte Sexualleben sagen wollen. Mir fällt ein, dass Kayla unsere Privatangelegenheiten mit ihren Freundinnen geteilt hat. Nicht cool. Kayla sagt immer, was ihr in den Sinn kommt, wann immer. Aber es gibt Grenzen. Ich muss mich wohl mal mit ihr unterhalten.

Ich gehe weg und hinüber zu Sydney. „Erzählt Kayla Dinge über uns?"

„Ja, aber mach dir keine Sorgen. Das ist alles vom Schwesternschaft-Code abgedeckt. Ich habe Wyatt kein Wort davon erzählt." Sie schüttelt lächelnd den Kopf, während Wyatt nach rechts ausweicht, um Snowball zu fangen, und der Hund nach links läuft und ihm geschickt aus dem Weg geht. Wyatt stolpert und kann sich kaum rechtzeitig aufrichten, bevor er ihr wieder hinterherrennt, während Snowballs Leine hinter ihr her weht.

Ich verkrampfe den Kiefer. „Das ist privat. Ich kann es nicht fassen, dass sie euch etwas erzählt hat."

„Deine Frau ist ein offenes Buch. Sei froh. Du wirst immer wissen, was sie gerade denkt."

Nur, dass ich nicht verstehe, worüber sie so wütend ist. Ich schaue zu, wie Kayla sich hinhockt und Rexie zu sich locken will, die anscheinend darüber nachdenkt, bis Drew hinter Rexie auftaucht. Wieder haut sie ab und läuft um die Seite des Hauses herum.

Sydney pfeift scharf. „Rexie, komm!" Der Hund läuft direkt auf Sydney zu, lächelt und himmelt sie bewundernd an. „Braves Mädchen", murmelt Sydney und nimmt die Leine. „Genug Spielzeit."

Sie dreht sich um und ruft: „Wyatt, ich habe Rexie! Hör auf, hinter Snowball herzulaufen. Sie denkt, du spielst."

„Ich muss sie zurückholen." Er dreht sich um. „Snowball, komm! Ich spiele nicht!" Sie kommt von der Baumgrenze hervor und läuft auf den Rasen zu.

Wyatt läuft ihr nach, hechtet nach ihrer Leine und greift sie. Snowball dreht sich um und rennt los, ihr Geschirr hat sich sofort geöffnet. Ein verschwommenes weißes Fellbündel zischt an uns vorbei und läuft zum Haus.

Wyatt rennt wie ein Wahnsinniger hinter ihr her. „Snowball, komm!"

„Hier könnte ein Elektrozaun helfen!", schreit Sydney.

Wyatt gerät kaum aus dem Tritt. „Snowball ist zu empfindlich für einen Schock!"

„Weichei", murmelt Sydney.

Snowball kommt zur Terrassentür und drückt mit der Pfote dagegen, um reinzukommen. Wyatt öffnet die Tür und schließt sie hinter ihnen, bückt sich, um zu Atem zu kommen, und zeigt Sydney den gehobenen Daumen.

„Man muss seine Hingabe für seine Lieben einfach

lieben", sagt Sydney verträumt, bevor sie sich ihm mit Rexie anschließt.

Einige Minuten später kehren sie mit den Hunden nach draußen zurück und stecken Snowball wieder in ihr Geschirr.

Wyatt befestigt einen quadratischen Plastikanhänger an Snowballs Kragen. „Ich weiß nicht, warum ich nicht vorher schon daran gedacht habe. Ein GPS-Tracker ist besser als ein Elektrozaun jeden Tag. Syd, nimm den Tracker, den ich dir gegeben habe, vom Schlüsselbund und häng ihn an Rexies Halsband. Ich werde einen neuen bestellen."

„Das ist eine großartige Idee!", ruft Kayla herüber. „Hundetracker." Und dann zieht sie den Schlüsselbund aus ihrer Handtasche, nimmt den quadratischen Tracker ab und hängt ihn an Tanks Halsband.

Meine Brust schmerzt. Sie ist so eine fürsorgliche Person, die auf meinen Hund achtet. Ich glaube nicht, dass ich jemals jemanden getroffen habe, der so fürsorglich ist wie sie.

Es wird ätzend sein, wenn sie für ihren neuen Job weggeht.

～

Sobald das Essen aufgeräumt, der Baldachin weggestellt ist und die Hunde sicher drinnen sind, fangen Sydney und Drew an, uns in Volleyballteams aufzuteilen. Sie sind beide superehrgeizig, wenn es um Spiele geht, und sie wählen die Großen aus, um einen Vorteil zu haben.

Wyatt ist bereits in Sydneys Team, und der große Mathematiklehrer Steve ist in Drews Team.

Sydney wählt mich, und Drew wählt sofort Caleb. Ich schaue zu, wie jeder aufgeteilt wird, bis nur noch Audrey und Kayla, die Kleinsten, übrig sind. Ich versuche, Sydney dazu zu bringen, sich für Kayla zu entscheiden, aber sie scheucht mich weg. Es muss für die beiden demütigend sein. Sogar der alte Kerl, Nicholas, wurde vor ihnen gewählt.

Audreys Augen sind auf Drew fixiert und versuchen, ihn dazu zu bringen, sie zu wählen. Er ist dran.

„Audrey", sagt er.

Sie macht einen kleinen Hüpfer und geht zu seinem Team. Er bedeutet ihr, nahe ans Netz nach vorne zu gehen.

Kayla wandert zu uns.

„Das soll keine Beleidigung sein", sagt Sydney. „Du bist nur so klein."

„Ich könnte gut Volleyball spielen", gibt Kayla zurück. „Das weißt du nicht."

Sydney sieht zu Wyatt, der den Kopf schüttelt. Sydney kehrt Kayla den Rücken zu und schickt mich mit einem subtilen Fingerwippen nach vorne. Sie will, dass ich Kayla decke. Mache ich gern. Ich gehe nach vorne neben sie.

Das ist auch gut so. Sie bekommt immer wieder den Ball nicht oder trifft ihn nicht hart genug, um ihn übers Netz zu bringen. Ich bin da, um ihn zu retten. Wir sind ein Team.

Wir gewinnen, und ich biete ihr ein High Five an. Sie erwidert es nicht. „Adam, ich hätte diese Volleys selbst machen können."

„Du hast nur etwas Hilfe gebraucht."

„Hab ich nicht."

Wyatt sieht mich wütend an, legt seinen Arm um ihre Schultern und führt sie weg. Im Ernst? Er hätte nicht eingreifen müssen. Es geht ihr gut.

Nur wird alles immer schlimmer. Kayla ist schnippisch mir gegenüber, und zwar den Rest der Party, und ich weiß, dass wir eine unangenehme Rückfahrt haben werden. Sie wird wahrscheinlich nicht einmal an meinem Haus vorbeifahren wollen, obwohl wir uns daran gewöhnt haben, uns am Sonntagabend einen Film mit Popcorn und Tank zusammengerollt zu unseren Füßen anzusehen. Es ist seltsam, wie schnell ich mich daran gewöhnt habe, sie in meinem Leben zu haben.

Ich merke, dass es nicht gut gehen wird, sobald sie in mein Auto steigt. Sie sieht nach hinten zu Tank. „Tank hatte viel Spaß."

„Du nicht?"

„Ohne Wyatts Einmischung wäre es besser gewesen, glaubst du nicht?"

Ich wende und fahre aus der Auffahrt, überrascht von ihrer Einschätzung. Ich dachte, sie sei wütend auf mich, während sie wütend auf ihren Bruder ist. „Ich hab ihm gesagt, er soll sich keine Sorgen machen. Wir waren uns beide einig, dass es locker ist."

„Richtig. Es bedeutet nichts. Wir machen nur rum. Die Hälfte der Vorzüge."

„Ja", sage ich langsam, auch wenn es schrecklich ist, sie sagen zu hören, dass es nichts bedeutet. Es bedeutet doch etwas, oder? „Wir sind einfach nur gerne zusammen, und manchmal überschreiten wir die Grenze, aber es ist nichts, was nicht zu jedem Zeitpunkt rückgängig gemacht werden könnte."

„Das ist doch das Wichtigste, nicht wahr?", fragt sie strahlend. „Es wurde kein dauerhafter Schaden angerichtet."

„Was ist los?"

„Gar nichts. Alles großartig."

„Es klingt aber nicht großartig."

„Ist es aber. Ich wollte locker. Du willst offensichtlich das Gleiche, also gibt es hier kein Problem."

Ich sehe sie an und bin mir unsicher, was ich sagen soll. Zustimmung scheint der einzige Weg zu sein. „Richtig."

Sie schnaubt. „Ich kann das nicht mehr."

„Was kannst du nicht mehr?"

„Es ist meine Schuld", murmelt sie. „Ich habe das aufgebracht. Ich habe was gesagt, dachte, es wäre in Ordnung, und dann wurde es seltsam, und ich bin immer noch eine verdammte Jungfrau, und nichts ist auch nur annähernd gut."

„Du willst nicht mehr rummachen, ist das das Problem? Weil das für mich okay ist. Wir können wieder Freunde sein. Das ist immer eine Option."

Sie wird still.

Es ist beunruhigend, aber ich habe keine Ahnung, was ich

sagen soll. ich bin mir nicht einmal sicher, was das Problem ist.

Ein paar Minuten später biege ich in meine Straße.

„Nein, ich möchte nach Hause", sagt sie.

Ich wende in der Sackgasse und fahre zu ihrem Haus. „Ich verstehe das Problem nicht. Wir waren uns einig, dass es locker ist. Ist es nicht mehr locker?"

„Es ist überhaupt nichts." Sie sieht zum Fenster hinaus. „Ich kann dich nicht mehr treffen, okay?"

„Nicht einmal als Freunde?"

„Wir waren nie Freunde", murmelt sie.

„Zum Teufel, und ob. Du hast darauf bestanden, meine Freundin zu sein. Wir haben monatelang gesprochen, bevor wir die Grenze überschritten haben. Denkst du, ich öffne mich einfach jedem?"

Ihr Kopf zuckt zu mir herum. „Siehst du? Du denkst auch, dass diese vermasselte Situation meine Schuld ist."

„Sie ist nicht vermasselt. Alles gut."

„Nichts ist gut, und die Tatsache, dass du das denkst, ist *genau* das Problem."

Ich bin so verwirrt. Ich parke am Horseman Inn und schaue sie an. Ich weiß nicht, wie ich das beheben soll, weil ich nicht verstehe, was sich geändert hat. Alles schien in Ordnung, und dann plötzlich ist es das nicht.

Sie beugt sich vor und küsst meine Wange. „Bye, Adam."

Mein Magen sackt mir bei ihren Worten herunter, alles in mir protestiert. Es klingt wie eine Trennung. Wie kann das sein, wenn wir nie ein Paar waren? „Kayla."

Sie schüttelt den Kopf, öffnet die Tür und rast auf der Rückseite des Restaurants zu ihrem Wohnungseingang. Ich bin versucht, ihr zu folgen, aber ich weiß nicht, was ich sagen sollte, um sie zu überzeugen, dass das zwischen uns nicht enden muss. Nicht ganz.

Tank winselt auf dem Rücksitz als wäre er traurig, dass wir gerade unsere beste Freundin verloren haben. *Bin ich auch, Kumpel.*

Adam

Ich habe Kayla seit zwei Tagen nicht gesehen, und ich vermisse sie mit einem Schmerz, der einfach nicht aufhören will. Ich vermisse ihr strahlendes Lächeln, ihre funkelnden Augen, ihr fröhliches Reden. Irgendwie sind wir beide in eine Beziehung geraten.

Okay, ich verstehe ja, dass sie frustriert ist meinetwegen. Ich habe sie vom Sex abgehalten und versucht, sie auf den Kerl warten zu lassen, den sie eines Tages treffen und heiraten wird.

Ich bin nicht auf Ehe aus. Sie hat sogar selbst gesagt, dass wir auf diese Weise nicht kompatibel sind.

Ich muss nur mit ihr reden.

Ich komme am Dienstagabend ins Horseman Inn. Ich bin mir nicht sicher, ob sie heute Abend arbeitet. Wenn nicht, werde ich es an ihrer Wohnung versuchen.

Ich grüße den Tischanweiser mit einem kurzen Nicken, scanne den vorderen Speisesaal nach ihr und gehe dann weiter zum hinteren Raum. Keine Kayla. Und dann höre ich sie lachen und sehe sie neben dem Tisch hinten stehen, wo mein Bruder Drew gerne sitzt, wenn er sich ein Spiel ansieht.

Ich stelle mich anders hin, um seinen Ausdruck zu sehen. Er lächelt sie tatsächlich an. Wut rauscht durch mich. Ich bin wütend, weil Drew weiß, dass Kayla *meine* Freundin ist, und ich bin wütend auf Kayla, weil das mein Bruder ist. Ist sie so frustriert meinetwegen, dass sie ihm einen Vorschlag macht? Sie hat gesagt, dass sie es großartig findet, wie er auf Sydney aufpasst und dass er regelmäßig nach dem Restaurant sieht. Ich hasse es, eifersüchtig zu sein.

Sie zieht ihr Handy heraus und tippt darauf, während sie ihm aufmerksam zuhört. Sie speichert seine Nummer.

Ich trete einen Schritt vor, bereit zu intervenieren, und dann erinnere ich mich, dass sie mir nicht gehört. Sie hat mir Auf Wiedersehen gesagt. Sie hat gesagt, sie könne das mit mir nicht mehr tun, *was immer es sei.*

Ich ertrage es nicht zuzusehen. Ich drehe mich um und verlasse mit schnellem Schritt das Restaurant. Ich weiß nicht, was ich gedacht habe, dass passieren würde. Ich hatte keine Rede vorbereitet. Ich wollte sie nur sehen.

Jetzt habe ich magenverbrennende, brustschmerzende, schreckliche Gefühle davon.

Perfekt.

Den Rest der Woche durchlebe ich wie im Nebel, gehe jedes Gespräch mit Kayla durch: bei mir, am See, in Clover Park und in der Umgebung von Summerdale. Ich versuche herauszufinden, wo es schiefgelaufen ist. Sie hat gesagt, sie wolle, dass ich ihr die Jungfräulichkeit nehme. Ich habe gesagt, lass uns einen Monat warten.

Jetzt ist es mehr als ein Monat her, und sie ist wütend.

Okay, sie ist frustriert, aber jetzt will sie mich nicht mehr sehen, also wie erwartet sie von mir, dass ich ihr helfe, wenn wir uns nicht sehen? Wie ergibt das einen Sinn?

Sie hat gesagt, sie wolle nicht, dass ich sie als die Art Frau sehe, die man heiraten muss. Sie hat mir sogar alle Gründe aufgezählt, warum wir nicht kompatibel sind. Was hat sie nochmal gesagt? So etwas wie: *Ich bin sehr gesprächig, und du bevorzugst Ruhe. Ich mag charaktergebundene Dramen; du magst langweiligen Baseball. Ich liebe es zu tanzen und habe Spaß auf Partys; Du bearbeitest gerne dein Holz. Wir haben außer unseren Geschwistern nichts gemeinsam.*

Diese Dinge stimmen immer noch, denke ich. Aber einige Punkte gehören auch zusammen. Ich höre ihr gerne zu. Sicher, wir sehen uns nicht gerne die gleichen Shows an, aber ich mag es, dass sie sich an meine Seite lehnt, wenn wir fernsehen, egal was läuft. Und es macht mir nichts aus, Dinge zu tun, die ihr Spaß machen, weil ich will, dass sie glücklich ist. Und sie bewundert meine Zimmermannsarbeit. Ich bin sicher, dass ich ihre Biostatistikarbeit mit ihren Zahlenmustern bewundern könnte. Oder zumindest würde ich es zu schätzen wissen, weil es das ist, was sie gut kann.

Ich denke an Amelia zurück. Ich habe sie nur ein paarmal auf meinen Spaziergängen mit Kayla und Tank am See gesehen und nichts gespürt. Was hatten wir früher gemeinsam? Warum habe ich gedacht, dass wir als Ehepaar funktionieren würden? Der Sex war explosiv, vor allem nach einem Streit. Amelia hat mich immer genervt, dass ich nicht genug rede, und mich ständig gefragt, was ich denke, so als ob mein Schweigen etwas gegen sie andeutete. Sie wollte immer die Gewissheit haben, dass ich sie liebe. Obwohl ich gedacht habe, es ihr damit zu zeigen, dass ich sie bitte, bei mir einzuziehen. Jetzt, da ich daran zurückdenke, hatten wir nicht viel gemeinsam. Sie mag Reisen, neue Erlebnisse und die ganze Zeit neue Leute kennenzulernen. Ich mag ein ruhiges Leben in einer Stadt, die alles hat, was ich jemals wollte – Gemeinschaft, Familie, Natur.

Ich mache mir etwas zu Abend in der Mikrowelle warm und esse es, wobei ich das Hühnchen Parmigiana und die Nudeln kaum schmecke. Ist es wirklich wichtig, wie viel wir gemeinsam haben? Ist es nicht wichtiger, dass wir kompatibel sind? Kayla und ich ergänzen uns. Sie akzeptiert, wie ich bin, und ich liebe ihre Art.

Ich schlucke, die Gabel hält inne. Ich liebe sie.

Ich springe von meinem Sitz und erschrecke Tank damit so sehr, dass er knurrt.

Wie habe ich es vorher nicht sehen können? Ich liebe es, mit ihr zusammen zu sein, liebe es, mit ihr zu sprechen, liebe es, ihr Lust zu bereiten. So sehr, dass ich keine Gegenleistung will. Es ist eine Beleidigung für sie. Das ist das Problem. Sie will zurückgeben, und ich stoße sie jedes Mal weg. Es ist nicht nur körperlich. Es geht weit darüber hinaus. Es geht um wahre Intimität zwischen zwei Menschen, die weit mehr als Freunde sind.

Ich muss es ihr sagen. Es ist Freitagabend. Sie arbeitet jeden Freitag- und Samstagabend. Ich gehe zum Horseman Inn, warte auf ihre Pause und gehe mit ihr nach oben, um

reinen Tisch zu machen. Wir müssen uns nicht Lebewohl
sagen.

Ich komme in Rekordzeit zum Restaurant, mein Atem ist
flach, weil die Dringlichkeit mich antreibt. Ich hatte keine
Zeit, mir eine Rede einfallen zu lassen, aber ich werde einfach
meine Meinung vortragen, warum wir kompatibel sind und
was das bedeutet.

Ich platze innerlich, während ich nach ihr suche. Ich sehe
sie nicht im vorderen Raum. Ich gehe in den hinteren Teil des
Restaurants und schaue schnell hin und her. Immer noch
keine Kayla. Ich bin dabei, ihre Wohnung auszuprobieren, als
Sydney ein Kundengespräch beendet und zu mir herüber-
kommt. „Hey, Adam, geht's dir gut? Du siehst aus, als ob du
hierher gejagt worden wärst, irgendwie panisch."

„Wo ist sie?"

Sie gibt nicht vor, nicht zu wissen, wen ich meine.
„Sprecht ihr nicht? Sie ist in Indiana. Das Unternehmen hat
sie bei dem Telefoninterview so sehr gemocht, dass sie sie für
ein zweites Bewerbungsgespräch haben einfliegen lassen."

„Indiana", wiederhole ich. Das ist weit. Ich müsste fliegen,
um schnell zu ihr zu kommen, und das Eilticket wird teuer
werden. Ich werde es bezahlen. Es ist mir egal. Aber was,
wenn ich dorthin fliege, während sie hierher zurückfliegt?
„Wann kommt sie zurück?"

„Ihr verbringt also keine Zeit mehr miteinander?"

„Sag es mir einfach!"

„Okay, beruhige dich. Himmel, so habe ich dich ja noch
nie gesehen. Atme einmal durch, okay? Sie bleibt eine Woche.
Sie hatte heute ein ganztägiges Bewerbungsgespräch, das
wirklich gut gelaufen ist, und sie bleibt, um sich die Gegend
anzusehen und ihre College-Mitbewohnerin zu besuchen."

Adrenalin setzt ein. Sie wird ein Stellenangebot weit von
hier bekommen. Ich wusste, dass die Möglichkeit besteht, das
war ja der einzige Grund, warum ich überhaupt mitgemacht
habe, und jetzt, da sie tatsächlich hier ist, kann ich es nicht
ertragen. „Okay, wo genau in Indiana? Ich brauche die
Adresse ihrer Freundin."

„Ich habe wirklich das Gefühl, dass du mit Kayla darüber sprechen musst."

Ich nehme ihren Arm, meine Stimme ist leise. „Ich verliere sie. Ich darf sie nicht verlieren, Syd."

Ihre Augen werden größer. „Oh, wow, du hast dich in sie verliebt, stimmt's? Ich freue mich ja so —"

„Adresse", sage ich durch meine Zähne.

Sie holt ihr Telefon heraus und ruft einen Hotelnamen auf. „Sie hat eine schöne Suite, alles vom großen Pharmakonzern bezahlt."

Ich mache mir ein Bild von der Info und breche auf.

„Ich zähle auf dich, Kumpel!", ruft sie mir nach. Hinter mir ist ein Murmeln neugieriger Stimmen zu hören.

Ich habe keine Zeit zu verschwenden. Ich darf sie nicht für immer verlieren.

14

Kayla

Ich beende meine lange luxuriöse Dusche im Marmorbad meines Deluxe-Hotelzimmers und seufze. Das ist ein Leben. So weit weg von der winzigen Duschkabine mit minimalem Wasserdruck in meinem Apartment. Noon Pharmaceuticals hat dafür gezahlt, dass ich in diesem wunderschönen Zimmer mit Blick auf die Innenstadt von Indianapolis übernachte. Das Badezimmer verfügt über eine Badewanne und eine geschlossene Dusche, kostenlose luxuriöse Badewannen- und Kosmetikprodukte, flauschige weiße Handtücher und beheizte Handtuchhalter. Wirklich ein prächtiger Raum. Bei meinem gestrigen Bewerbungsgespräch lief es wirklich gut. Den ganzen Tag habe ich mit vielen verschiedenen Leuten zusammen verbracht, bis hin zum VP für Forschung und Entwicklung. Ich denke, sie werden mir ein Angebot machen. Sie meinten, sie werden sich am Montag bei mir melden.

Ich patsche ins Hauptzimmer, das ebenfalls geräumig und schön ist. Es gibt ein Kingsize-Bett mit einer dicken weißen Daunendecke sowie einen Sitzbereich mit einem Sofa und einem Schreibtisch. Brunch sollte in einer halben Stunde vom Zimmerservice gebracht werden. Nichts ist besser als eine belgische Waffel zum Start in den Tag. Ich treffe mich heute Abend mit meiner Freundin Livvie zum Essen und zu Drinks.

Sie ist jetzt eine Mutter mit einem Kleinkind zu Hause, und könnte dafür sterben, nur einen Abend für sich zu haben. Sie hat direkt nach dem College den Mann geheiratet, den sie am ersten Tag auf dem Campus kennengelernt hat. Sie sagt, es war wie ein Blitzschlag mit Justin. Sie wussten es sofort.

Ich wünschte, die Dinge wären so klar für mich. Ich scheine in Beziehungen zu stolpern, weiß nie, wo ich stehe, habe Angst zu fragen und zu wirken, als würde ich den Kerl unter Druck setzen. Vielleicht ist er für mich einfach noch nicht passiert – dieser Blitzschlag. Obwohl es bei Adam von Anfang an etwas Besonderes gab, seit ich ihn im letzten Januar zum ersten Mal zu Gesicht bekommen habe. Er kam bei Wyatt vorbei, um zu helfen, einen umgestürzten Baum zu entfernen, und ich konnte nicht aufhören, ihn anzustarren. Ich war damals noch nicht bereit, mich auf einen Mann einzulassen, aber ich konnte nicht widerstehen, ihn in der folgenden Woche zu besuchen, als er mit seiner Schreinerarbeit für Wyatt begann. Wir waren Freunde, denn das war alles, womit ich umgehen konnte, und es schien, als ob das auch alles war, was er brauchte. Und dann änderte sich das. Ich habe es verändert, und jetzt ist es ruiniert. Wir sind nicht einmal mehr Freunde.

Meine Augen werden feucht, und ich schüttle den Kopf über mich selbst. Ich habe genug über ihn geweint. Ich bin diejenige mit dem Problem. Ich habe die Regeln geändert, er wollte nichts Ernstes, und ich kann nicht erwarten, dass er auf magische Weise dort ankommt, wo ich schon bin.

Ich schniefe und ziehe mir ein sommerliches rosafarbenes Oberteil mit weißen Shorts und Sandalen an. Nach meiner belgischen Waffel mit Schlagsahne habe ich vor, die Innenstadt zu erkunden.

Ich kehre ins Badezimmer zurück, wische den Spiegel ab, damit ich mich sehen kann, obwohl er beschlagen ist, und trage vorsichtig Make-up auf. Auch wenn ich mich innerlich elend fühle, möchte ich nach außen hin gefasst wirken. Ich habe Livvie seit ein paar Jahren nicht mehr gesehen, und sie soll denken, dass ich mich im Griff habe. Das habe ich, größtenteils. Ich bin auf dem Weg, endlich nach Jahren der Ausbildung eine Karriere zu beginnen. Das ist eine große Sache. Ich will nicht, dass sie mich ansieht und denkt, *Was ist denn bloß los?*

Ich wandere in den Raum, öffne die Vorhänge und nehme all die hohen Gebäude in mich auf. So anders als die Seegemeinschaft, die ich zu lieben gelernt habe. Irgendwo muss es hier einen See geben. Ich würde es vermissen, einen See zu haben.

Das Hoteltelefon am Nachttisch klingelt und erschreckt mich. Ich frage mich, ob es ein Problem mit meinem Zimmerservice gibt. Verdammt, ich habe mich wirklich auf eine belgische Waffel gefreut.

Ich nehme den Hörer ab. „Hallo?"

„Hallo, Ms. Winters. Sie haben einen Besucher. Adam Robinson. Soll ich ihn hochschicken?"

Meine Hand fliegt zu meinem Mund. Adam? Hier? Woher wusste er überhaupt, wo ich bin?

„Ma'am?"

„Ja. Schicken Sie ihn hoch, bitte."

Ich danke ihm und hänge auf, mein Herz rast. Ich schaue mich in Panik um und mache schnell das Bett, hänge mein Badetuch auf und richte meine Toilettenartikel. Was mache ich denn da? Als wenn es Adam kümmert, ob mein Hotelzimmer ordentlich ist. Ich kann nicht fassen, dass er hier ist! Sydney muss ihm gesagt haben, wo ich bin.

Ich wringe meine Hände zusammen. Was heißt das?

Ich gehe im Raum auf und ab und öffne dann die Tür, halte Ausschau nach ihm, bin zu aufgedreht, um zu warten. Der Aufzug dingt, und er tritt heraus, sein Kiefer ist verkrampft. Er hat eine Reisetasche über einer Schulter.

„Adam."

Er marschiert auf mich zu, sein Ausdruck ist ernst. „Wir müssen reden."

„Ich kann nicht glauben, dass du hier bist."

„Ich habe heute Morgen den ersten Flug genommen. Sydney hat mir gesagt, wo du bist."

Ich trete zurück, um ihn hereinzulassen. „Bitte nimm Platz." Ich deute auf das Sofa, das klein ist, höchstens ein Zweisitzer.

Er lässt seine Reisetasche an der Tür und geht auf das Sofa zu, wo er sich fallen lässt.

Ich schließe mich ihm auf dem Sofa an. „Geht's dir gut?"

Er beugt sich vor und stützt seine Ellbogen auf die Knie. „Nein, geht es nicht. Mir geht es nicht gut, seit du dich vor sechs Tagen verabschiedet hast." Er wirft mir einen harten Blick zu. „Sechs Tage, Kayla."

Meine Lippen teilen sich überrascht. Er muss mich vermisst haben.

Er richtet sich auf und sieht mir aufmerksam in die Augen. „Ich will nur, dass du mich hörst, lass mich dir meine Seite schildern, und dann entscheidest du, was du tun willst."

Ein kleiner Hoffnungsstrahl erwärmt mich. „Okay."

„Erstens sind wir sehr kompatibel. Ich weiß, dass du gesagt hast, wir seien es nicht, weil du gerne redest und ich zuhöre, aber das ergänzt sich doch! Und nicht nur das, es spielt keine Rolle, ob wir die gleichen TV-Shows sehen, solange wir zusammensitzen. Mehr brauche ich nicht. Nur, deine Hand zu halten oder zu spüren, wie du dich gegen meine Seite lehnst. Und ich werde so viele Partys besuchen, wie du möchtest. Ich werde sogar mit dir tanzen. Ich möchte nur dein Glück."

Meine Kehle zieht sich zusammen, und ich atme tief ein, um sie zu lockern. „Das klingt, als ob –"

„Ich bin noch nicht fertig. Wir sind auch physisch kompatibel. Ich habe noch nie eine andere Frau so sehr gewollt, wie ich dich will, und ich habe dich zurückgehalten, weil ich überzeugt war, dass du es bereuen würdest, weil ich nicht derjenige wäre, der bei dir bleibt, aber die Sache ist, Kayla, ich möchte bleiben. Ich wollte noch nie etwas mehr. Also, wenn es immer noch in Ordnung ist für dich, möchte ich dein Erster sein."

Reines Glück blubbert in mir auf. „Oh, Adam, ich —"

„Und dein letzter. Was ich sage ist, wir sollten heiraten."

Ich starre ihn schockiert an. „Wir sollten heiraten? Warum?"

„Weil wir in jeder Hinsicht kompatibel sind, und ich möchte, dass du diese Sicherheit hast. Dein erster, dein letzter."

Wegen Sex. Nicht eine Erwähnung von Liebe. Er versucht immer noch, mich auf seine irrige Weise zu beschützen. Er behauptet zu wissen, was für mich am besten ist. Wir *sollten* heiraten.

Ich schüttle den Kopf.

„Was heißt nein? Du willst mich nicht heiraten?"

Ich stehe auf. „Es ist einfach nicht richtig. Es tut mir leid. Ich denke, du solltest gehen."

Er bewegt sich nicht, seine Augenbrauen ziehen sich zusammen.

Muss ich es aussprechen? Du liebst mich nicht. Das ist der einzige Grund, warum ich erwägen würde zu heiraten. Ein Klopfen an der Tür rettet mich davor, die grässliche Wahrheit auszusprechen.

„Wer ist das?", fragt er.

„Ich nehme an, der Zimmerservice", sage ich.

Er geht, um die Tür zu öffnen, und ich folge ihm. Vor der Tür steht ein lächelnder Mann mittleren Alters in der kastanienbraunen Uniform des Hotels. „Hallo, Zimmerservice."

Adam lässt ihn ein, und der Kellner richtet für mich einen Brunch auf dem Schreibtisch her.

Ich unterschreibe die Rechnung auf das Zimmer. „Danke! Haben Sie einen schönen Tag."

„Sie auch, Ma'am."

Die Tür schließt sich hinter ihm.

Adam tritt näher. „Bist du mit jemand anderem zusammen gewesen? Möchtest du mich deshalb nicht mehr? Ist es zu spät, dein erster zu sein?"

Ich trete wie betäubt einen Schritt zurück. „Es waren sechs Tage!"

„Ich weiß nicht. Ich habe dich im Restaurant mit Drew sprechen gesehen."

„Und? Ich spreche ständig mit ihm. Auch mit anderen Leuten. Wenn du es noch nicht bemerkt hast, kann ich gut mit Menschen umgehen."

„Er hat dich angelächelt."

Ich werfe meine Hände hoch. „Die Leute lächeln! Das bedeutet nicht, dass man Sex hat!"

„Worüber habt ihr beide geredet?"

Ich stütze meine Hände in die Hüften und werfe ihm meinen besten wütenden Blick zu. „Wenn du es wissen musst, er hat mich zu einem kostenlosen Schnupperkarate-Kurs für erwachsene Anfänger eingeladen, zu dem ich am Mittwochabend gegangen bin. Es hat mir gefallen, einen Boxsack zu schlagen und Verteidigungsmanöver zu lernen, mit denen man einen viel größeren Körper zu Fall bringen kann." Ich betrachte seine überragende Größe. „Ich könnte dich wahrscheinlich mit dem, was ich jetzt weiß, zu Boden bringen."

Seine Lippen zucken. „Du könntest es versuchen."

„Freut mich, dass es dich amüsiert, Adam. Mich nämlich nicht. Du bist den ganzen Weg hergeflogen, um mir zu sagen, dass wir heiraten sollten, weil wir kompatibel sind. Ich bin da anderer Meinung. Ich bin kompatibel mit vielen Menschen, die ich nicht heiraten werde. Ich bin kompatibel mit dem VP Forschung von Noon Pharmaceuticals, werde ihn aber nicht heiraten. Ich bin kompatibel mit dem Forschungsassistenten, dem ich gestern gefolgt bin, werde ihn aber nicht heiraten. Ich bin mit Audrey kompatibel, werde sie aber nicht heiraten."

„Ich habe so das Gefühl, dass das Wort kompatibel das Problem ist."

Ich drehe mich um und gehe zu meinem Brunch. „Ich werde jetzt etwas essen. Ich habe großen Hunger."

„Okay. Ich werde warten."

„Nein, du solltest gehen."

„Ich gehe nirgendwohin."

Ich verkneife mir, was ich sagen will, nämlich *ahnungsloser Mann!* Wie können wir an zwei so unterschiedlichen Orten sein?

Ich nehme ein paar Bisse von der Waffel und dann drehe ich mich dorthin um, wo er steht und aus dem Fenster blickst. „Möchtest du einen Bissen?"

„Nein, danke."

Ich esse weiter, aber ich genieße es überhaupt nicht. Ich brauche einfach meine Kraft, um mit Adam umzugehen. Ich gebe endlich zu, dass ich tiefe Gefühle habe, und wenn er sie nicht erwidert, dann müssen wir uns für immer verabschieden.

„Sie haben dich in einem schönen Hotel untergebracht", sagt er. „Sie müssen dich wirklich an Bord haben wollen."

„Ich werde am Montag von ihnen hören. Es ist ein guter Job mit langfristigem Wachstumspotenzial. Sie haben alle möglichen interessanten Möglichkeiten, wie ich weiterkommen könnte."

„Hattest du noch andere Stellenangebote?"

„Das wäre das erste. Obwohl ich auch bei anderen Termine für zweite Bewerbungsgespräche habe."

„Irgendeins in der Nähe von zu Hause?"

„Nah genug, um zu Besuch zu kommen. New Jersey, Boston, Manhattan, nichts, wohin man gut pendeln könnte."

Er nickt und verschränkt die Arme.

Ich bin es leid zu hoffen, dass er etwas Tiefes sagen wird. Er sagt, er habe mich vermisst, aber das ist alles. Vielleicht vermisst er einfach unsere Freunde-mit-einem-halben-Vorzug-Beziehung. Ich beende das Frühstück und bedecke den Teller mit dem silbernen gewölbten Deckel. Dann trinke ich mein Wasser und drehe meinen Drehstuhl zu ihm.

Die Worte bleiben in meinem Hals stecken. Ich atme tief ein und platze heraus: „Ich kann nicht mehr mit einem halben Vorzug mit dir befreundet sein."

Er tritt näher. „Ich sage doch, wir können Freunde mit vollem Vorzug sein, und ich denke, wir sollten auch heiraten."

Ich atme tief ein. „Ich glaube nicht, dass wir nur deswegen heiraten sollten. Du bist nicht verantwortlich für das, was ich vorher gedacht habe – Sex nur mit meinem

Mann. Ich habe es mir anders überlegt. Das ist nicht mehr das, was ich will."

Er setzt sich auf den Schreibtischrand neben mir, seine Stimme ist wütend. „Ich will nicht, dass du mit anderen Sex hast."

Ich schließe die Augen, es tut weh, dass ich keine Verbindung bekomme zu dem Mann, in den ich verliebt bin. „Ich fürchte, Sex ist zu dieser riesigen Sache zwischen uns geworden, ihn zu haben, ihn nicht zu haben." Ich öffne die Augen. „Sex ist nicht das Problem."

„Dann sag mir, was es ist."

Meine Unterlippe zittert, Tränen treten in meine Augen. „Das Problem ist, dass ich tiefe Gefühle für dich habe, und du empfindest nichts als Verpflichtung mir gegenüber und was du denkst, dass ich brauche, während alles, was ich will, ist, dir nahe zu sein. Und ich meine nicht körperlich nah, okay?"

Er zieht mich aus meinem Stuhl und legt seine Arme um mich. „Du bist mir nahe."

Ich drücke meine Wange gegen seine Brust und lausche dem soliden Schlagen seines Herzens. „Es fühlt sich aber nicht so an. Es fühlt sich an, als ob du mich in jeder Hinsicht auf Distanz hältst." Ich hebe den Kopf. „Es ist meine Schuld. Ich habe die Regeln geändert. Ich kann nicht anders. Jede Frau, die auch nur etwas Zeit mit dir verbringt, würde sich in dich verlieben."

Er hebt mein Kinn. „Süße Frau. Was ich in meiner unbeholfenen Art und Weise vorhin zu sagen versucht habe, war, dass ich jetzt voll und ganz dabei bin. Ich liebe dich."

Meine Unterlippe zittert. „Wirklich?"

Er reibt mit seinem Daumen über meine Unterlippe. „Ja, wirklich. Meinst du, ich würde das L-Wort bei jeder X-beliebigen herausplatzen?"

Ich küsse ihn, Tränen treten erneut in meine Augen. Ich wische sie beiseite. „Statistisch gesehen wirst du mich wahrscheinlich nicht verlieren. Ich liebe dich so sehr."

„Kayla." Er hält mich fest, als wolle er mich nie gehen lassen.

„Das ist das erste Mal, dass du mich von dir aus umarmt hast. Sonst bin ich immer diejenige, die dich umarmt."

„Ich war vorher ein Idiot, der versucht hat, dich auf Distanz zu halten." Er umfasst mein Gesicht mit beiden Händen. „Und dann warst du auf Distanz, und ich konnte den Gedanken nicht ertragen, dich zu verlieren."

Ich bedecke sein wunderschönes Gesicht mit Küssen. „Das wirst du nicht. Und ich werde dich heiraten. Dein erster Antrag zählt."

„Nein, tut er nicht. Ich habe das alles falsch gemacht mit dem Kompatibilitätskram. Wie wäre es, wenn du zu mir ziehst, und wir von dort aus neu anfangen?"

„Mit vollen Vorzügen?"

Er schenkt mir ein langsames sexy Lächeln. „Wir können sofort mit den vollen Vorzügen beginnen."

„Dann musst du dich ausziehen."

15

Ich schließe die Vorhänge, damit nicht ganz Indianapolis die Show bekommt, die ich bekommen werde. „Schön langsam", sage ich und setze mich aufs Sofa. „Mach es wie eine Stripper-Routine."

Er schmunzelt, zieht sein T-Shirt aus und wirbelt es über seinen Kopf. „Das funktioniert besser, als ich mir vorgestellt habe."

„Woo! Zieh alles aus!"

Er wirft mir das Hemd zu.

Ich fange es und atme es ein. „Das habe ich vermisst. Du riechst immer so gut. Sauber und holzig." Ich grinse. „Erinnerst du dich, was du mir über Verführung und Strippen gesagt hast?"

Er hebt einen Mundwinkel. „Wenn du dich ausziehst, ist er an Bord. Wenn er sich zuerst auszieht, lauf!"

Ich nicke. „Du hast dich zuerst ausgezogen, und ich werde auf gar keinen Fall davonlaufen. Ich bin an Bord."

„Ich auch." Er tritt seine Schuhe und Socken aus und legt seine Finger auf den Knopf seiner Jeans, seine Augen sind auf meine gerichtet. „Hast du jemals einen Mann nackt gesehen?"

„Nicht im wirklichen Leben", gebe ich zu.

„Komm her."

Ich gehe zu ihm, und er zieht mich zu sich, seine Lippen

treffen auf meine. Er nimmt meine Hand, zieht sie über seine Länge und lässt mich ihn durch die Jeans fühlen. Eine beeindruckende Beule. Ein Hauch von Panik durchzieht mich. Wie wird das passen?

Ich unterbreche den Kuss und starre ihn an. „Zeig ihn mir."

Er stöhnt. „Vermutlich hätte ich dich nicht küssen sollen. Das wäre einfacher gewesen." Er öffnet den Knopf und zieht vorsichtig seine Jeans von seiner riesigen Erektion.

Ich zögere nicht, den Bund seiner schwarzen Boxershorts zu greifen und sie zusammen mit der Jeans nach unten zu schieben. Sein Schwanz ragt auf, dick und angeschwollen. Ich streichele ihn zaghaft mit einem Finger.

Er stöhnt und tritt zurück, zieht seine Jeans und Unterhose komplett aus.

Ich beiße mir auf die Unterlippe. „Was magst du?"

„Berühre mich einfach. Ich mag alles, was du tust, weil du es bist."

Beruhigt trete ich näher, streife meine Handflächen über seine erhitzte Brust, über definierte Bauchmuskeln und dann nach unten, der Spur folgend zurück zu seinem Schwanz. Ich streiche mit den Fingern darüber, darunter, um ihn herum und lerne, wie er sich anfühlt, wie er mich kennengelernt hat. Ich schaue zu ihm auf, um zu sehen, wie er es mag.

Sein Ausdruck ist angespannt, sein Atem kommt angestrengter. Seine Augen sind halb geschlossen, als er meine Hand nimmt und sie führt, um ihn zu umkreisen und auf und ab zu streichen. Ich beobachte ihn genau. Das gefällt ihm auf jeden Fall.

„Ich möchte dich so schmecken, wie du mich schmeckst", flüstere ich und gehe vor ihm auf die Knie.

Er greift meine Haare. „Kayla."

Ich laufe mit der Zunge über seine Länge, dann umkreise ich die Spitze. Salzig. Und dann nehme ich ihn ganz in meinen Mund und bewege mich so, wie er es mit meiner Hand mochte. Seine Finger verkrallen sich in meinen Haaren, und ich schaue ihn an. Sein Kopf ist nach hinten gekippt, sein Kiefer verkrampft.

Ich lasse ihn los. „Tue ich dir weh?"

Er packt mich und zieht mich auf die Füße. „Es fühlt sich zu gut an."

Ich lächle breit, begeistert, dass ich schon so gut darin bin. „Nichts ist zu gut."

„Ich will dich."

„Du hast –" Sein Mund bringt mich zum Schweigen mit einem gierigen Kuss, hart und fordernd, so anders als seine üblichen zarten Küsse. Erregend. Meine Finger straffen sich auf seinen Schultern, und meine Welt kippt, während seine Zunge in meinen Mund sticht, seine Hände überall an mir, sie streicheln meinen Rücken, meinen Hintern, meine Seiten hoch und umfassen meine Brüste.

Ich unterbreche den Kuss, um mein Oberteil auszuziehen, aber er ist schneller. Er zieht mich zwischen dringenden Küssen aus und hält nur lange genug inne, um meine freiliegende Haut zu streicheln, bevor er sich an das nächste Kleidungsstück macht. Ich stehe unter Feuer. Schließlich sind wir beide nackt, und ich werfe meine Arme um seinen Hals und küsse ihn leidenschaftlich.

Er schiebt mich rückwärts, und meine Kniekehle stößt gegen die Matratze. Wir ringen um Luft, wir beide atmen heftig. Er zieht die Decke ab.

Seine Stimme ist heiser. „Leg dich hin und spreize deine Beine für mich."

Ich krieche zur Mitte des Bettes und höre sein gedämpftes Stöhnen. Ich lächele ihn über meine Schulter an. Seine Augen sind erhitzt und nehmen mich aus diesem Blickwinkel auf. „Ich gehöre ganz dir, Adam. So, wie ich es immer sein wollte."

„Was tust du mit mir", murmelt er, bevor er seine Jeans vom Boden hebt. Er holt ein Kondom aus seiner Brieftasche.

Das hatte ich vergessen. Ich habe keine. Ich liege in der Mitte des Bettes und spreize meine Beine für ihn.

Einen Moment später bedeckt er mich und küsst mich

zärtlich. Er hebt den Kopf und schiebt mir die Haare aus dem Gesicht. „Ich mache langsam für dich."

„Das waren Wochen und Wochen der Langsamkeit. Ich brauche das nicht mehr. Küss mich, wie du es zuvor getan hast, als ob du mich verzweifelt haben willst."

„Ich will dich verzweifelt."

Ich packe seinen Hintern und ziehe. Es nützt nichts; Er ist stark und stabil. Er schiebt sich nahe, aber nicht dorthin, wo ich ihn will. Doch dann lenkt er mich ab, sein Mund erneut gierig und fordernd. Ein Kuss nach dem anderen, heiß und nass und tief. Es gibt nichts als seine Hitze, seinen Geschmack, das Gewicht, das mich bedeckt. Und dann läuft sein Mund an meinem Kiefer entlang, die Länge meines Halses, seine Zähne kratzen an mir. Ein heißer Schauer durchfährt mich.

Er senkt sich, nimmt sich noch einmal Zeit, seine Hand umfasst meine Brust und hebt sie an seinen Mund. Ich keuche, als er daran saugt, kräftige Züge, die mich zum Pochen bringen. Ich schiebe meine Finger durch seine Haare, halte ihn an mich, brauche mehr und sehne mich gleichzeitig schmerzhaft danach, gefüllt zu werden.

Er geht zur anderen Brust über, saugt fest daran, während seine Hand nach unten rutscht, um zwischen meine Beine zu tauchen. Mein Atem zittert, das Pochen ist fast unerträglich. Ich habe so lange darauf gewartet.

Er küsst sich meinen Körper hinunter und lässt Küsse auf meinen Bauch, die Innenseite meines Oberschenkels, bis zu meinen Zehen regnen.

„Adam." Ich greife nach ihm, brauche ihn wieder auf mir, will, dass er mit mir zusammen kommt.

Er kriecht wieder an mir hoch. „Noch nicht." Er streicht mit seinen Lippen über meine. „Dreh dich für mich herum."

„Warum?"

„Für mehr Erkundungen." Er dreht mich um, bevor ich weitere Fragen stellen kann. Er schiebt meine Haare zur Seite und küsst meinen Nacken, seine Zähne schließen sich über meinem Nacken. Hitze zuckt wie ein Blitz durch mich und rast mir den Rücken hinunter. Seine Handflächen laufen über meinen Rücken, gefolgt von seinem Mund, der sanft an meiner Wirbelsäule hinunterküsst. Ich schmelze in die Matratze. Er fährt weiter nach unten über die Kurve meines Hinterns und ein Bein hinunter, streichelt, küsst, schmeckt. Dann das andere Bein. Ich warte atemlos. Was kommt als nächstes?

Er dreht mich wieder herum, knabbert an meiner Unterlippe, erschüttert mich. Das ist eine Seite an Adam, die er mir noch nicht gezeigt hat, rauer, aggressiver. Das ist Adam, der mich den scharfen Rand des Verlangens fühlen lässt und nimmt, was er will. Ich spreize meine Beine, ziehe ihn an den Schultern, aber er widersteht, senkt sich, um mich direkt auf das pochende Zentrum der Lust zu küssen, das nur er berührt hat.

Und dann überrascht er mich, indem er meine Beine über seine Schultern legt und mich für seinen Blick ausbreitet. Ich bin fixiert, offen für ihn. Mein Atem kommt keuchender, mein Herz trommelt, während seine erhitzten Augen auf meine treffen. Und dann senkt er seinen Kopf, zuerst drängt mich sein Mund, während seine Finger mit mir spielen. Ich entspanne mich unter ihm, meine Finger legen sich in seine Haare. Das Vergnügen schraubt sich immer höher, sein Mund ist hungrig, drängt mich näher an die Erlösung. Mein Atem stockt, und er macht sanfter, meine Erlösung entgeht mir. Ich stöhne, denn ich brauche es.

Und dann bringt er mich zurück, die Erregung nimmt wieder zu, meine Innenseiten sind eng und heiß, die Intensität baut sich auf. Ich schreie aus, schaudere gegen ihn, weißheiße Lust, die mich in einem Sternenregen hinauf zu meiner Kopfhaut und hinunter zu meinen Zehen durchzuckt.

Ich ziehe an seinen Schultern und brauche ihn nahe. Er kriecht meinen Körper hoch und lässt mich ihn umarmen.

„Ich liebe dich, Kayla", murmelt er mir ins Ohr.

Ich nehme seinen Kopf und küsse ihn heftig. „Ich liebe dich auch."

Er positioniert sich an meinem Eingang. „Du bist so feucht, so bereit für mich."

Ich nicke, als er langsam nach innen drückt und mich dehnt. Plötzlich stößt er tief, und ich keuche bei dem scharfen Schmerz, gefolgt von tiefem Druck.

Er hält inne, eine Hand umfasst meinen Kiefer, während er mich küsst. Lange, verweilende Küsse, die sich vertiefen und mich weiter öffnen, während er mich verzehrt. Und dann hebt er seinen Kopf, sein Blick auf meinem, während er sich langsam hinein- und herausbewegt. Plötzlich spüre ich die Liebe zwischen uns, etwas Rohes und Reales. Das ist Liebe machen.

„Ich bin so froh, dass ich auf dich gewartet habe", flüstere ich.

„Es ist besser so." Er küsst meinen Kiefer entlang zu meinem Ohr, nimmt mein Ohrläppchen zwischen die Zähne und zieht daran. „Mit Liebe."

„Ja", sage ich leise. „Nimm mich jetzt so, als ob du dich verzweifelt nach mir sehnst."

Er saugt an meinem Hals, seine Stöße sind langsam, aber tief. Ich beuge meine Hüften und komme jedem Schub entgegen. Er stöhnt gegen meinen Hals, bevor er mich härter, schneller nimmt, bis wir beide diesem Gipfel entgegenjagen. Sein Atem ist hart an meinem Ohr, als er genau an der richtigen Stelle in mich hineinstößt.

„Adam!" Ich bäume mich hilflos unter ihm auf, als der Orgasmus über mir zusammenbricht. Er pumpt heftig, stößt in mich hinein, bevor er mit einem gutturalen Stöhnen loslässt.

Er bricht über mir zusammen, sein Atem kommt keuchend.

Meine Lippen verziehen sich zu einem zufriedenen Lächeln. „Jetzt weiß ich endlich, worum es bei all dem Getue geht. Das war unglaublich gut!"

Er hebt seinen Kopf. „Es ist nicht immer so."

„Ist es nicht?"

„Nein." Er schiebt eine Strähne hinter mein Ohr. „Das sind

wir, unsere Chemie, unsere Liebe."

„Oh, Adam". Ich umarme ihn fest. Er drückt seine Lippen an meinen Hals, und ich spüre sein Lächeln auf meiner Haut.

Dann rollt er von mir herunter und fixiert mich mit einem harten Blick. „Nur wir, Kayla. Verstehst du das? Nur wir fühlen uns so an."

Er will mich ganz für sich. Ich klettere auf ihn und strecke mich aus, liebe dieses neue Gefühl von Haut an Haut. Ich küsse ihn. „Nur du."

Seine Arme legen sich in einer warmen Umarmung um mich. Ich wünschte, ich könnte immer so bleiben. Ich möchte nicht an die reale Welt denken, an meine möglichen Stellenangebote, die mich alle weit von ihm wegbringen. Hier, in diesem Hotelzimmer, gibt es nur uns.

Adam

Ich kehre am Sonntagabend spät nach Hause zurück, müde und am Rande. Alles, woran ich denken kann, ist, dass Kayla diesen Job in Indianapolis bekommt. Ich möchte ihr nicht im Weg stehen. Gleichzeitig müsste ich viel aufgeben, um zu gehen. Ich habe hier einen guten Ruf, der mein Geschäft zum Erfolg führt, vor allem durch Mundpropaganda, und noch mehr durch Wyatts Verbindungen zu der wohlhabenden Elite in der Region. Um bei Kayla zu sein, müsste ich mein Haus verkaufen, die Gemeinschaft, die ich liebe, meine Familie verlassen und von vorne anfangen.

Andererseits liebe ich sie sehr und kann mir mein Leben ohne sie nicht vorstellen.

Ich fahre vor meinem Haus vor, gehe hinein und lasse meine Tasche an der Tür fallen. Drew ist übers Wochenende gekommen, um sich um Tank für mich zu kümmern. Er hat den Schlüssel. Es ist leise. Merkwürdig. Normalerweise würde mich Tank mit mindestens einem müden Bellen begrüßen, wenn ich nach Hause komme.

Ich schalte das Licht an. Tank ist nicht in seinem Bett. Auf dem Sofatisch liegt eine Nachricht. Ich hoffe, es geht ihm gut. Vielleicht musste Drew ihn zum Tierarzt bringen. Manchmal gerät Tank in Schwierigkeiten und frisst das Falsche.

Ich nehme die Nachricht, und mein Magen sackt mir in die Kniekehle, als ich die geschwungene Handschrift erkenne.

Adam,

ich habe Tank wieder zu mir geholt. Ich wollte nie, dass du ihn dauerhaft behältst. Warum solltest du alles haben, was du willst, und ich habe nichts?

Amelia

Ich zerknülle die Notiz in meiner Hand. Verdammt. Es ist ein Uhr morgens. Ich bin erschöpft, aufgewühlt wegen Kayla, und jetzt hat Amelia meinen geliebten Tank mitgenommen.

Okay, denk nach. Ich ziehe mein Handy heraus und rufe Amelia an. Nein, das ist nicht ihre Voicemail. Sie muss sich eine neue Nummer zugelegt haben, als sie zurück in die USA gekommen ist. Ich rufe Drew an, der eine Nachteule ist.

„Hey, gerade zurückgekommen?", fragt er.

„Ja, und Tank ist weg. Amelia hat ihn geholt. Wann hast du ihn das letzte Mal gesehen?"

„Mist. Ich bin um zehn mit ihm raus und habe ihn danach eingeschlossen. Sie ist in dein Haus eingebrochen?"

Ich schaue mich um. „Muss sie wohl, oder vielleicht war eines der Fenster nicht geschlossen. Ich weiß nicht."

„Ruf Eli an. Er kann sie für Einbruch und Diebstahl mitnehmen. Sie kann nicht einfach deinen Hund stehlen."

„Tank hat anfangs ihr gehört. Sie hat seine Papiere."

Verdammt. Ich habe mich so auf Kayla konzentriert, dass ich völlig vergessen habe, Amelia das Geld für Tank zu geben und sie dazu zu bringen, etwas aufzusetzen, das belegt, dass er mir gehört.

Ich verabschiede mich von ihm, rufe Eli an und fahre

dann um den See herum, auf der Suche nach ihrer roten Corvette. Ich weiß nur, dass ihre Familie ein Haus am See gemietet hat. Nachdem ich den See dreimal umkreist habe, sehe ich sie immer noch nicht. Es ist dunkel, und es gibt keine Straßenlaternen in diesem Teil der Stadt. Ich muss es am Morgen noch einmal versuchen. Aber was ist, wenn sie bereits in unbekannte Gegenden fährt?

Ich lege meine Stirn ans Lenkrad, mein Bauch brennt. Ich schwöre, wenn sie Tank in irgendeiner Weise verletzt, werde ich sie wegen Tierquälerei verklagen. Obwohl ich vermute, dass sie nur Geld will. Das ist ihre Art, meine Aufmerksamkeit zu bekommen.

Dann erinnere ich mich, dass Kayla einen GPS-Tracker an Tanks Halsband befestigt hat, nachdem die drei Hunde bei Wyatts Grillen weggelaufen waren. Ich rufe sie an, erreiche jedoch nur ihre Mailbox. Sie reagiert auch nicht auf meine Textnachricht. Sie schläft vermutlich. Indianapolis ist die gleiche Zeitzone wie hier.

Wyatt. Er ist der Tech-Whiz. Wenn jemand durch einen GPS-Tracker herausfinden kann, wo Tank ist, dann er. Ich lege den Gang ein und fahre die kurze Strecke zu Wyatts Haus.

Als ich an die Haustür komme, bin ich erleichtert, drinnen Lichter zu sehen. Hoffentlich bedeutet das, dass sie auf sind. Ich klingele an der Tür, und die Hunde rufen Alarm und bellen auf dem Weg in den vorderen Teil des Hauses.

Einen Moment später öffnet Wyatt die Tür, er trägt ein T-Shirt und Shorts. Snowball ist unter seinem Arm versteckt, Rexie steht an seiner Seite, und beide Hunde bellen mich an. „Beruhigt euch. Es ist Adam", befiehlt er den Hunden, die sofort still werden. „Geht es Kayla gut?"

„Es geht ihr großartig. Ich habe mich in sie verliebt. Tank ist verschwunden, und ich brauche deine Hilfe."

Er steht einfach da und starrt mich an.

„Hast du nicht gehört, was ich gesagt habe? Ich brauche deine Hilfe."

Er tritt zurück, um mich einzulassen. „Okay, ich war

einfach überrascht. Zwischen dir und Kayla ist es also jetzt ernst?"

„Ja."

Er grinst. „Das sind großartige Neuigkeiten! Sydney hat mir die Sache mit deiner Ex-Verlobten erzählt, und ich war mir sicher, du würdest Kayla aus Selbstschutz das Herz brechen." Er stößt einen Atem aus. „Was für eine Erleichterung. Okay, ich habe etwas Erfahrung mit verschwundenen Hunden. Ich bin mir sicher, wir werden ihn finden. Wie lange ist er schon weg?"

Sydney erscheint hinter ihm. „Hey, Adam. Wie ist es in Indianapolis gelaufen?"

Wyatt stellt Snowball ab und legt einen Arm um Sydney. „Er ist verliebt in sie."

Sydney grinst. „Ich wusste es. Als du wie ein Mann auf einer Mission aus dem Horseman rausgelaufen bist –"

„Amelia hat Tank genommen", sage ich. „Ich habe keine Ahnung, wohin sie gegangen ist, und je mehr Zeit vergeht, desto weiter kann sie kommen."

„Hast du auf deinem Grundstück gesucht?", fragt Wyatt. „Snowball bleibt immer in der Nähe des Hauses, wenn sie abhaut."

„Meine Ex hat ihn genommen", sage ich langsam und klar. „Sie hat vor, ihn zu behalten." Ich schiebe eine Hand durch mein Haar. „Genau genommen hat sie die Papiere vom Züchter, also weiß ich nicht, wie viel Anspruch ich habe. Ich habe angeboten, ihn ihr abzukaufen, aber sie wollte fünftausend Dollar, und die habe ich nicht."

„Soll das ein verdammter Scherz sein?", ruft Sydney aus. „Du gibst dieser Frau keinen Cent! Als sie gegangen ist, hat sie dir Tank gegeben. Ich erinnere mich ganz klar daran. Und wir alle dachten, sie sei für immer weg."

„Ich weiß. Ich bin mir nicht sicher, ob es darauf ankommt, aber wenn sie ihn mir nehmen kann, kann ich ihn zurückholen. Ich muss nur wissen, wo er ist." Ich wende mich Wyatt zu. „Kayla hat an dem Tag einen GPS-Tracker an seinem Halsband befestigt, als sich die Hunde hier losgerissen haben.

Sie schläft, also kann ich keine Hilfe von ihr bekommen, aber ich hoffte, dass du herausfinden könntest, wie du ihn finden kannst."

Wyatt grinst. „Ich habe Kayla diesen Tracker gekauft. Und ich habe den Premium-Service für unbegrenzt viele Freunde und Familie dazu gebucht."

Sydney schnappt nach Luft. „Du hast deine Schwester verfolgt!"

Wyatt schmunzelt. „Nein, ich teile einfach einen GPS-Tracking-Service mit meinen Schwestern. Ich kann ihnen helfen, ihre Sachen zu finden, und sie können mir helfen, meine zu finden."

Sydney schüttelt den Kopf. „Du verfolgst deine Schwestern total."

Wyatt neigt seinen Kopf. „Paiges Tracker sagt immer, dass sie zu Hause ist. Ich wette, sie ist die Einzige, die die App geöffnet und festgestellt hat, was das bedeutet." Er runzelt die Stirn. „Wie wird sie jetzt ihre Schlüssel finden, wenn sie sie verliert?"

„Wyatt, *Tank*", sage ich.

„Richtig. Lass mich mein Handy holen." Er geht zurück zur Küche.

Sydney und ich folgen ihm. „Ich mochte Amelia nie", sagt sie.

„Wirklich? Du hast nie etwas gesagt. Ich hätte sie fast geheiratet."

„Deswegen habe ich dir nie etwas gesagt. Du hast sie geliebt und wolltest sie heiraten. Außerdem gab es nichts, worauf ich den Finger hätte legen können. Sie schien nur irgendwie unecht zu sein."

Ich schüttle den Kopf. „Du hättest etwas sagen sollen. Hätte mir eine Menge Schmerzen ersparen können."

Sydney drückt meinen Arm. „Es tut mir leid, du hast recht, auch wenn ich bezweifle, dass du meine Meinung als Grund genommen hättest, um sie in den Wind zu schießen. Wenn es dir hilft, ich mag Kayla und denke, dass ihr großartig zusammenpasst."

Wenn es doch bloß so einfach wäre. „Danke! Das finde ich auch."

„Was ist los?"

Ich möchte meine Zweifel an der Zukunft nicht ansprechen, da ich weiß, dass Kayla sich entscheiden könnte, weit entfernt von mir zu leben. Ich muss mich auf die Suche nach Tank konzentrieren.

„Ich bin nur besorgt um Tank", sage ich.

Wyatt hält sein Telefon hoch. „Ich habe ihn. Er ist immer noch in der Stadt, und ich habe die Adresse."

„Lass uns gehen", sagt Sydney.

„Ich rufe Eli an", sage ich.

„Jetzt haben wir einen Suchtrupp", meint Wyatt und reibt sich die Hände.

Und so landen wir zu dritt in Wyatts silbernem BMW-SUV und rasen in Richtung des gemieteten Seehauses, in dem Amelia Tank als Geisel hält.

Ein Polizeiwagen lässt für uns seine Lichter aufblitzen, als wir am Haus vorfahren. „Ach, verdammt, bin ich zu schnell gefahren?", fragt Wyatt und schaut in den Rückspiegel.

„Definitiv", sagt Sydney.

Einen Moment später erscheint mein jüngerer Bruder Eli an der Fahrerseite und leuchtet mit einer Taschenlampe auf Wyatt. Eli ist in Uniform und im Vollcop-Modus. Er versteht jetzt keinen Spaß. Die Ironie ist, dass er früher der schlimmste Unruhestifter war. „Weißt du, warum ich dich rausgewunken habe?"

Wyatt stöhnt. „Komm schon, ich bin dein Schwager."

Eli lässt das Licht über uns andere leuchten. „Du bist zu schnell fahren, aber ich verstehe, dass wichtigere Dinge auf dem Spiel stehen. Adam, du erhebst Anklage gegen Amelia? Gestohlener Hund, Einbruch und widerrechtliches Betreten."

„Was, wenn wir Tank einfach zurückstehlen?", frage ich.

„Das kannst du nicht", sagt Sydney. „Sie wird ihn sich einfach wiederholen. Was will sie wirklich? Will sie dir wehtun? Liebt sie diesen Hund tatsächlich?"

„Sie will Geld", sage ich. „Ich bin mir sicher, wenn ich für ihn bezahlen würde, würde ich nie wieder von ihr hören."

„Ich habe Geld", sagt Wyatt. „Wenn du willst, dass ich mich darum kümmere, dann ist das abgemacht."

„Ich denke, du solltest Anklage erheben und eine einstweilige Verfügung erwirken", sagt Eli.

„Ich denke, du solltest etwas nehmen, das sie wirklich liebt", sagt Sydney. „Wie diese Corvette. Ich habe sie viele Male damit vor dem Restaurant vorbeifahren gesehen."

Ich betrachte all diese Winkel, und dann denke ich an alles, was Amelia mir angetan hat, wie ich Kayla fast wegen dieser vergangenen Schmerzen verloren habe, zu sehr in Abwehrhaltung, um mein Herz zu öffnen, bis es fast zu spät war. Und jetzt ist die Zukunft mit Kayla ungewiss, und ich wünschte nur, ich hätte mich nicht so lange zurückgehalten. Wir haben wertvolle Zeit verschwendet.

„Lass uns alles machen", sage ich. „Wir nehmen Tank, erheben Anklage, erwirken eine einstweilige Verfügung und lassen die Luft aus ihren Reifen." Ich schaue zu Eli. „Das ist nicht illegal, oder?"

„Nicht bei mir", sagt er.

Wir gehen zu einem kleinen Ferienhaus am See mit einer freistehenden Garage. Die Corvette befindet sich in dieser Garage. Sydney öffnet ein Fenster an der Seite, und Wyatt hilft ihr hinein. Sie wird sich um die Reifen kümmern.

Eli und ich gehen zur Haustür und klingeln. Wir werden wahrscheinlich Amelias Eltern und ihre älteren Schwestern aufwecken, wenn sie hier sind, aber das ist ihr Problem. Tanks vertrautes *Wuff, wuff, wuff* erreicht mich, und ich entspanne mich. Mein Junge. Es geht ihm gut. Wahrscheinlich ist er nur verwirrt und zu müde, um etwas anderes zu tun, außer wie immer nachts zu schnarchen.

Amelias Vater, Peter, kommt in einem abgenutzten blauen Bademantel an die Tür. Er ist in seinen Sechzigern mit dünner werdendem grauem Haar. Der arme Kerl scheint immer von seinen drei Töchtern verwirrt zu sein. „Ja?"

„Hallo, Peter", sage ich.

Er kneift die Augen zusammen und kommt näher. „Adam?"

„Das stimmt."

Er schüttelt meine Hand. „Schön, dich wiederzusehen. Ich dachte immer, dass du einen festigenden Einfluss auf Amelia hast."

Eli meldet sich zu Wort: „Wir sind wegen Amelia hier. Sie hat ein paar Verbrechen begangen, für die sie sich verantworten muss. Sie ist in Adams Haus eingebrochen, hat es widerrechtlich betreten und Tank hier entwendet."

Tank ist jetzt auf einer gefalteten Decke auf dem Boden vor dem verblassten grünen Sofa zusammengerollt.

Ich rufe ihn, und er hebt nur seine Augenbrauen und seufzt. Zu verschlafen, um die Situation zu verstehen. Ich werde ihn wohl hier raustragen müssen.

Peters Brauen schießen in die Höhe. „Sie sagte, du hast ihr Tank zurückgegeben. Was mich betrifft, kannst du ihn behalten. Das Ding tut nichts anderes als zu jammern und überall rumzusabbern. Ekelhaft."

„Großartig", sage ich.

Peter nimmt Tanks Leine von einem Haken bei der Tür, legt sie ihm an und zieht ihn zu mir herüber. Tank blickt mit einem Ausdruck der Anbetung zu mir auf, bevor er sich schwer an mein Bein lehnt. Er ist von all der Aufregung erschöpft.

Amelia erscheint im Wohnzimmer. „Dad, nein! Das ist *mein* Hund."

Er wirft seine Hände in die Luft und marschiert zum hinteren Teil des Hauses.

„Ich möchte dir gerne ein paar Fragen stellen", sagt Eli zu Amelia.

„Eigentlich würde ich gerne zuerst etwas sagen", sage ich. „Amelia, ich weiß, du bist verzweifelt, allein, pleite, arbeitslos, obdachlos und in einem wirklich traurigen Zustand. Vielleicht ist das eine natürliche Folge der Entscheidung, wegzulaufen und alles hinter sich zu lassen. Einige würden sagen, dass das Strafe genug ist. Nicht ich. Denn du hast nicht nur alles auf eine herzlose, betrügerische Art und Weise beendet, die ich nicht verdient habe, sondern bist dann zurückgekommen und hast gefordert, dass ich so tue, als sei nichts davon jemals passiert."

„Ich sagte, es tut mir leid", jammert sie. „Wie lange wirst du mir das noch vorwerfen?"

„Ich bin fertig. Wir sind fertig. Für immer. Und ich werde dir gar nichts für meinen Hund geben. Komm nie wieder in meine Nähe oder Tanks. Ich habe vor, Anklage wegen Diebstahls gegen dich zu erheben –"

„Er gehört mir!", protestiert sie.

„Und wegen Einbruchs und widerrechtlichen Betretens."

Sie verschränkt die Arme und zieht eine Schnute. „Das Fenster des Waschraums war offen."

Eli fügt einen Teil seiner Cop-Autorität hinzu. „Das ist immer noch Einbruch und widerrechtliches Betreten, auch wenn du kein Fenster eingeschlagen hast, um hineinzukommen."

Sie sieht ihn finster an.

Ich fahre fort. „Wenn du etwas unterschreibst, das bestätigt, dass Tank mir gehört, werde ich die Anklage fallen lassen. Obwohl ich dennoch eine einstweilige Verfügung gegen dich erwirken werde. Ich möchte nicht, dass du jemals wieder in meine Nähe kommst."

Sie bricht in Tränen aus. „Das ist nicht fair. Ich habe nichts."

„Dann hast du alles zu gewinnen", sage ich ruhig.

Eli hebt mit einem leichten Grinsen eine Braue.

Amelia deutet auf Tank. „Gib mir wenigstens etwas für ihn. Er ist viertausend Dollar wert."

„Ich gebe dir eine Entkomme-der-Gefängnisstrafe-Freikarte, indem ich keine Anklage erhebe."

Peter kommt mit einem kleinen Notizblock in den Raum, den er Amelia hinhält. „Hier. Schreib es auf und gib ihm den Hund zurück. Wirklich, Amelia, ich weiß gar nicht, was in letzter Zeit mit dir los ist."

Sie schnieft und kritzelt eine Notiz. Peter reicht sie mir

und wischt mit den Händen durch die Luft, als wäre das Geschäft damit beendet, und geht dann fort.

Ich lese die Notiz durch. Sie hat getan, worum ich sie gebeten habe. Tank gehört ganz mir.

„Ich habe ihn vermisst", sagt Amelia mit einer leisen Stimme. „Ich habe uns vermisst."

„Danke", sage ich.

Und dann hieve ich Tank in meine Arme und trage ihn mit einem breiten Lächeln auf dem Gesicht zum Auto. Er schnuppert und lehnt den Kopf an meine Schulter. Eine Tür ist dauerhaft geschlossen. Jetzt muss ich herausfinden, wie ich eine weitere Tür offenhalte.

16

Am nächsten Tag arbeite ich an Einbauregalen für eine Villa in einer wohlhabenden Stadt, etwa eine halbe Stunde von Summerdale entfernt. Ich habe Kayla heute früh am Morgen von dem Vorfall erzählt und sie wissen lassen, dass Amelia jetzt dauerhaft aus meinem Leben verschwunden ist. Wir konnten jedoch nicht lange reden, da Kayla auf dem Weg zu einem weiteren Treffen mit Noon Pharmaceuticals war. Es ist jetzt Nachmittag, und die Zeit scheint sich verlangsamt zu haben, während ich abwarte, wie ihr Treffen verlaufen ist.

Mein Handy vibriert, und ich nehme es aus der Tasche meiner Jeans. Mein Magen sackt bei der Nachricht herunter.

Kayla: *Ich habe den Job!!! Unglaubliches Anfangsgehalt, Vergünstigungen, und sie werden die Kosten für den Umzug übernehmen.*

Ich schlucke kräftig und schreibe zurück. *Herzlichen Glückwunsch!*

Kayla: *Ich habe noch nicht zugesagt. Ich habe ihnen gesagt, ich müsse darüber nachdenken und mit den anderen Unternehmen, bei denen ich mich vorgestellt habe, sprechen.*

Erleichterung wäscht durch mich. Daran hatte ich nicht einmal gedacht. Sie ist klug, auf der Suche nach weiteren Angeboten, damit sie alle ihre Optionen abwägen kann.

Ich: *Halt mich auf dem Laufenden.*

Kayla: *Das werde ich. Ich vermisse dich. Ich bin Freitagabend wieder zu Hause. Es ist gut, dass ich hier übernachtet habe, um Livvie zu besuchen, weil der VP-Typ möchte, dass ich mir mehr von ihren Einrichtungen ansehe und er mich auch zu einem Abendessen mit anderen VIPs eingeladen hatte.*

Sie wollen sie wirklich. Ich will sie auch, aber was hab ich ihr zu bieten? Sicher, ich besitze mein eigenes Haus, und sie mag Summerdale, aber es kann nicht mit einem fliegenden Start in eine neue Karriere mithalten.

Ich: *Du wirst das großartig machen.*

Kayla: *Danke! Ich liebe dich. Und ich kann es nicht abwarten, dich wiederzusehen.*

Wärme breitet sich in meiner Brust aus. Sie ist so leidenschaftlich, so offen und liebevoll.

Ich: *Ich liebe dich auch.*

Ich lege das Handy beiseite und stoße einen langen Atemzug aus. Das ist alles meine Schuld. Wenn ich nicht so vorsichtig gewesen wäre, meine Distanz zu wahren, hätten wir *hier* Pläne machen können. Sie hätte sich vielleicht nicht einmal die Mühe gemacht, weit entfernt Bewerbungsgespräche anzunehmen.

Jetzt liegt das Angebot auf dem Tisch, und sie hat etwas Echtes zu verlieren, indem sie mit mir zusammen ist.

Kayla

Ich lebe den Traum! Ich bin wahnsinnig verliebt, weiß endlich, worum es bei großartigem Sex geht, und meine Karriere geht gerade los. Wyatt hat mir geraten, mein Angebot am besten zu nutzen, um Gegenangebote zu bekommen, und jetzt habe ich ein weiteres aus Boston, eines aus New Jersey, nicht weit von dem Ort, in dem ich aufgewachsen bin, und eine Einladung, mich zum dritten Mal mit einem Unternehmen in Manhattan zu treffen, was wahrscheinlich ein Angebot bedeutet. Es ist schön, so gewollt zu sein.

Ich bin erst vor kurzem nach Hause gekommen. Ich habe sofort geduscht und dann zum ersten Mal überhaupt Dessous angezogen. Einen Slip aus silbernem Satin und Spitze, der auf der Oberseite und zum Teil hinten durchsichtig ist. Livvie und ich haben ihn gekauft. Sie hat Adam kennengelernt, als wir alle zum Abendessen und auf einen Drink aus waren, und sie ist begeistert für mich. Ich habe auch eine Auswahl an niedlichen Camis und Shorts-Sets sowie sexy BH- und Höschen-Sets in Seide, Satin und Spitze. Es war ein Luxus, den ich mir gegönnt habe, aber ich werde ja bald einen anständigen Gehaltsscheck haben. Und ich habe endlich jemanden, dem ich es vorführen kann.

Ich werfe mein rotes Kleid über den Slip, ziehe schwarze Stöckelschuhe an, nehme meine Handtasche und mache mich auf den Weg. Zeit, meinen Mann zu verführen. Es war schwierig, diese Woche von ihm getrennt zu sein, obwohl ich zugeben muss, dass ich nach unserem gemeinsamen Wochenende wund war. Ich hätte wahrscheinlich nicht so viel Sex haben sollen, aber ich habe immer wieder darauf bestanden, dass es mir gut ging, weil ich all die verlorene Zeit nachholen wollte.

Ich mache die kurze Fahrt zu seinem Haus und klingele. Tank bellt halbherzig durch das Fenster. *Wuff.* Ich winke ihm zu. Ich war überhaupt nicht überrascht, dass Amelia eine so hinterhältigen Hundeentführung durchgezogen hat. Der Gedanke ist mir durch den Kopf gegangen, als ich den GPS-Tracker an sein Halsband gelegt habe. Sie ist ein wenig verrückt. Gott sei Dank ist sie jetzt ganz aus dem Bild. Adam hat mir erzählt, dass er vor einigen Tagen ihrem Vater begegnet ist, und der sagte, sie sei zu einer Freundin nach Queens gezogen. Schade, dass es nicht so weit weg ist wie Kalifornien, aber es klingt, als hätte sie meinen Mann aufgegeben.

Adam kommt einen Moment später an die Tür.

Ich strahle. „Hi, Lover!"

Seine dunklen Augen blicken feurig in meine, als er mich

hineinzieht. Mein Atem stockt. Ich kenne diesen lusterfüllten Blick.

Er schließt die Tür hinter mir und drückt mich dagegen, sein Mund stößt auf meinen. *Er hat mich vermisst.* Sein harter Körper drückt gegen meinen, und dann hebt er mich hoch, reibt sich gegen mich, während er mich immer wieder küsst.

„Ich hab dich so vermisst." *Tiefer Kuss.* „Kayla." Sein Mund hinterlässt eine heiße Spur an meinem Hals. „Liebe."

„Ich muss dir etwas zeigen."

Er stellt mich wieder auf meine Füße und senkt seinen Kopf, um an meinem Hals zu saugen, während seine Hand unter mein Kleid gleitet. „Später."

„Das ist für dich." Mein Atem stockt, als seine Finger unter mein Höschen gleiten. Er streichelt mich, sein Mund kehrt zu meinem zurück und verzehrt mich. Meine Knie werden weich, meine Finger verkrallen sich in seinem Hemd. Ein Finger gleitet in mich und dann ein weiterer, sein Daumen reibt kleine Kreise über dem Lustzentrum. Alles verengt sich auf diesen einen Punkt funkelnden feurigen Verlangens. Ich packe sein Hemd, während meine Gliedmaßen schwächer werden.

Er senkt seinen Kopf und flüstert mir dringend ins Ohr: „Komm, Kayla, für mich. Ich brauche es. Ich muss spüren, wie du brichst."

Die Intensität schießt augenblicklich hoch, seine Finger wirken magisch und bringen mich höher. Ich komme heftig und schaudernd gegen ihn. Er murmelt ein Lob an meinem Ohr. Ich lehne mich zurück an die Wand und versuche, zu Atem zu kommen, zu ausgelaugt, um auch nur eine Hand zu heben.

Ich höre einen Reißverschluss, ein raschelndes Geräusch, und dann hebt er mich wieder hoch. Meine Augen fliegen auf, während er uns in Position bringt und langsam in mich gleitet. Er war schnell mit dem Kondom, und sogar noch schneller damit, zu mir zu kommen. Ich keuche, überrascht über diese neue Empfindung, ihn in dieser Position zu nehmen. Er küsst mir eine heiße Spur entlang des Halses und murmelt mir ins Ohr: „So eng. Entspann dich. Ich halte dich."

Er senkt mich auf sich, öffnet mich und füllt mich. Mein Körper weitet sich, um ihn aufzunehmen. Ich stöhne leise, und sein Mund bedeckt meinen, küsst mich tief, nimmt mir den Atem, meine Gedanken, als er mich schließlich bis zum Anschlag ausfüllt. Und dann stößt er in mich, sein Schwung bringt uns beide auf einen intensiven Ritt. Ich klammere mich an seine Schultern, während mich die Empfindungen überwältigen – sich windendes, heißes Bedürfnis, tiefer Druck, seine großen Hände greifen meine Hüften.

Mein Körper verspannt sich um ihn herum, meine Befreiung ist so nah, so nah. Sein Mund bedeckt meinen, schluckt meine leisen Schreie, während mein Körper in harten Rucken gegen ihn stößt.

„Ja", sagt er heftig an meinem Ohr und pumpt noch einmal tief. Ich keuche, und er stößt gegen mich, als seine eigene Erlösung zuschlägt. Er hält mich fest und atmet angestrengt.

Einen langen Moment später hebt er mich von sich und legt seine Arme um mich. Ich lehne schwach meinen Kopf an seine Schulter. Plötzlich wird mir klar, dass es ihn erregt, mir dabei zuzuschauen, wie ich komme. Er sagte, er müsse mich brechen fühlen. Alles, was zwischen uns vorher geschehen ist, war doch nicht so einseitig, wie ich befürchtet hatte. Meine Lust war auch seine Lust.

Ich hebe meinen Kopf und lächle. „Ich glaube, ich muss mich hinlegen. Meine Beine sind irgendwie wackelig."

Er tritt zurück und richtet seine Jeans, zieht den Reißverschluss zu und schließt den Knopf. „Ich konnte nicht warten. Beim nächsten Mal mache ich langsamer, dann wird es besser für dich."

Ich lache ein wenig. „Das war ziemlich gut."

Er hebt mich hoch, legt mich in seine Arme und trägt mich nach oben. Ich sehe Tank zusammengerollt auf dem Sofa, wo er tief und fest schläft. „Schätze, für Tank haben wir wohl ausgesehen wie Tiere, die ihr Ding machen."

„Er ist müde, weil ich ihn habe laufen lassen."

Ich spiele mit dem Haar in seinem Nacken. „Ich habe die Dessous wohl gar nicht gebraucht, um dich zu verführen."

„Ich brauche nur dich. Was für Dessous?"

„Wirst schon sehen. Das war eine interessante Position. Es hat sich angefühlt, als würde ich auf einer riesigen Stange reiten."

Er setzt mich im Flur ab und grinst. „Eine riesige Stange, wie? Ich mag den Vergleich."

„Es war zuerst schwer, dich zu nehmen, aber dann war es wirklich tief und gut."

Er drückt mich an die Wand und küsst mich, seine Finger verwirren sich in meinen Haaren. Als er mich endlich zu Luft kommen lässt, murmelt er: „Süßester Dirty Talker, den ich je gehört habe."

Das gefällt mir. Ich hatte keine Ahnung, dass ich schmutzig reden kann.

Er nimmt meine Hand und führt mich in sein Zimmer. Es ist das erste Mal, dass ich es sehe. Die Möbel sind wunderschön, und ich bin sicher, dass er sie selbst gemacht hat. Ein Kingsize-Bett mit einem geschwungenen Kopfteil aus hellem Holz, passende Nachttische und eine Kommode mit eleganten geschwungenen Linien und geschwungenen Beinen. Die Tagesdecke ist königsblau und hebt sich von dem hellen Holz ab.

„Mir gefällt dein Zimmer", sage ich.

„Zeig mir deine Dessous."

Ich ziehe mein Kleid aus, nehme mir die Zeit, es ordentlich auf die Kommode zu legen, und wende mich ihm zu. „Gefällt es dir?"

Sein Blick brennt. „Du bist so schön, Kayla. Ich kann es nicht fassen, dass ich so lange darauf gewartet habe."

Ich eile in seine Arme. „Wir haben es jetzt. Das ist alles, was zählt."

Er umfasst meinen Kiefer, sein Finger streichelt entlang meines Halses. „Ich möchte nicht, dass du Summerdale verlässt, aber ich kann dich nicht bitten zu bleiben."

„Du würdest nicht für mich umziehen?"

„Ich liebe es, wo ich lebe. Alle meine Kunden sind hier, auch meine Familie. Ich müsste mein Geschäft woanders von Grund auf neu beginnen."

„Es gefällt mir hier auch." Ich denke über uns und meine Zukunftsperspektiven nach, und es ist mir überhaupt nicht klar. „Ich denke, wir müssen praktisch sein und diese Diskussion auf den Tisch bringen, bis wir alle unsere Optionen kennen. Im schlimmsten Fall können wir uns gegenseitig besuchen."

Er runzelt die Stirn.

„Bitte. Lass uns nicht über die Zukunft sprechen, bis wir alle Fakten haben. Ich habe noch ein Bewerbungsgespräch, bevor ich eine Entscheidung treffe. Ich fühle mich jetzt so gut hier mit dir. Komm ins Bett und kuschle mich."

„Ich bin kein Kuschler", grummelt er. „Gib mir ein paar Minuten."

Ich nicke.

Er geht in sein En-Suite-Badezimmer.

Ich lasse mich auf sein Bett fallen. Oh, das ist so bequem. Ich schlüpfe unter die Decken und warte. Dann drehe ich mich auf meine Seite, um es ihm leichter zu machen, sich in Löffelchenstellung hinter mich zu legen.

Ich höre die Badezimmertür aufgehen. „Bereit für mein Löffelchen."

Er rutscht unter die Decke und legt sich von hinten an mich. „Ich sage dir gleich, dass diese Löffelchensache nicht lange dauern wird."

„Warum magst du es nicht zu kuscheln?"

Er schiebt seine Hüfte gegen meine. „Du törnst mich zu sehr an."

Meine Lippen verziehen sich nach oben. „Wie hast du mir dann so lange widerstehen können?"

„Viele Duschen."

„Kein Wunder, dass du immer so frisch und sauber gerochen hast."

Er flüstert mir ins Ohr: „Ich habe mir deine vollen Lippen

um mich herum vorgestellt, wie du mich mit deinem Mund fickst."

Ich drehe mich in seinen Armen um. „Lass uns das unter der Dusche tun. Ich möchte all deine Fantasien wahr werden lassen."

Er stöhnt und dreht mich zurück, seine Hand gleitet von meinem Bauch hinauf, um meine Brust zu umfassen. „Ich habe eine verdammte Menge, die ich dir zeigen möchte. Ich hoffe, du kannst das ganze Wochenende bleiben."

Mein Atem stockt, als er meine Brust streichelt, meine Brustwarze wird fest. „Ich habe mir das Wochenende freigenommen, damit ich mich nach meiner Reise ausruhen kann. Ich bin bereit für das Adam-Sex-Tutorial."

Er beißt mir in den Hals, und mein Atem zittert. „Du wirst nicht viel Ruhe bekommen."

17

Adam

Nach einem außergewöhnlichen gemeinsamen Wochenende vergeht die folgende Woche schneller, als es mir gefällt. Ist das nicht immer der Weg, wenn man sich vor etwas fürchtet? Kayla muss ihre Antwort auf ihre zahlreichen Stellenangebote am Montag geben. Heute, Freitag, ist ihr letztes Bewerbungsgespräch in Manhattan. Sie ist eine beeindruckende Kandidatin. Brillant, mehrere Forschungsarbeiten gehen auf ihr Konto, sie ist enthusiastisch und ein Teamplayer. Ich bin sicher, dass sie sie als eine gute langfristige Investition sehen.

Ich treffe sie in einem netten Restaurant in der Stadt zum Abendessen aus einem wichtigen Grund – ich nehme mich aus der Gleichung. Sie kann sich entscheiden, welcher Job ihrer Meinung nach am besten zu ihr passt, ohne sich um mich zu sorgen.

So sehr liebe ich sie.

～

Kayla

Wenn ich pfeifen könnte, würde ich ganz sicher eine fröhliche Melodie pfeifen, während ich zum Fischrestaurant in

Manhattan gehe, um meinen Traumfreund für unser Date zu
treffen. Mein heutiges Bewerbungsgespräch hat mit einem
sofortigen Angebot geendet. Ich bin begeistert, aber ich
möchte darüber schlafen, bevor ich eine Antwort auf alle
meine Stellenangebote gebe. Ich habe jetzt vier zu berücksich-
tigen. Ich bin die Zahlen sofort danach durchgegangen, und
wenn man Gehalt, die verschiedenen Vergünstigungen und
die   Lebenshaltungskosten   in   den   unterschiedlichen
Gegenden berücksichtigt, sind sie alle in etwa gleichwertig.
Es kommt wirklich darauf an, wo ich mich am wohlsten
fühle.

Ich sehe Adam auf dem Bürgersteig vor dem Restaurant
stehen, in einem dunkelgrauen Anzug mit Krawatte. Er hat
sich die Haare schneiden lassen, obwohl er immer noch den
leichten Dreitagebart am Kiefer hat, den ich so liebe.

„Adam!" Ich laufe ihm praktisch in die Arme, so gut ich in
meinen Pumps kann. Ich bin immer noch in meinem smarten
hellblauen Kostüm, das ich zum Bewerbungsgespräch
getragen habe – Blazer, Seidenschal, Rock und Pumps.

Er umarmt mich, zieht sich zurück und sieht ernst aus.
„Wie ist es gelaufen?"

„Sie haben mir ein nettes Angebot gemacht."

Er lächelt und schüttelt den Kopf. „Ich wusste es. Du bist
eine Traumkandidatin."

Ich erröte. „Du bist nicht ganz objektiv. Ich bin sicher, dass
ich nicht jedermanns Traumkandidatin bin."

„Vier Angebote."

Ich grinse. „Das gibt es."

Er öffnet die Glastür für mich, und wir gehen ins Restaurant. Es besteht aus zwei Sitzebenen mit coolen Glasskulptu-
ren, die von der Decke hängen und wie Seepflanzen,
Seepferdchen und Fische aussehen. Wandleuchten sorgen für
sanftes, romantisches Licht. Die Tische sind aus dunklem,
glänzendem Holz, die Hartholzböden und die Wände in
hellem Aqua gehalten.

Adam nennt dem Mann an der Rezeption seinen Namen,
und wir sind auf der obersten Etage eines Raums nach hinten

am Fenster. Draußen ist es immer noch hell, sodass wir die Stadt klar sehen können, all den Trubel der Menschen und Autos.

Der Tischanweiser zieht an einem Ecktisch für zwei Personen den Stuhl für mich vor. Ich setze mich und sage „Danke!"

Er reicht mir eine Getränkekarte. „Gern geschehen. Genießen Sie es."

Nachdem er gegangen ist, lehne ich mich über den Tisch zu Adam. „Das ist so nett. Wie bist du auf dieses Lokal gekommen?"

Sein Blick wandert zum Torbogen, der in den anderen Raum führt. „Ich habe online nachgesehen."

Ich überfliege die Getränkekarte. „Mir ist nach etwas Besonderem zu trinken."

„Wie wäre es mit Champagner?"

Ich strahle. „Würdest du welchen mit mir trinken?"

„Absolut!"

Ich lege die Karte hin. „Großartig! Also, wie war dein Tag?"

„Gut." Wieder blickt er in den anderen Raum.

„Suchst du den Kellner?"

„Ja."

„Du musst wirklich hungrig sein."

Er studiert mich. „Wie geht's dir? Bist du angespannt von einem langen Nachmittag mit Bewerbungsgesprächen?"

„Überhaupt nicht. Das hat Spaß gemacht. Es gibt keinen Druck, wenn ich weiß, dass ich bereits Stellenangebote in der Tasche habe."

Er zieht seinen Blazer aus, hängt ihn über seine Rückenlehne und zieht an seiner Krawatte. „Möchtest du nicht deine Jacke ausziehen?"

„Klar." Ich ziehe sie hauptsächlich aus, weil ich glaube, er will mehr von mir sehen. Ich trage eine weiße ärmellose Seidenbluse darunter. Sein Blick gleitet von meiner nackten Schulter über meinen Arm zurück zu meinem freiliegenden Schlüsselbein, meinem Hals und schließlich meinem Mund.

Lust rauscht durch meine Adern. Der Mann kann das nur mit einem Blick tun.

Er atmet aus, dann wischt er sich die Braue. Er schwitzt.

„Du siehst aus, als ob du überhitzt bist. Bist du heute Nachmittag länger in deinem Anzug durch die Stadt gelaufen? Es ist Juli. Das würde jeden überhitzen."

„Nein, ich – da ist er ja."

Der Kellner kommt mit zwei Gläsern Champagner und lächelt uns an. „Wie gewünscht." Das ist seltsam. Wir haben noch gar nicht bestellt.

„Danke", sagt Adam kurz und bündig.

Ich lächle den Kellner an und wende mich verwirrt an Adam. „Woher wusste er das?"

Der Kellner verschwindet genauso schnell, wie er gekommen ist.

Adam atmet tief ein. „Kayla, ich weiß, du hast so viele großartige Chancen vor dir, und ich möchte niemals die Person sein, die dich zurückhält. Du musst dir um mich keinen zweiten Gedanken machen müssen. Ich nehme mich selbst aus der Gleichung."

Ich blinzele ein paarmal verwirrt. Es hört sich an, als würde er mit mir Schluss machen, aber er hat uns Champagner bestellt, als wäre es eine Feier. „Was sagst du da?"

Er schüttelt den Kopf, stirnrunzelnd. „Ich vermassele das. Ich liebe dich."

„Ich liebe dich auch", sage ich langsam.

„Und ich will dich nie zurückhalten. Du bist brillant, und ich weiß, du wirst große Dinge in deiner Zukunft tun."

Mein Herz schlägt heftiger. *Warum macht er mit mir bei Champagner Schluss? Was für eine kranke Geste ist das?* „Adam –"

„Willst du mich heiraten?"

Ich schlage mir eine Hand vor den Mund.

Er öffnet seine Handfläche, wo er anscheinend seit einiger Zeit einen diamantenen Verlobungsring hält. Auf seiner Handfläche ist ein Abdruck davon. Ich starre auf den Ring, ein goldenes Band mit einem Navetteschliff-Diamanten.

Und dann ist er auf einem Knie an meiner Seite. „Ich gehe mit dir überall hin. Ich bin für immer dabei, und ich möchte dich das wissen lassen, bevor du eine große Entscheidung treffen musst. Ich bin nicht derjenige, der dich zurückhält. Ich bin derjenige, der dir in den Rücken stärkt."

Ich breche in Tränen aus und werfe meine Arme um seinen Hals. „Adam! Ja! Oh mein Gott, ich kann nicht glauben, dass du diese romantische Geste gemacht hast."

Er schiebt den Ring auf meinen Finger und lächelt leicht. „Ich kann auch romantisch sein. Ich meine es, Kayla. Wir sind zusammen, egal was kommt, überall auf der Welt."

Ich nehme seinen Kopf und küsse ihn heftig. „Ich liebe dich so sehr."

Er steht auf und zieht mich in seine Arme. „Ich liebe dich auch."

Beifall bricht an den Tischen um uns herum aus. Der Kellner, der uns Champagner serviert hat, kommt lächelnd an unseren Tisch. „Soll ich ein Foto machen?"

Adam reicht ihm sein Handy und legt seine Arme von hinten um mich. Ich halte meine Ringhand hoch und strahle.

Der Kellner gibt ihm das Handy zurück, und Adam und ich setzen uns und nehmen Glückwünsche von den Gästen in unserer Nähe entgegen.

Ich stoße mit meinem Champagnerglas an seins und trinke einen Schluck. „Das war aufregend. Ich dachte schon kurzzeitig, du willst mit mir Schluss machen."

Er schüttelt den Kopf. „Auf keinen Fall. Ich habe geschwitzt, weil ich Angst hatte, du würdest nicht ja sagen."

„Natürlich habe ich ja gesagt. Ich liebe dich."

Er senkt seine Stimme. „Als ich das erste Mal gefragt habe, hast du mich abgewiesen. In Indianapolis."

„Das liegt daran, dass du nicht gesagt hast, dass du mich liebst. Jetzt weiß ich, dass du das tust." Ich lächle auf meinen funkelnden Ring und fühle nur reines Glück. Kein einziger Zweifel. Nicht einmal eine Sorge, dass er mich am Altar sitzenlassen würde, wovon ich dachte, es würde mich für immer verfolgen. Adam ist ein Mann, bei dem man darauf vertrauen kann, dass er es durchzieht.

Und dann weiß ich genau, wie meine Zukunft verlaufen soll.

Ich lächle ihn an. „Ich habe wunderbare Neuigkeiten. Das Angebot, das ich heute bekommen habe, war für die Forschungsabteilung eines Unternehmens, und diese Abteilung befindet sich im Vorort, etwa eine halbe Stunde Fahrt von Summerdale entfernt. Ich werde zusagen."

Er wird ernst und nimmt meine Hand. „Ich will nur, dass du es annimmst, wenn du dort glücklich sein wirst. Nicht meinetwegen."

„Ich liebe die Arbeit, die sie tun, ich liebe dich, und ich liebe Summerdale. Und wenn das nicht Grund genug ist, dann möchte ich auch in der Nähe von Wyatt und Sydney sein. Sie werden wahrscheinlich in ein paar Jahren Kinder haben, und ich möchte ein Teil davon sein. Und umgekehrt möchte ich, dass sie Teil des Lebens unserer Kinder werden. Siehst du, das ist eine Entscheidung, die alle Aspekte berücksichtigt, wie ich meine Zukunft will. Ich fühle mich großartig dabei."

Er küsst meinen Handrücken. „Du bist eine *unglaubliche* Frau. Ich habe solch ein Glück, dass du mich heiraten wirst."

Ich lehne mich vor und flüstere: „Du hast nicht so glücklich ausgesehen, als ich dich zum ersten Mal gebeten habe, mir meine Jungfräulichkeit zu nehmen. Eher alarmiert."

Er lehnt sich über den Tisch und küsst mich. „Du bist eine Naturgewalt. Ich hatte keine Chance."

EPILOG

Kayla

Es ist Spätsommer, und ich genieße meine erste Mondlicht-Regatta auf dem Lake Summerdale. Adam und ich sind in seinem Ruderboot mit Tank, der eine Rettungsweste trägt. Er kann damit schwimmen, aber ohne ist es schwierig für ihn. Es ist im Grunde eine Party auf dem See. Unzählige Menschen treiben mit Leuchtsticks, LED-Lampen und Laternen vorbei.

Wir haben eine Camping-Laterne und passende Glühstick-Ketten, die Jenna an alle verteilt hat. Drew hat unsere Boote mit einem Seil zu einer großen schwimmenden Masse zusammengebunden. Jenna und Audrey sitzen zusammen in einem Kanu, Wyatt und Sydney fahren auf einem Sunfish-Segelboot ohne die Hunde, da kein Platz für sie ist. Sie haben ein Ruderboot, auf dem sie manchmal mit Snowball und Rexie ausfahren. Drew und Caleb, meine zukünftigen Schwager, sind in einem Kanu. Eli hat Polizeidienst. Ein paar unserer Freunde aus dem Restaurant sind auch hier, die Barkeeperin Betsy und der Koch Spencer sind in einem Boot mit dem Tischanweiser Sam und einer anderen Kellnerin.

Ich schaue mir den Himmel an. Es ist nicht ganz Vollmond, aber nahe genug. „Ist das nicht romantisch?"

„Ist es, wenn man frisch verlobt ist", antwortet Sydney.

Adam spritzt sie nass. „Ich kann meiner Verlobten selbst antworten. Ja, Kayla, es ist romantisch."

„Ich habe euch gesagt, wie er mir einen Antrag gemacht hat, oder?", frage ich und sehe zu Sydney, Jenna und Audrey. Natürlich habe ich das, gleich am nächsten Tag. „Das war auch superromantisch."

„Ich bin froh, dass Adam endlich einen klaren Kopf bekommen hat", bellt Wyatt. „Sonst hätte ich ihn töten müssen."

„Wyatt!", rufe ich.

„Was?"

Ich schüttele den Kopf in seine Richtung. Er muss aufhören, so übertrieben auf mich aufzupassen. Ich bin kein Kind mehr. „Kannst du dich einfach nur für uns freuen?"

Er deutet auf Adam. „Ich mag den Mann. Ich habe ihm nur gesagt, er soll dich ernst nehmen, was er ja auch gemacht hat. Gute Arbeit, Adam."

Adam hebt die Brauen. „Ich habe so viele Dinge, die ich gerne dazu sagen würde, aber wir sollten zivil bleiben."

Wyatt schmunzelt. „Komm doch her."

„Wyatt!", ruft Sydney aus. „Das Boot wird kippen, und ich habe nicht vor, ins Wasser zu springen. Ihr könnt euch prügeln, wenn wir wieder an Land sind."

Wyatt zeigt auf seine Augen und dann auf Adam.

Ich lächle Adam an, dem es gut gelingt, meinen Bruder zu ignorieren. „Du siehst sehr gut aus in deinem Shirt."

Er sieht daran hinunter. „Bei wie vielen Gelegenheiten muss ich es tragen?" Es ist ein schwarzes T-Shirt, auf dem „Bräutigam" steht. Ich trage ein passendes mit „Braut" darauf.

Ich kneife einen Moment lang die Augen zusammen, denke nach. „Mal sehen, jede romantische Gelegenheit, von der ich sicher bin, dass es viele geben wird. Unsere Verlobungsfeier im Haus meiner Mutter am nächsten Wochenende, Probeessen, definitiv in den Flitterwochen." Wir heiraten nächsten Juni und wohnen in der Zwischenzeit zusammen.

Ich wollte Zeit, um eine wunderschöne Hochzeit zu planen. Ich habe Sydney bei der Planung ihrer Hochzeit geholfen und hab das wirklich gut hinbekommen. Meine wird auf diesem alten Anwesen stattfinden, das ich in der Nähe entdeckt habe und das für förmliche Gelegenheiten gebucht werden kann. In den Flitterwochen geht es nach Hawaii, wo ich schon immer mal hinwollte. Adam war auch noch nie dort.

Ich höre ein leises Lachen und drehe mich zu meinen zukünftigen Schwagern Drew und Caleb um. Sie ziehen an ihren Hemden, tun so, als würden sie durch die Gegend stolzieren und machen sich über Adams Bräutigam-Hemd lustig. „Ich kann nur hoffen, dass ihr eines Tages eine liebevolle Braut habt, die euch auch romantische Geschenke macht."

„Das kann ich auch nur hoffen", sagt Caleb mit ernstem Gesicht.

Drew macht sich daran, ein weiteres Bier aus der Kühlbox zu holen, aber mir entgeht sein Grinsen nicht.

„Naturgewalt", murmelt Adam und lehnt sich vor, um mich zu küssen. „Ich liebe es, dass dir Sachen wie unsere Shirts wichtig sind."

„Danke! Es ist schön, wertgeschätzt zu werden." Ich schalte unseren wasserdichten Lautsprecher an, um fröhliche Partymusik für alle zu spielen.

„Mach lauter!", ruft Wyatt.

Das mache ich, und er beginnt, im Sitzen zu tanzen, was Sydney zum Lachen bringt, die ihre Schultern in seine Richtung schüttelt. Jeder beginnt, im Sitzen zu tanzen, den Kopf zu bewegen und zu schunkeln. Außer Drew. Er ist irgendwie sehr steif. Aber er beobachtet Audrey, die so lustig ihren Kopf bewegt und die langen schwarzen Haare in alle Richtungen fliegen lässt. Ich glaube, er ist heimlich in sie verliebt, hält sich aber aus irgendeinem Grund zurück. Vielleicht weiß er nicht, dass er verliebt ist. Ich habe Adam von meiner Theorie erzählt, und er meinte, ich solle mich da raushalten, weil Drew nicht gut auf die Information reagieren würde, dass er verliebt ist. Aber Drew war noch nie verliebt, wie soll er es also wissen? Ich würde ihm wirklich gern einen

Hinweis geben, aber ich respektiere die Grenze, die Adam gesetzt hat.

In der Ferne geht ein Feuerwerk los, das durch die Luft pfeift. Tank bellt sein *Wuff*-Geräusch und blickt zu mir auf, um Trost zu suchen. Ich setze mich anders hin, und lege einen Arm um seine zitternden Schultern. „Es ist okay, nur Lärm. Schau, wie hübsch."

Er lehnt sich an mein Bein. Er hat Angst vor den seltsamsten Dingen. Adam sagt, das sei, weil Tank nicht so intelligent ist. Wenn man eine Pizzaschachtel öffnet, flippt er aus, weil er denkt, dass sich riesige Kiefer öffnen. Andere Hunde machen ihn auch nervös, aber er wird schnell warm mit ihnen. Und Donner erschreckt ihn, und ich denke, auch Feuerwerk.

Adam setzt sich neben mich auf die Bank und legte einen Arm um mich. Wir beobachten das Feuerwerk an der gegenüberliegenden Küste mit Explosionen in Gelb, Rot und Violett. Ich seufze glücklich. Das ist das perfekte Leben für mich. Eine Gemeinde am See, Familie und Freunde in der Nähe, ein Verlobter, nach dem ich verrückt bin, und ein cooler Job. Ich bin erst seit einem Monat in meinem neuen Job, aber ich bin richtig glücklich dort. Meine Chefin ist unglaublich. Wir verstehen uns so gut. Sie sagt, ich erinnere sie sehr daran, wie sie dort angefangen hat.

Nach dem Feuerwerk packen alle zusammen und rudern zurück an Land.

Ich bleibe noch ein wenig am Ufer und unterhalte mich mit Wyatt und Sydney, während Adam das Ruderboot auf einen Anhänger zurückbringt, den er an der Kopplung seines Autos befestigt hat. Ich erzähle die neuesten Details der Verlobungsfeier am nächsten Wochenende im Haus meiner Mutter. Sie hat ein Ozean-Motto mit der Idee, dass es jetzt zwei Fische weniger im Meer gibt. (Eines Tages werden wir zu einer angemessenen Stunde auf dem Meer fischen gehen, und ich werde auf jeden Fall ein köstliches Mittagessen einpacken.) Ich baue eine Fotostation für unsere Party, plane eine Ringjagd nach Schmuckringen aus Kunststoff mit einem Preis und nehme Hochzeitslieder-Anfragen für unsere zukünftige Playlist entgegen.

„Und der Rest ist eine Überraschung." Ich möchte nicht all die lustigen Sachen verraten, die ich geplant habe.

„Cool", sagt Sydney. „Ihr seid so niedlich mit diesen Braut- und Bräutigam-T-Shirts."

Wyatt zieht eine Grimasse. „Adam steht so unter dem Pantoffel."

Sydney stößt ihm mit dem Ellbogen in die Rippen. „Pass auf, was du sagst. Das ist mein Bruder."

„Und das ist meine Girly-Schwester", sagt er und deutet auf mich. „Ich bin froh, dass er unter dem Pantoffel steht. Dann ist die Wahrscheinlichkeit, dass er ihr am Ende wehtut, geringer."

„Oh, er würde mir nie wehtun", sage ich zuversichtlich. „Adam ist ein großartiger Typ."

Sydney lächelt mir den Bruchteil einer Sekunde über die Schulter zu, bevor ich in die Luft gehoben und herumgewirbelt werde.

Adam stellt mich ab, hält mein Gesicht in seinen Händen und küsst mich. „Ich habe gehört, wie du mein Loblied gesungen hast."

„Natürlich. Das tue ich immer."

Er grinst und sieht zu Sydney hinüber. „Sie zeigt jedem mein Portfolio. Völlig Fremden."

„Er ist ein Künstler mit Holz", sage ich.

Wyatt lacht leise.

Ich starre ihn wütend an und wende mich dann für Rückhalt an Adam. Er verkneift sich ein Lächeln. „Was?"

„Gar nichts. Lass uns nach Hause gehen."

„Mir gefällt so sehr, wie das klingt." Nach Hause.

Wir verabschieden uns und gehen Hand in Hand dorthin zurück, wo er das Auto auf der anderen Seite des Horseman Inns abgestellt hat. Viele Leute haben dort und entlang der Straße dahinter geparkt, wie angewiesen. Eli und sein Boss, Chief Daniels, haben alles markiert. Der Polizeichef ist Ende sechzig und plant, in den Ruhestand zu gehen, was bedeutet, dass Eli bald eine Beförderung erhalten wird.

Ich sehe Eli, nicht mehr in Uniform, wie er mit großen animierten Gesten mit jemandem in einem roten Honda Accord spricht. Jenna gehört das Auto, aber es könnte auch jemand anderes sein. Eli muss sich uns spät angeschlossen haben, um sich das Feuerwerk nach seiner Schicht anzusehen. Als wir näherkommen, erkenne ich, dass er wütend gestikuliert.

„Oh-oh", sagt Adam. „Ich glaube, jemand hat Elis Auto touchiert."

Die Person steigt aus ihrem Auto, und ich erkenne die große blonde Jenna. Sie geht herum, um sich die Rückseite ihres Autos anzusehen.

Sieht so aus, als ob sie rückwärts in Elis brandneuen, glänzenden silbernen Mustang gefahren ist. Er hat bei Adam damit angegeben, als er ihn gekauft hat. Pflichtbewusst habe ich ihn ebenfalls bewundert.

„Beruhige dich", sagt Jenna. „Das ist nur eine kleine Delle. Ich bin mir sicher, sie können es reparieren."

„Hast du dich überhaupt einmal umgesehen, bevor du zurückgesetzt hast?", schreit Eli.

„Ich habe eine Kamera hinten", sagt sie. „Sie hat nur einen Moment lang nicht funktioniert, weil ich das Radio angemacht habe."

Eli stapft etwas näher, seine Stimme wird zu leise, um die Worte zu verstehen.

Sie sieht zu ihm auf und befeuchtet die Lippen, ihre Schultern ziehen sich zurück. Es sieht fast kokett aus. Plötzlich wendet sie sich ab. „Ich bezahle dafür, okay? Lass mich einfach wissen, wie viel." Sie steigt in ihr Auto und fährt davon.

Eli fährt mit der Hand durch seine Haare und sieht ihr nach, bevor er zu seinem Auto zurückkehrt.

Adam meldet sich zu Wort. „Das ist ätzend. Du hast es wie lange, zwei Wochen?"

„Ja", sagt Eli und sieht ein wenig benommen aus.

„Tut mir leid, Mann", sagt Adam auf dem Weg zu seinem Auto.

Ich folge Adam, und sobald wir in der Privatsphäre unseres Autos sind, Tank auf dem Rücksitz bei geöffneten Fenstern, erzähle ich ihm meine neueste scharfe Beobachtung. „Ich denke, Jenna wird mit Eli etwas anfangen."

Sein Kopf zuckt zu mir herum. „Auf keinen Fall. Sie hat gerade sein neues Auto demoliert."

„Es ist nicht demoliert, sondern hat nur eine kleine Delle, und jetzt haben sie einen Grund zu reden. Ich habe Jennas Körpersprache gelesen. Ich habe gesehen, wie sie mit dem Lieferanten flirtet. Und Eli schien benommen."

Er nimmt mein Kinn und küsst mich. „Du, meine brillante kleine Kupplerin, musst aufhören, überall Liebe zu sehen, nur weil wir darin schwimmen."

„Denkst du, es wäre schwierig, im See Liebe zu machen?"

Er schmunzelt, startet den Wagen und fährt nach Hause. „Was um alles in der Welt hat dich dazu gebracht, daran zu denken?"

„Schwimmen in der Liebe."

„Es ist machbar, wenn man nicht zu tief drin ist. Aber das machen wir nicht, weil der See öffentlich und von Häusern umgeben ist."

„Erinnerst du dich an unser Picknick bei einem unserer ersten Dates an diesem schattigen Platz am See? Da drüben war es ziemlich privat." *Bis seine Ex aufgetaucht ist.* Ich nenne nie ihren Namen. Sie existiert nicht, soweit es mich betrifft.

Er sieht zu mir herüber. „Ginge auch die Dusche?"

„Ja. Und wir werden das Wasser auf Hawaii in unseren Flitterwochen probieren. Wir kennen dort niemanden und können es im Mondlicht tun. Ich bin froh, dass ich jetzt die Pille nehme, damit wir so spontan sein können. Übrigens, ich besorge uns passende Badesachen und natürlich Baseballkappen für Braut und Bräutigam, die wir am Strand tragen. Auf diese Weise wird jeder wissen, dass wir frisch verheiratet sind. Sie werden wahrscheinlich alle extra nett zu uns sein und Vergünstigungen wie kostenlose Getränke und extra Blumenketten werden sich häufen."

„Ich liebe deinen Enthusiasmus. Mehr kann ich dazu nicht sagen."

Ich drücke seinen Arm. Seine Ex-Verlobte war von keinem Teil ihrer Verlobung begeistert. Er wusste nicht, wie sehr ihn das störte, bis ich mit all meiner Aufregung über unsere Hochzeit und Flitterwochen daherkam. Wir warten ein paar Jahre mit Kindern. Ich habe noch Zeit und möchte nur uns beide genießen. Und Tank natürlich.

Sobald wir wieder zu Hause sind, kümmern wir uns um Tank und machen uns bereit fürs Bett. Ich liebe es, dass ich jede Nacht mit Adam kuscheln kann. Er ist *so* gut darin.

Ich schalte das Licht auf dem Nachttisch aus, rutsche ins Bett neben ihn und drehe mich auf meine Seite, damit er sich als Löffelchen hinter mich legen kann. Seine Knie liegen hinter meinen, sein Arm um meine Taille.

Die Hitze seines Körpers wärmt meinen nackten Rücken. Wir haben eine Vereinbarung getroffen. Er wird jede Nacht Löffelchen machen, solange wir nackt sind.

Seine Hand wandert, wie sie es immer tut, streichelt über meine Haut, streichelt meine Brüste, rutscht zwischen meine Beine. Funken feuern überall, wo er mich berührt, eine träge Hitze überkommt meine Glieder. Er küsst eine heiße Spur an meinem Hals entlang, seine Finger streicheln mich sanft in verlockenden Kreisen. Ich schmelze gegen ihn und lasse ihn mich auf eine langsame Reise der Lust mitnehmen. Tagsüber ist er viel aggressiver und fordernder. Nachts macht er langsam und einfach. Ich liebe es auf beide Weisen.

Die Lust baut sich immer mehr auf, mein Atem wird angestrengter. Er ist auf jede meiner Bewegungen, jeden Ton, jeden Atemzug abgestimmt. Mir mehr zu geben, wenn ich es brauche, es zu verlangsamen, wenn ich nahe bin, und er drängt mich zu immer größeren Höhen. Ich schreie auf, während meine Hüfte zuckt, mein Höhepunkt brüllt durch mich.

Er zieht sofort meinen Oberschenkel nach oben und dringt in mich ein, drückt so tief, wie er nur kann. Ich stöhne. Er stößt in mich hinein und sucht genau die richtige Bewegung, bis ich keuche. Er macht weiter, genau dort, wo ich ihn brauche, seine Finger wandern zu meiner Scham und streicheln mich sanft. Ich packe sein Handgelenk, die Intensität fast zu viel. Ich weiß nicht, ob ich versuche, ihn dort zu halten oder ihn wegzuschieben. Mein Rücken biegt sich durch, und ich greife seine Schulter hinter mir, meine Nägel graben sich hinein.

Er murmelt mir ins Ohr, schmutzige Worte der Ermutigung, drängt mich weiter und sagt mir, dass er sich gut um mich kümmern wird. Ich bin wild vor Verlangen, schiebe mich zurück gegen ihn, mein Körper ist eng und heiß. Oh Gott.

Ich singe seinen Namen, zitternd, als er in mich hineinstößt, seine Finger unerbittlich. Ich komme mit einem harten Schrei, mein Körper klammert sich um ihn, noch während er mich immer weiter aufdrückt. Ich komme in einer Woge um die nächste in endloser Lust. Er pumpt immer wieder tief, bis seine eigene Erlösung kommt, seine Hand sich an meine Hüfte klemmt und mich fest an sich hält.

Ich muss immer noch zu Atem kommen, als er mich auf den Rücken rollt und mich fest auf den Mund küsst. Ich streichele seine Haare, zu ausgelaugt, um zu sprechen.

Seine Worte laufen heiß über meine Lippen. „Ich habe dir gesagt, dass ich nicht so sehr ein Kuschelfreund bin."

Meine Lippen verziehen sich nach oben. „Deine Version des Kuschelns funktioniert für mich völlig."

„Ich liebe dich so verdammt sehr."

Mein Herz zieht sich zusammen. „Ich wusste es von Anfang an. Du bist der eine. Niemand sonst kommt an dich heran."

Er zieht mich in seine Arme, sodass wir einander Seite an Seite gegenüberliegen. Er küsst meine Stirn, meine Nase, meine Lippen. „Liebe. Schlaf."

Er spricht manchmal in einsilbigen Sätzen, aber ich verstehe die Botschaft. Er liebt mich sehr. Und ich habe ihn ausgelaugt.

Ich schließe meine Augen und seufze leise. Danach ist er doch ein heimlicher Kuschler. Ich werde es nicht erwähnen. Ich mag die Art und Weise, wie er jede Nacht beweist, dass er kein Kuschler ist.

Mein Adam. Kuschler, außergewöhnlicher Handwerker und mein bester sexyster Freund.

Verpassen Sie nicht das nächste Buch der Serie *Sporting – Deutsche Ausgabe,* in dem Eli und Jenna zusammen einen unerwarteten Roadtrip unternehmen!

Jenna

Nachdem ich aus Versehen ein brandneues Auto angedellt habe, stehe ich plötzlich einem wütenden Alpha-Typen gegenüber. Und die Funken fliegen.

Moment. Eli Robinson?

Wie ist es möglich, dass der nervige jüngere Bruder meiner besten Freundin zu diesem hinreißenden, aber eingebildeten Mann geworden ist?

Ich darf mich nicht in Versuchung führen lassen. Eli ist tabu. Meine beste Freundin, seine Schwester, die ihn mit großgezogen hat, sorgt dafür, dass ich das weiß.

Das Problem ist nur: Je besser ich ihn kennenlerne, desto schwieriger wird es, mich fernzuhalten. Das kann nur böse enden. Keine Beziehung ist es wert, meine beste Freundin zu verlieren.

Und dann entführt er mich.

Eli

Jenna Larsen war die Traumfrau meiner Teenagerzeit, und das meine ich auf die schmutzigste Art und Weise. Jetzt, wo wir erwachsen sind, habe ich festgestellt, dass sie noch besser ist, als ich es mir erträumt habe. Also nehme ich sie mit auf eine Überraschungsreise, um urteilenden Augen zu entkommen. Eine Art verlängertes Date. Okay, ich gebe es ja zu. Ich habe sie entführt.

Ich hoffe nur, dass sie lange genug aufhört, wütend auf mich zu sein, um uns eine Chance zu geben.

Erhalten Sie die neuesten Nachrichten zuerst in Kylies Newsletter! https://www.kyliegilmore.com/DEnewsletter

WEITERE BÜCHER VON KYLIE GILMORE

Liebe von der Leine gelassen Serie << Heiße romantische Komödien mit Hunden!

Fetching – Deutsche Ausgabe (Buch 1)

Dashing – Deutsche Ausgabe (Buch 2)

Sporting – Deutsche Ausgabe (Buch 3)

Toying – Deutsche Ausgabe (Buch 4)

Blazing – Deutsche Ausgabe (Buch 5)

Die Clover Park Serie << Brüder, für die die Familie an erster Stelle steht!

Das Gegenteil von wild (Buch 1)

Daisy schafft alles (Buch 2)

In den Falschen verguckt (Buch 3)

Ein Weihnachtsmann zum Küssen (Buch 4)

Vermieter küsst man nicht (Buch 5)

Nicht mein Romeo (Buch 6)

Bring mich auf Touren (Buch 7)

Clover Park Braut (Buch 7.5)

Gewagte Verlobung (Buch 8)

Retter in der Not (Buch 9)

Eine verführerische Freundschaft (Buch 10)

Ein Geschenk zum Valentinstag (Buch 11)

Raus aus der Tretmühle (Buch 12)

Die Happy End Buchclub Serie << Die Campbell Familie und ein Liebesromanbuchclub prallen aufeinander!

Hollywood Inkognito (Buch 1)

Ärger im Anzug (Buch 2)

Gewagtes Spiel (Buch 3)

Förmliche Vereinbarung (Buch 4)

Wenn der Bad Boy keiner ist (Buch 5)

Ein Störenfried zum Verlieben (Buch 6)

Schicksalsbegegnungen (Buch 7)

Eine Romantische Chance (Buch 8)

Ein sündhafter Flirt (Buch 9)

Ein unbequemer Plan (Buch 10)

Eine Happy End Hochzeit (Buch 11)

Die Rourkes Serie << Prinzen, bei denen man ins Schwärmen gerät, und ebenso fantastische Prinzessinnen

Königlicher Fang (Buch 1)

Königlicher Hottie (Buch 2)

Königlicher Darling (Buch 3)

Königlicher Charmeur (Buch 4)

Königlicher Playboy (Buch 5)

Königlicher Spieler (Buch 6)

Abtrünniger Prinz (Buch 7)

Abtrünniger Gentleman (Buch 8)

Abtrünniges Schlitzohr (Buch 9)

Abtrünniger Engel (Buch 10)

Abtrünniger Fratz (Buch 11)

Abtrünniger Beschützer (Buch 12)

Die Clover Park Charmeure Serie << süße und sexy Charmeure!

Beinahe drüber weg (Buch 1)

Beinahe zusammen (Buch 2)

Beinahe Schicksal (Buch 3)

Beinahe verliebt (Buch 4)

Beinahe romantisch (Buch 5)

Beinahe frisch verheiratet (Buch 6)

Sehen Sie sich auf meiner Website die aktuelle Liste meiner Bücher an: https://www.kyliegilmore.com/deutsch/

ÜBER DIE AUTORIN

Kylie Gilmore ist die USA Today Bestsellerautorin der Happy End Buchclub Serie, der Clover Park Serie, der Clover Park Charmeure Serie, der Rourke Serie und Liebe von der Leine gelassen Serie. Sie schreibt unterhaltsame Romanzen, die die LeserInnen zum Lachen und zum Weinen bringen und zu einem Glas Eiswasser greifen lassen.

Kylie lebt mit ihrer Familie, zwei Katzen und einem verrückten Hund in New York. Wenn sie nicht gerade schreibt, Kinder bändigt oder bei Autorenkonferenzen pflichtbewusst Notizen macht, findet man sie beim Stretching – bis ganz nach oben ins oberste Regal, um dort ihren geheimen Schokoladenvorrat zu erreichen.

Melden Sie sich für Kylies Newsletter an, damit Sie keine ihrer Neuerscheinungen verpassen. https://www.kyliegilmore.com/DEnewsletter

Mehr finden Sie auf Kylies Website https://www.kyliegilmore.com

www.ingramcontent.com/pod-product-compliance
Lightning Source LLC
Chambersburg PA
CBHW070533100726
47907CB00004B/1096